新典社研究叢書376

源氏物語　浮舟の歌を読む

山崎和子著

新典社刊行

目次

第二章　作中人物を読む

凡　例

・本書における『源氏物語』の用例は『新編日本古典文学全集　源氏物語』（小学館）に拠り、巻名・巻数・頁数を（桐壺①一七）のように表記した。和歌の用例は『新編国歌大観』（角川書店）、佐竹昭広・木下正俊・小島憲之共著『万葉集　本文篇』（塙書房）に拠り（巻・歌番号・作者名など）を表記し、私に表記を改めたところがある。

・『源氏物語』の注釈書は次のように略称して用いた。

池田亀鑑校註『日本古典全書　源氏物語』（朝日新聞社）…『全書』
玉上琢彌『源氏物語評釈』（角川書店）…『玉上評釈』
吉澤義則『対校源氏物語新釈』（平凡社、後に国書刊行会）…『対校』
山岸徳平『日本古典文学大系　源氏物語』（岩波書店）…『大系』
阿部秋生・秋山虔・今井源衛『日本古典文学全集　源氏物語』（小学館）…『全集』
石田穣二・清水好子『新潮日本古典集成　源氏物語』（新潮社）…『集成』
柳井滋・室伏信助・大朝雄二・鈴木日出男・藤井貞和・今西祐一郎『新日本古典文学大系　源氏物語』（岩波書店）…『新大系』
阿部秋生・秋山虔・今井源衛・鈴木日出男『新編日本古典文学全集　源氏物語』（小学館）…『新全集』
阿部秋生・秋山虔・今井源衛・鈴木日出男『完訳日本の古典　源氏物語』（小学館）…『完訳』
山崎良幸・和田明美・梅野きみ子・乾澄子・岡本美和子・嘉藤久美子・熊谷由美子・佐藤厚子・田尻紀子・堀尾香代子・宮田光・山崎和子『源氏物語注釈』（風間書房）…『注釈』
柳井滋・室伏信助・大朝雄二・鈴木日出男・藤井貞和・今西祐一郎『岩波文庫　源氏物語』（岩波書店）…『岩波文庫』
鈴木一雄監修・津本信博編集『源氏物語の鑑賞と基礎知識　No.40　手習』（至文堂）…『鑑賞』
室伏信助監修・上原作和編集『人物で読む『源氏物語』第二十巻―浮舟』（勉誠出版）…『人物』

・古注釈書は次のものを用いた。

『源氏釈　奥入　光源氏物語抄』（源氏物語古註釈叢刊第1巻、中野幸一・栗山元子編、武蔵野書院、二〇〇九年）

『紫明抄』（源氏物語古注集成第18巻、田坂憲二編、おうふう、二〇一四年）
『河海抄』（『紫明抄・河海抄』玉上琢彌編、角川書店、一九六八年）
『花鳥余情』（源氏物語古注集成第1巻、伊井春樹編、桜楓社、一九七八年）
『弄花抄』（源氏物語古注集成第8巻、伊井春樹編、桜楓社、一九八三年）
『細流抄』（源氏物語古注集成第7巻、伊井春樹編、桜楓社、一九八〇年）
『萬水一露』（源氏物語古注集成第24巻～第28巻、伊井春樹編、桜楓社、一九八八～一九九二年）
『紹巴抄』（源氏物語古註釈叢刊第3巻、中野幸一編、武蔵野書院、二〇〇五年）
『孟津抄』（源氏物語古注集成第4巻～第6巻、桜楓社、一九八〇～一九八四年）
『岷江入楚』（源氏物語古註釈大成第1巻～第3巻、日本図書センター、一九七八年）
『湖月抄』（『増註　源氏物語湖月抄　全三巻』名著普及会、一九七九年増補版に拠る）
『源氏物語玉の小櫛』（本居宣長全集第4巻、大野晋・大久保正編集校訂、筑摩書房、一九六九年）

・本文校異については次のものを用いた。
『源氏物語大成』（池田亀鑑編著、中央公論社、一九五三～一九五六年）
『河内本源氏物語校異集成』（加藤洋介編、風間書房、二〇〇一年）
『源氏物語別本集成』（伊井春樹・小林茂美・伊藤鉄也編、おうふう、一九八九～二〇一〇年）
『源氏物語注釈』（山崎良幸・梅野きみ子他、風間書房、一九九九～二〇一八年）

序

『源氏物語』の「浮舟物語」をどう読むのだろうか。

「浮舟物語」は歌によって拓かれていると思う。『源氏物語』における和歌の重要性は、夙に小町谷照彦氏が「源氏物語は、和歌を単なる素材としてではなく、物語を形成し展開していく方法として自覚的に採用している」（「作品形成の方法としての和歌」『源氏物語の歌ことば表現』東京大学出版会、一九八四年、一四頁）と指摘している通りであるが、浮舟は『源氏物語』において女君では最多の26首の歌を詠み、しかも短期間に詠んでいる。その歌は物語と密接に連携している。

まず本書の研究方法としては、表現を詳細に検討することに重点を置いている。第一章では歌から「浮舟物語」を読むこととし、その構成は、一、二は入水前の死へと追い詰められていく浮舟を追い、三、四で入水と出家を決意した浮舟の心境を探り、五、六では出家後の匂宮、薫への思いを追求することを経て、七は初出歌におけるかぐや姫引用の可能性に繋げてみた。

浮舟は匂宮との官能的な恋に惹かれながらも、薫と匂宮の板挟みとなり、母や薫、中君との心の葛藤により自死を決意する。しかし、詠歌世界の「涙の川」に投身したのだと詠いながらも、現実には生き長らえてしまい小野で出家し尼となる。出家後には入水と出家について2首の手習歌を詠み、入水と出家は自らの積極的判断であったことを強く確認し、また一方自然な推移として運命的なものであったのだと感慨深く捉えることで、自らに言い聞かせていた。しかし、尼となっても未だ行方も分からない「あまのうき木」であり、俗世にあった匂宮と薫のことも忘れきれずにいる。

浮舟には従来からかぐや姫引用が指摘されているが、かぐや姫引用の始発を初出歌に見ることはなかったように思う。本書では、浮舟の物語最後の「尼衣かはれる身にやありし世のかたみに袖をかけてしのばん」歌と初出歌「ひたぶるにうれしからまし世の中にあらぬところと思はましかば」が照応していると捉えることで、初出歌に浮舟のかぐや姫引用の始発を捉えられるのではないかと考えた。「尼衣」歌は浮舟がかぐや姫ではなかったことを詠うものであったが、「世の中にあらぬところ」2例が浮舟にのみ用いられていることから、浮舟が安寧の場として求めていた「世の中にあらぬところ」とは、かぐや姫の帰属する「月の都」のようなところであったのではないかという点に思い至った。

そこで、本書の構成は敢えて浮舟の初出歌を最後に取り上げることとした。かぐや姫に準えられる浮舟ではあったが、最後の「尼衣」歌を詠むことでかぐや姫ではなかった。それは浮舟が初出歌でこの世でこの世ならざる「世の中にあらぬところ」を希求したことの行き着く先であったが、初出歌の母との贈答は、この世にはない「世の中にあらぬところ」を求める浮舟と、まったく異質な地上世界の「うき世にはあらぬところ」を求める母中将君の贈答歌が組み合わされていることにも注目できる。ここにも作者の『竹取物語』を踏まえた周到な用意があったのではないだろうか。

歌を個別に見るならば、「峰の雨雲」歌には浮舟自らの思いと作者の物語構造として「高唐賦」などの影響による表現の二重性が考えられるし、初出歌も浮舟はあくまでも「世の中にあらぬところ」、〈世の中ではないところ〉を求めていたと思うが、作者の物語構造が『竹取物語』引用を枠組みとしてかぐや姫の「月の都」のような世界を引き出していたのではないか。浮舟巻における浮舟と薫、匂宮三者のみによる歌の構成からは、浮舟の置かれた身の位相が見えてくるし、出家時の「つ」と「ぬ」による連作歌は、浮舟の入水と出家には自らの積極的判断と宿命的な力が働いていたことを二面的に確認するものであった。「袖ふれし人」歌にも表現の重層性を捉えることで、色も香も賞美される紅梅に匂宮を懐旧したのだと思う。また、尼衣を着た浮舟が薫を〈ありし世の形見の人〉と見て偲ぼうかと問いかけた物語最後の「尼衣」歌においても、「尼衣」と「天衣」の重なりから、浮舟がかぐや姫ではなかったことが炙りだされることを論じた。

第二章の作中人物については、一つには、人々が死をどのように捉えていたのかに迫ることから、大君の死の表現を読み解くことを試みた。二つには、東屋巻と浮舟巻に登場する二人の女房「右近」について、一人と見るのか、或いは二人なのかを、物語に許されていたであろう変更や修正といった作り物語の語りからその生成を考えてみた。

第一章　歌から「浮舟物語」を読む

一　「峰の雨雲」歌考

――浮舟の死の自覚

はじめに

浮舟巻は、浮舟が憂き宇治の地において薫と匂宮との愛に懊悩し、自死に追い詰められていく物語であった。その中で浮舟の歌は、歌のことばがことばとしての表現以上に、後の物語展開を踏まえて物語の先行きを予兆し、浮舟の将来を暗示すると読み取られることも多い。(1) 浮舟はいつから、どのように死や出家を意識していたのだろうか。「身を投ぐ」は物語や詠歌世界で比喩の誇張表現として用いられることが多かったが、入水譚は当時伝承の中で語られる悲恋物語の表象であり、浮舟が物語世界において「なでもの」として水に流される宿命を背負って人物造型されていたとしても、登場早々から浮舟自身に出家や入水の意思があったとは考え難い。

また、作中人物の浮舟自身が意識せずとも、物語作者が後々の布石として物語の先行きを暗示していたとすれば、作中人物と物語作者における表現の二重性を考えることができる。浮舟巻での浮舟の匂宮への返歌「かきくらし晴れせぬ峰の雨雲に浮きて世をふる身をもなさばや　まじりなば」（浮舟⑥一六〇）[2]の表現を通してこれらのことを考えてみたい。

一　問題点

東屋巻で薫によって宇治に隠し据えられていた浮舟の許に、密かに匂宮が訪れたのは浮舟巻の冒頭近く、一月中旬であった。浮舟は許されない想いながら、情熱的な匂宮に魅了されてしまう。しかし、それは二人の男君の間で懊悩を深めることであり、長雨の降り続く三月頃、匂宮・薫からほぼ同時に文が届けられた。

①匂宮　ながめやるそなたの雲も見えぬまで空さへくるるころのわびしさ　（浮舟⑥一五七）

②薫　「水まさるをちの里人いかならむ晴れぬながめにかきくらすころ
常よりも、思ひやりきこゆることまさりてなん」　（浮舟⑥一五九）

ここで浮舟はどちらにもすぐには返事をせず、まずは手習歌を詠む。

③浮舟　里の名をわが身に知れば山城の宇治のわたりぞいとど住みうき　（浮舟⑥一六〇）

そして、初めての逢瀬の折に匂宮が描いた絵を見て泣き、匂宮との関係は「ながらへてあるまじきこと」、長く続けてはならないことだと必然性を見出し、薫に引き取られることを自明のことと認めながらも、匂宮への思慕は棄て切れないに違いないと思うのであった。その後、④を匂宮、⑤を薫に返歌する。

④浮舟　「かきくらし晴れせぬ峰の雨雲に浮きて世をふる身をもなさばやまじりなば」　（浮舟⑥一六〇）

⑤浮舟　つれづれと身を知る雨のをやまねば袖さへいとどみかさまさりて　（浮舟⑥一六一）

これ以前に浮舟は薫と一度、匂宮とは四度も逢瀬における濃密な歌の贈答が交わされていたが、右の①～⑤歌は薫と匂宮の板挟みとなり苦悩を深めた浮舟の身の位相を可視化する構成である。(3) 匂宮に返歌された④の解釈で特徴あるものを挙げてみよう。

A　雲はゆくゑなき物也さやうに吾身をもなしたきと也　（『細流抄』四二二頁）

B　雲は、行クへもなく、きえうする物なる、そのごとく、身も、ゆくへなく、消うせなばやといふ也　（『源氏物語玉の小櫛』五〇六頁）

C　落着かぬ気持で生きてゐる我身を峯の雨雲にしてしまひたい。**火葬の煙となつてしまひたい。即ち死んでしまひたいの意。**　（引用は『対校』、他に『玉上評釈』、『集成』、『完訳』）

D　死への誘いがしだいに影を濃くしていく点に注意。**「雨雲」に「尼」をかけ、出家の願望を寓すると見ることもできるか。**　（引用は『全集』、他に『新全集』）

Ｅ　「雲が恋しい人と見なされ」、浮舟も「雨雲に身をなして、いつも、いつまでも、宮に見られたい」意。匂宮への恋歌として解釈する。（田中仁）(4)

Ｆ　「あなたに眺めてもらえるなら、いっそその雲になってしまいたい」と現代語訳。「峰の雨雲」には作者の意図として、女人哀悼の「高唐賦」が下敷きにあり、「死を思わせる響き、はかなさ」がある。（今井上）(5)

「あまぐも」を、古注は行方なく消え失せる「天雲」の意とし、Ａ・Ｂでは、雲のように行方知れずになりたい浮舟の心情を表すと捉えていた。現代注では「雨雲」と捉えて、Ｃ『対校』などは「雨雲」に火葬の煙を見て、浮舟は死を望んでいると読み、Ｄ『全集』『新全集』は「雨」と「尼」の掛詞において出家願望を読み取るなど、浮舟の心情としても**死や出家への願望**があったと読もうとしている。しかし、Ｅ・Ｆは、まずは贈答歌であることの意味を重視し、特に今井上氏は、作中人物の詠じた「具体的状況とは別次元」での「物語の上に配置」されている「作者の意図」を読み取っている。

ここでの問題点として一つには、〈峰の雨雲になす〉から浮舟の「わが身を雨雲にしてしまいたい」という願望以上に、死や出家願望を読み取れるのか。二つには、歌に添えられた「まじりなば」は匂宮に何を伝えようとしたのかを考えてみたい。

二　「あまぐも」について

まず、当歌の末句には「**身をも**なさばや」と「**身とも**なさばや」の本文があり、(6)『全集』『集成』『新全集』は明融本を底本としながらも「をも」とし、『新大系』は明融本のミセケチ修正に従い「とも」と校訂している。「峰の雨雲に浮きて世をふる身、となしたい」のか、「峰の雨雲に、浮きて世をふる身をなしたい」のか、文の構造と関わる。『源氏物語』中、大宮が孫の雲居雁を「はぐくみ、人となさせたまへるを」（少女③五二）など、「～となす」は3例、「今までこの君を親王にもなさせたまはざりけるを」（桐壺①四〇）など「～を～になす」が多数ある。浮舟歌は歌の音数律から〈雨雲に…身をなす〉としたもので、「を」「と」は字形が似ているための誤写による異文と考えて良いだろう。

「雨雲」は、『枕草子』（二三七段雲は三七二）で1例「風吹くをりの雨雲」が「をかし」と取り上げられているが、『源氏物語』でもこの1例のみで他に例がない。複合語には「むら雲」3例、「うき雲」「紫の雲」各2例、「白雲」「八重雲」「八重たつ雲」各1例がある。源氏の藤壺哀傷歌にのみ用いられた「薄雲」は、宋玉「高唐賦」の女人哀悼に繋がる[7]特化された意味が考えられる。

和歌で「あまぐも」がどのように用いられているのか探ってみよう。表記は仮名で示した。

⑥あふことの　まれなる色に　思ひそめ　わが身は常に　**あまぐも**の　晴るるときなく　富士の嶺《ね》の　もえつつとはに　思へども　…

（古今集巻一九雑体「題しらず」よみ人しらず一〇〇一）

⑦**あまぐも**のよそにも人のなりゆくかさすがに目には見ゆるものから

（古今集巻一五恋五紀有常女七八四、業平集五二）

⑧**あまぐも**の晴るるよもなくふるものは袖のみぬるる涙なりけり

（後撰集巻一二恋四よみ人しらず八一四）

⑨うらふりて（ママ）ものな思ひそ**あまぐも**のたゆたふ心わが思はなくに

（古今六帖第一天「くも」五三二）

⑩雨やまぬ山のあまぐもたちゐつつやすき空なく君をしぞ思ふ
（古今六帖第四恋「こひ」紀貫之ある本二〇一五、貫之集第四句「やすけくもなき」六一〇）
⑪雨ふれば北にたなびくあまぐもを君によそへてながめつるかな
（貫之集八〇四）
⑫あまぐもとつひになるべき世の中はふると見ゆるも今日ぞかなしき
（赤染衛門集五〇）

「あま」における「海人」「尼」「天」の掛詞は『源氏物語』でも用いられているが、「雨」「尼」は見られない。(8)「あまぐも」は『細流抄』が「雨雲天雲両説ともに用之」（四二二頁）と述べたように、二つの意味がある。右例でも「天雲」「雨雲」の掛詞と見られる用法があり、「あまぐもの」は「晴る」「よそ」「たゆたふ」「八重雲」などの枕詞としての働きが認められる。⑥では「晴るる」に掛かり、「天雲」が晴れることがないような物思いばかりをするわが身を詠じ、⑦も「よそに」「目には見ゆる」ことから「天雲」であろう。当歌は紀有常女から在原業平への贈歌で、業平の「返し」は「行き返り空にのみしてふることはわが居る山の風はやみなり」（古今集巻一五恋五・七八五、業平集五三）とあるが、『伊勢物語』一九段では返歌も一・二句は「天雲のよそにのみして」（一三二）と贈歌と照応した表現となり、「天雲」に準えられた訪れない男とそれを責める女の応酬歌として物語化が見られる。

⑧の「あまぐも」は「天雲」「雨雲」、「ふる」も世を〈経る〉、雨が〈降る〉の掛詞となっており、「天雲」が晴れることなく、「雨雲」から雨が降るように、袖ばかりが濡れる涙であったとの気付きを詠じている。「雨雲」には「涙」との連想がある。『後撰和歌集』（『新大系』）脚注では、この「あまぐも」は「天雲」であり、「「雨雲の」と読むのは不可」と述べているが、「雨雲」に繋がる「天雲」であるからこそ、雨が降るように辛い恋の涙がとめどなく流れるのである。⑨は物思いの連想から「たゆたふ」と使われた「天雲」で、「雨雲」と掛け、「うらふる」の「ふる」も

〈古る〉〈経る〉〈降る〉の掛詞である。

⑩は『貫之集』にも見られる紀貫之の歌で、⑪の貫之歌「雨ふれば」とともに「雨やまぬ」とあるので「雨雲」であるが、「天雲」との連想を見ることもできる。空を覆いたなびく雲を、天雲のように遠く離れて会うことのできない恋しい人や慕わしい人の魂の現れとして眺め、雨雲から雨が降るように涙を流しているのである。⑫は「おやのなくなりたるころ、雨のふりたりし日とふとて」あった弔問歌への返歌である。当時の哀傷歌において、峰にたなびく雲や煙を「荼毘の煙」と捉えたように、[9]「あまぐもとつひになる」は、死者が荼毘に付され空の雨雲となったことを言う。「天雲」「雨雲」、「降る」「経る」の掛詞、「降る」と「雨雲」は縁語であり、「雨雲となる」に「高唐賦」の影響も見るならば、浮舟歌に「火葬の煙」を捉える上で有力な参考歌となる。

このように、「雨雲」はａ「天雲」の掛詞ともなり、それはｂ偲ばれるもの、ｃ涙を含み持つもの、ｄ荼毘の煙が連想されるもの、というメッセージ性を持つ。特に属性ｃは、『万葉集』に坂上郎女が尼理願の死を悼む長歌で「…わが泣く涙　有馬山　雲居たなびき　雨にふりきや」（巻三・四六〇）と詠じているように、〈涙→雲→雨〉の連想があった。平安朝の歌でも、物思いの涙が雨となって袖を濡らすなど、〈雲→雨＝涙〉の連想がある。

従って、匂宮の贈歌における「ながめやるそなたの雲」も、浮舟のいる宇治の方角にたれ込めている長雨の頃の涙を湛えた雨雲であり、匂宮はその雨雲を眺めて逢うことのできない浮舟を想い涙にくれていた。浮舟が返歌で応じたのも、心をもかき乱すように辺り一面を暗くする物思いの涙を湛えた宇治の山々にかかる「雨雲」である。③④において、宇治で「住みう」く「浮きて世をふる」〈憂き・浮き〉身は、雨となって降る涙を流しながら辛いこの世を過ごしている浮舟の姿を形象化する。貫之歌を参照するならば、浮舟は〈雨雲〉となって、涙で見えないと言う愛しい匂宮に見られたい思いが、和歌伝統の〈雲→雨＝涙〉の連想に託されていた。

これまでにも浮舟の「このうき舟ぞゆくへ知られぬ」（浮舟⑥一五一）「中空にてぞわれは消ぬべき」（浮舟⑥一五四）などの歌には、今後の物語展開の不吉な予兆が見られ、ここでも今井上氏が言うように、「「物語作者」の意図」として「高唐賦」の死のイメージを読み取ることができるだろう。本来火葬の煙は「雨雲となる」と表現されたが、浮舟は〈雨雲になす〉、自発的行為としたことになる。しかし、浮舟自身が哀傷歌の表現を踏まえて匂宮に返歌したというよりは、貫之歌⑩の詞書は「恋」、⑪も「こしのかたなる人」を慕う歌であることから、匂宮と浮舟の贈答もまずは恋の贈答として、貫之歌に通じるものと見たい。物語の底流では確実に浮舟は死に向かっていたのだが、③④⑤歌を詠じた浮舟自身は匂宮と薫の間で〈浮き〉〈憂き〉身を嘆き、身の対処に苦悩していたと考えられる。

三　「まじりなば」の引歌について

次に、歌に添えられた「まじりなば」については、「雲のなかにはいってしまえば、お目にかかれませんでしょう」（『全集』）など匂宮と会うことができないことを言うと解するものが多いが、F今井上説では「私が雲になってしまったら、どうやってあなたはそれと知り尋ねてくれましょうか…。」（一八九頁）という解釈も示されている。「まじりなば」の解釈には問題点が二つある。一つは、「まじりなば」に引歌があるのか、ないのか。引歌があるならば、どの歌かという点。二つには、「まじりなば」は何を意味するのかという点である。「まじる」は、異質なものが入り込み混在する、分け入る、仲間になるなどの意が認められるが、ここで**イ**単純に〈雨雲にまじる〉ことか、或いは比喩としても**ロ**〈雨雲にまじる〉死ぬこと、**ハ**〈野山にまじる〉出家することを言うのか、歌の〈雨雲になす〉の解釈とも連動する。

一つ目の、引歌があるか否かについては、五文字であること、「まじりなば」の下には含みがあることから、引歌ありと考えたい。和歌への付け加えは、歌を補う形で古歌の一部引用や短い言葉を添えるもので、詠歌とのセットで読み解くべきものである。(10) 例えば、中君が薫に浮舟を勧める場面で、薫が冗談のように「見し人の形代ならば身にそへて恋しき瀬々のなでものにせむ」と詠じた際、中君は次のように答えている。

「みそぎ河瀬々にいださんなでものを身に添ふかげとたれか頼まん
引く手あまたに、とかや。いとほしくぞはべるや」（東屋⑥五三）

多情な恋人の頼みがたさを詠じた「大幣の引く手あまたになりぬれば思へどえこそ頼まざりけれ」（古今集巻一四恋四よみ人しらず七〇六）を引歌とし、浮舟を大君の「形代」である「なでもの」としか見ない薫の心は頼りにならないとたしなめたものである。付け加えた「引く手あまたに」は、歌の「身に添ふかげ」として誰が頼みとしましょうかと問いかけた上で、引歌の下句「えこそ頼まざりけれ」を引き出して、〈頼みにはできない〉と言う。付け加えは明らかに歌の延長線上にあるもので、浮舟が言い差したのも歌の〈雨雲にまじったならば〉に続くものとして、引歌の下句部分が入ることになる。

引歌には次の歌を想定できる。

1 ゆく舟のあとなき方にまじりなばたれかは水のあはとだにみむ
（前田家本『源氏釈』、時雨亭文庫本『源氏釈』、（第二次）定家自筆本『奥入』、京都大学国文研究室蔵『紫明抄』は「方

に」は「なみに」、ノートルダム清心女子大学蔵『光源氏物語抄』は「方」に「浪定」の傍書、天理図書館本『河海抄』

2白雲のはれぬ雲ゐにまじりなはいづれかそれと君は尋ねん

（松永本『花鳥余情』、ノートルダム清心女子大学蔵『光源氏物語抄』）

3郭公峰の雲にやまじりにしありとはきけど見るよしもなき

（伊達本『古今集』巻一〇物名「やまし」平篤行四四七、『源氏物語玉の小櫛』）

4あきはぎのなかにたちいでてまじりなむわれをもひとははなとやはみむ

（西本願寺本三十六人集の『躬恒集』七一、宮内庁書陵部本『躬恒集』V二〇〇、同I二六四・Ⅲ三八八は「まじりなば」）

5魂は身をもかすめずほのかにて君まじりなばなにかはせん

（宮内庁書陵部本『小野篁集』二七）

6程遠きしでの山路にまじりなばおぼつかなさもまさりこそせめ
かばかりもあらじと思へばしでの山越えなんばかりかなしきはなし

（島原公民館蔵松平文庫本『赤染衛門集』四一・四二）

7ゆく舟のあとなき浪にまじりなばたれかは水のあわとだに見む

（樋口芳麻呂氏蔵本『新勅撰集』巻一四恋四「題しらず」よみ人しらず九三九）

1～3は古注が引歌としたもので、7は第二句を「浪」とする1の異伝歌である。今日の注釈書では、『対校』『集成』は2、『新大系』は3、『大系』も頭注の訳は3と見るが、補注では2も可とする。『全書』は1・2・3、『全集』は7・2・3、『新全集』は2・3を挙げ、論考では1とするものが多い(11)。しかし、未だ確定はされていないため、それぞれの歌を検討してみよう。

1は『源氏釈』が最初に挙げ、『奥入』『紫明抄』も引くが、歌集では藤原定家撰の『新勅撰和歌集』に至り「よみ人しらず」の7として所収されたもので、『源氏物語』頃までの歌集には見られない。跡も留めない航跡や波に交じってしまえば、誰が私を水の泡とさえも見るだろうか、誰も見てくれないという意である。後日浮舟が入水を計ることからは、水関連の引歌かとも見えるが、下句の〈航跡の水泡と見る〉ことと雨雲は繋がらない。2は、白雲の晴れない空に交じってしまえば、どれが私とあなたは尋ねて、捜してくれるだろうかというもの。「白雲」「雨雲」、「晴れぬ」「晴れせぬ」と類似語が多いが、これも歌集には見出すことができない。本居宣長が引いた「花菅」の古名「やまし」を詠み込んだ3『古今集』歌は、「まじりにし」で直截引用ではない。ただし宣長は、浮舟は雨雲に交じってしまいたいと思ったけれど、そうはなれずに薫に迎えられたら、匂宮は私が在るとは聞いても私を見る方法がない意と捉えることで、その転用を「いとおもしろし」と見た。

4の「花」に交じることはかなり歌想が異なる点と、反語の「や」によって、秋萩と同じに人が見ることはないだろうの意となり、雨雲になりたい浮舟の思いとは繋がらない。5は次に述べることとし、6は⑫と同じ『赤染衛門集』歌であることに注目できる。〈死出の山路にまじる〉は、死者の赴く山道を行くことで、⑫の哀傷歌における〈雨雲となる〉＝荼毘の煙となると連繫して捉えることもできよう。赤染衛門歌を引歌とは言えまいが、ほぼ同時代の感覚による表現と見ることは可能だろう。1・2・3・7を参照し「まじりなば」の下には、自分の姿が見えなくなり、どことも捜し尋ねられないもどかしさや悲しみの心情を伴うと推測される。6の「おぼつかなさもまさりこそせめ」（不安や気がかりが増すだろう）も類似の感慨である。

四　「まじりなば」の解釈について

ここではまず5歌について近年井野葉子氏が示した、浮舟物語と『篁物語』のストーリーの相似、妹が死の直前に詠じた3首のことばとの類似から、「まじりなば」は荼毘の煙となって雲に交じること、死ぬことを言うのだとの見解[12]について考えてみたい。井野氏は歌だけではなく、『篁物語』のストーリーに踏み込んだ考察をされたが、そのままには首肯し難い点もあると思われる。

5の篁歌は、次の妹の贈歌ア～ウへの返歌である。

アいささめにつけし思ひの煙こそ身をうき雲となりてはてけれ
イ誰がためと思ふ命のあらばこそ消ぬべき身をも惜しみとどめめ
ウ消えはてて身こそは灰になりはてめ夢の魂君にあひそへ
5魂は身をもかすめずほのかにて君まじりなばなににかはせん
（三三頁）

ウの「身こそは灰になりはてめ」には異同があるが[13]、妹は、ア「身をうき雲となりてはて」イ「消ぬべき」と、亡くなることを詠じており、ウは、亡くなって身は遠く隔たる、或いは灰になってしまうとも、魂は篁に連れ添えと、身と魂の対比を詠むもの。そこでの「夢の魂」は、「恋ひて寝る夢路にかよふ魂の馴るるかひなくうとき君かな」（後撰集巻一二恋四よみ人しらず八六八）など、身を抜け出た魂が夢に見える感覚、或いは死者が夢に現れる感覚に繋がるであろう。哀傷歌では〈亡き人を夢に見たい〉〈夢に見た〉と詠じている。篁の返歌5は、あなたの魂が身近ではなくぼんやりした状態、即ち、夢の中であなたが鮮明ではなく見えたところで何にもならない（死なないでほしい）意である。

ところが井野氏は、「まじる」は「私の中」「私の夢の中」に「まじる」例はないことから、妹が「死んで火葬の煙が浮雲にまじったならば」の意だと言う。そして、篁歌を引歌とすることで、「妹の火葬の煙が浮雲にまじったように、私（筆者注浮舟）の火葬の煙も雨雲にまじったならば」と捉え、「浮舟にも禁断の恋に悶死する運命が迫り来ていることを表現し」たのではないか（八五～八六頁）と読み解く。しかし、「雲」と「まじる」の関係を厳密に言うならば、『万葉集』では茶毘の煙が「白雲になりたちなびく・たちたなびく・山の際にいさよふ・山の嶺にたなびく・浜松が上に雲とたなびく」とあるように、茶毘の煙は白雲・雲・霧となり、いさよひ・たなびき・たちなびく、即ち直截雲や霧になると捉えるのであって、**〈雲にまじる〉と表現されたものはない**。平安朝になっても、「のぼりぬる煙はそれと分かねども」（源氏物語・葵②四八）「見し人の煙を雲とながむれば」（源氏物語・夕顔①一八九）「山の雲とぞたなびきにける」（貫之集第八哀傷七七六）「けぶりとも雲とも今はなりぬべし」（元真集二二六）「見し人の雲となりにし空」（斎宮女御集四六）などと詠じて、哀傷歌において茶毘の煙は空の煙や雲になる、たなびくと表現されている。アも〈うき雲となり〉である。

しかも、井野氏が〈火葬の煙が雨雲にまじる〉例証とした歌[14]にも問題がある。特に、『源氏物語』で落葉宮の夕霧への返歌「のぼりにし峰の煙にたちまじり思はぬかたになびかずもがな」（夕霧④四六三～四六四）は、落葉宮が**亡き母が茶毘に付されてのぼった「峰の煙」を追って自分も茶毘の煙となり、母の煙に交じりたい**（共に茶毘の煙となって空にたなびきたい）のであって、**思いもしない夕霧にはなびきたくない**、という求愛拒否の歌である。「たちまじる」

は、桐壺更衣の母が娘の荼毘の煙と「同じ煙にのぼりなむ」（桐壺①二四）と泣きこがれたのと同意の表現で、「冥界に交じる」意の例証となる歌ではないように思う。また、言い差しが5の下句「なにかはせん」、何ともならないだろうでは、雨雲に交じるならばに続く浮舟の心情ともそぐわない。

ならば、従来古注が挙げてきた1・2・3のいずれかと考えるべきだろうか。1の場合、雨雲に交じったならば、誰が航路の水泡とさえも見るだろうかでは、歌への付け加えの機能から見て、文脈に当てはまらない。歌の出典も明確ではない。3は直截引用ではないことを差し引いたとしても、「峰の雲にやまじりにし」と明らかに〈雲にまじる〉ことを詠じている。下句の「ありとはきけど見るよしもなき」も、存在することは聞いても見る（会う）方法がない意となり、浮舟は、私が雨雲に交じってしまえば、私が存在していることは聞くけれど、逢う方法はないのだと答えたことになる。浮舟の身の状況として言い得ている。

2は、まさにこの場面に即して浮舟歌を下敷きにしたかのような歌であり、歌集にも見出せないのだが、下句の「いづれかそれと君は尋ねん」であれば、あなたはどれが私と尋ねるだろうか、私を捜してくれるだろうかと問いかけることになる。涙で「ながめやるそなたの雲も見えぬ」と詠じた匂宮に対し、浮舟は雨雲となった私を捜してくれるでしょうかと問いかける。そして、匂宮と二度と逢うことができないのではないかとの不安を感じたのならば、恋の贈答となる。

「高唐賦」を踏まえた上で、2を引歌と解するのがF今井上説である。雲となった人を捜すという点では、葵巻における葵上死去の折、「高唐賦」を踏まえて頭中将が「雨となりしぐるる空の浮雲をいづれの方とわきてながめむ行く方なしや」、源氏が「見し人の雨となりにし雲居さへいとど時雨にかきくらすころ」（葵②五五）と哀悼した、亡き葵上が変じた「浮雲」を「いづれの方とわく」、どの方角と見定めて偲ぼうか、偲べばよいのかと詠じた歌と相通じる。亡き人が雨となり時雨れる空の浮雲はどの方角なのか、見分け難いのであり、頭中将が「行く方なしや」と付け加えたのも、いずれとも見分けられない、行方が分からない悲痛な思いからであった。

赤染衛門は「唯摩経十喩」の「雲」に「行方なく空にただよふうき雲にけぶりをそへんほどぞかなしき」（赤染衛門集「うかべる雲のごとし」四六二）と、あてどなく空に漂う浮雲に荼毘の煙を添えると詠じている。これらも荼毘の煙と浮雲を結び付けてはいるが、「まじる」とは詠じていない。亡き人の荼毘の煙（魂）は雲となり、空にたなびき、雲と見紛うものであった。また、人物造型上から浮舟自身が「高唐賦」の故事を知っていたのか、という疑問もある。東屋巻で宇治に据えられた浮舟は、東国育ちで歌も詠めず和琴の演奏もできないと卑下し、女房の右近は班婕妤の不吉な故事も知らず、ただ薫の吟詠を賞賛する態度を語り手は批判的に見ていた（東屋⑥一〇〇～一〇一）。

ところが、『待賢門院堀河集』（一一四六年頃）になると、次の待賢門院堀河詠がある。

8　雲のただよひたるを見て
それとなき夕べの雲にまじりなばあはれたれかはわきてながめん　（一三〇）

当歌の〈夕暮れに漂う雲〉は、『源氏物語』において「夕暮の雲のけしき、鈍色に霞」（柏木④三三五）む頃が、亡き柏木を哀悼する背景にあったように、哀傷の世界を髣髴させる。この歌では、死者の荼毘の煙が夕方漂う雲に交じったならばと明確に言い、下句では同じく、誰がその人と見分けて眺めようか、誰も見分けられないと嘆いている。赤染衛門も⑫で荼毘の煙が涙を湛えた雨雲となり、6では死者が死出の山を行く悲しみや不安を詠じているが、浮舟の場合には、雨雲となり行方知れずになった私を匂宮は捜してくれるだろうかと問いかける自身の思いとは別に、「作者の意図」として「高唐賦」「有所磋　二首」の雨・雲（朝雲・暮雲）や、哀傷歌における荼毘の煙と連想が繋がり、読者を浮舟の死へと誘導していくと読み解くのが相応しい。

従って、他の歌では〈雲にまじる〉とは詠まれていないが、古今集歌3は物名「やまし」を詠み込むためではあるものの、明らかに〈雲にまじる〉と詠じた例である。浮舟が歌で〈雨雲となしたい〉、付け加えで〈（雨雲に）交じるならば〉と言う時、引歌としての典拠を見出せない2を引歌とするよりは、多少ともひねりを加えて3の下句「見るよしもなき」（逢う方法がない、逢うことはできない）に集約したのではないかと思う。そこに「高唐賦」の女人哀悼のイメージを重ねることで、浮舟の死との繋がりが見出せるだろう。

一方、「出家」と捉えることにも触れておくならば、『源氏物語』には「雨」「尼」の掛詞が見られないことは既述したが、池田和臣氏は「まじる」は「野山にまじる」ことであり、それは出家を意味すると捉え、「このあたりが浮舟の出家の意識が書かれた最初の部分」である、また、「まじりなば」の「引歌は未詳」とし、「死・出家のいずれの心情とも読みえよう」[15]と述べている。氏の論拠は「今はとてかき籠り、さる遥けき山の雲霞にまじりたまひにし」（若菜上④一一七）「さりとて山、林にひきつづきまじらむこと」（真木柱③三七二）例にあるが、若菜上巻の明石入道例の「雲霞にまじる」は、既に出家している新発意が更に深い奥山（「かの絶えたる峰」）に入り、俗世間との交渉を絶ち切り姿を隠してしまったことである。真木柱巻例は、鬚黒北の方が離縁し実家に帰る際、息子達に、自分に続いて〈山、林にまじる〉ことを諌めたことばである。他にも、源氏亡き後、六条院の女君や女房の中には「ものおぼえぬ心にまかせつつ山、林に入りまじり」（宿木⑤三九六）とあるように、確かに〈山、林にまじる〉は出家することを言う。しかし、浮舟の表現は、歌への付け加えの機能から〈雨雲にまじってしまう〉ことを仮想するものである。「まじりなば」のみを考察の対象とするのではなく、詠歌との繋がりで把握しなければならない。

五　浮舟の死に対する意識

このように見てくると、問題の歌に浮舟の〈出家〉願望は読み取り難いことになるが、〈死〉への願望を深めているると見ることはどうだろうか。『全集』『新全集』は、以前浮舟が匂宮との逢瀬の折に詠じた「降りみだれみぎはにこほる雪よりも中空にてぞわれは消ぬべき」（浮舟⑥一五四）と同発想にあり、「死への傾斜をしだいに強めていく」（『新全集』）と言う。指摘通り「われは消ぬべき」の「消ゆ」は死を連想させることばである。しかし浮舟は、まずは匂宮の「峰の雪みぎはの氷踏みわけて君にぞまどふ道はまどはず…」（浮舟⑥一五四）への答歌として〈水際で凍る雪〉とわが身を比べ、〈水際で凍る雪〉よりもはかなく空中で融けて消えてしまうに違いない、**わが身のはかなさ・不安**を、道理に照らして確信したのであった。[16] そこに浮舟自身の死への願望や予感があるのか、或いは作者が浮舟の先行きを暗示したものなのか。浮舟はいつから失踪や自殺願望を抱いていたのかが問題となる。

浮舟が世間での笑い者になるよりも、自死を選択したことを、語り手が「見めきおほどかに、たをたをと見ゆれど、気高う世のありさまをも知る方少なくて生ほしたてたる人にしあれば、すこしおずかるべきことを思ひ寄るなりけむかし」（浮舟⑥一八五）と語るように、古伝承では真間の手児奈・菟原処女・生田川伝説など、女性の入水による自死が語られていたとしても、現実世界では自殺は衝撃的なことである。しかも、当時の仏教では親より先に死ぬことは不孝の罪であったし、自死も「罪深い」ものとして戒められていた。[17]「おずし」は「おぞし」の母音交代形（『岩波古語辞典』）とされ、または「おぞし」の「おぞ」は「おぞむ」「おぞまし」「おぞくれ」と同根、「おそろし」の「おそ」が有声化したもので、「相手に襲いかかり、恐怖を与えるような性質、状態を表す」[18]とも説明されている。それ故、浮舟の入水は話型として直截的には『大和物語』一四七段生田川伝説の「すみわびぬわが身投げてむ津の国の生田の川は名のみなりけり」（三七〇）を踏まえ、浮舟の独詠歌③の「いとど住みうき」が「すみわびぬ」→「わが身なげてむ」を連想させるとしても、浮舟は苦悩の末、入水死へと決意を固めていく。しかも語り手（作者）は、伝承のように死を美化するのではなく、疎ましさや恐怖を内包する〈おぞましい〉自死として浮舟の死を方向付けたのである。これまでにも『源氏物語』の方法論として、既存の話型を踏まえながら多様な物語を紡いでいく点が指摘されている。[19]

浮舟のことばが明らかにわが身の消滅を語るのは、「なほ、わが身を失ひてばや」（浮舟⑥一六七）である。[20]④歌の詠まれた後、体調の優れない浮舟を心配して宇治を訪れた母が弁の尼との会話の中で「よからぬことを引き出でたまへらましかば、…また見たてまつらざらまし」（浮舟⑥一六七）と語るのを、『湖月抄』が「浮舟を母の勘当せんと也」（八一八頁）と注した厳しいことばに「いとど心肝もつぶれ」（浮舟⑥一六七）、いっそう肝を冷やしたことが直截の引き金であった。その直後には、荒々しい宇治川の川音や童が川に落ちた話を聞き、「さてもわが身行く方も知らずなりなば」（浮舟⑥一六八）と現実味を帯びて語られる。それ以後、薫からの文を送り返すことがあり、右近の東国の姉の悲話を聞いたことで、「まろは、いかで死なばや」（浮舟⑥一八一）、「わが身ひとつの亡くなりなんのみこそめやすからめ」（浮舟⑥一八四）、「亡くならんは何か惜しかるべき」（浮舟⑥一八五）と、重ねて直截「死ぬ」「亡くなる」と表現している。浮舟が入水を決意するには、母や女房、薫・匂宮のことばや行為が浮舟を追い詰めていくことは確かであるが、浮舟自身が苦悩を深め次第に死に向かって行くようにも語られている。

浮舟の〈死の自覚〉がいつからかという点は緩やかなように思われる。浮舟が歌で「このうき舟ぞゆくへ知られぬ」（浮舟⑥一五一）「中空にてぞわれは消ぬべき」（浮舟⑥一五四）「雨雲に…身をもなさばや」（浮舟⑥一六〇）と詠じたのが、死を志向しているとされるが、浮舟が明らかに身の消滅としての死を自覚したのは、宇治を訪れた母のことばを契機とし、匂宮と宇治川の対岸へ行ったことを思い出し涙にくれるのを「いとけしからぬ心かな」（浮舟⑥一六五）と取り返しのつかない否定的心情で捉えたことや、薫の文を送り返し、更には右近の姉の悲話を聞いたところにある。物語は、薫が既に東屋巻で宇治に浮舟を伴った時から不吉な詩句を吟じ、女房達も忌むべき九月の結婚を心配するなど、薫と浮舟の結婚がうまくいかない、いくつかの兆候を示していた。しかし、たとえ浮舟が「なでもの」として造型されていたとしても、浮舟自身に初めから入水や出家の意思があったわけではなく[21]、周囲の思惑や動きに翻弄されながら死を決意していく。浮舟の歌にはそれを予兆する表現が作者によって織り込まれていたと言える。

入水が未遂に終わり、横川僧都に調伏された浮舟に憑いていた物の怪は、浮舟が「心と世を恨みたまひて、我いかで死なんといふことを、夜昼」（手習⑥二九五）言っていた、そこで入水を決行しようとした夜に取り憑いたのだと明かしている。浮舟に自己存在を否定する、死への思いが去来していたとしても、それを早くから自死という形で解決するべく思い、自覚的に歌にしていたとは読み取れない。薫・匂宮双方が都に迎えようとしたことで浮舟は身の対処に窮し、懊悩を深めていく。「八重たつ山に籠るともかならずたづねて、我も人もいたづらになりぬべし」（浮舟⑥一六四）と思うことばも、浮舟自らの〈身を隠す、人生を棒にふる〉意識とは別に、出家や死を連想させるものである。④歌直前の「ながらへてあるまじき」「ほかに絶えこも」（浮舟⑥一六〇）るも、浮舟の意識としては匂宮との許されない恋の行末を否定し、薫に引き取られることを言っているのだとしても、〈ながらへてあるまじ〉〈絶えこもる〉には、やはり**死や出家の響き**がある。このようなことばを周縁に揺曳しながら、浮舟は徐々に追い詰められて宇治川への入水を決意することになる。むしろ「作者の意図」が先行することで、浮舟の運命を誘導して行ったと思われる。

おわりに

浮舟巻の浮舟の贈答歌・独詠歌は、浮舟自らが明確に自覚しているわけではないのに、不幸な運命を暗示し、予兆することばとして物語に先行する形で示されるという表現性を見せていた。問題の「峰の雨雲」歌でも「作者の意図」として「高唐賦」や荼毘の煙を揺曳させて、浮舟の運命の先行きを予感させるが、浮舟自身は憂き宇治の地でいかんとも「住みう」く、泣きながらに暮らしている辛いわが身を、いっそ同じく涙を湛えて漂う雨雲になし、行方知れずになりたいと願った。しかし、本当に雨雲に交じってしまったならば、行方知れずとなり、恋しい匂宮に見つけてはもらえないだろう、もう二度と逢えないかもしれないと躊躇したのである。文を受け取った匂宮が「よよと泣かれ」「さりとも、恋しと思ふらむかしと思しやる」（浮舟⑥一六〇）のは、身の対処に窮した浮舟の深刻な思いと匂宮への愛情の相克を受け止めたからではなかったのか。

Ｆの今井上説は、この浮舟の歌を「匂宮への返歌と言うにとどまらず」「二人の男に対する返歌」（一九七頁）のようだと言う。確かに、冒頭に示したように①～⑤の歌のことばは贈歌から返歌へと照応せず、他者のことばと錯綜して詠じられている。ことばの錯綜は錯綜としても、④は匂宮への返歌としてある。浮舟の二人への返歌は、情熱的な匂宮からの恋歌には浮舟の恋情で答え、冷静な薫には増水する宇治川とともに増していく苦悩の涙を訴えるという、二人の男君の浮舟に対する想いと対応した詠みぶりである。浮舟の歌③～⑤にはいずれも「身」を詠み込んでおり、漂泊のうき舟であるわが身が苦悩の根源にあった。

匂宮への返歌は、作者の意図を下に込めながらも、まずはわが身を思い悩む浮舟が匂宮と恋の贈答として詠んだものと解するならば、次のように解釈できる。

あなたが見えないとおっしゃる、暗がって晴れることのない峰にかかる雨雲に、寄る辺なく泣きながら辛いこの世を過ごす嘆かわしい私の身をなしてしまいたいものです。

でも、本当に雨雲に交じって行方知れずになってしまいましたら、あなたは私を捜してくださるでしょうか。もう二度とお目にかかれないかもしれません…。

そして浮舟の予感は的中し、二度と匂宮との逢瀬が語られることはなかった。

注

（1）　小町谷照彦「源氏物語の和歌―物語の方法としての側面―」（山岸徳平・岡一男監修『源氏物語講座　第一巻　主題と方法』有精堂、一九七一年）・木村正中「入水への道―浮舟論（2）」（秋山虔・木村正中・清水好子編『講座　源氏物語の世界』第9集、有斐閣、一九八四年）・吉野瑞恵「浮舟と手習―存在とことば―」（『むらさき』第24輯、一九八七年七月）・小町谷照彦「手習の君浮舟」（森一郎編著『源氏物語作中人物論集』勉誠社、一九九三年）・高田祐彦『源氏物語の文学史』（東京大学出版会、二〇〇三年）。

（2）　『源氏物語』の用例と注釈書の略称、古注釈書、和歌の用例は凡例に従い、他の引用は『枕草子』『伊勢物語』『大和物語』『日本霊異記』（小学館新編日本古典文学全集）、『篁物語』（岩波日本古典文学大系）、平野由紀子『小野篁集全釈』（私家集全釈叢書3、風間書房、一九八八年）に拠る。

（3）　拙稿「『源氏物語』浮舟巻の歌の機能について」（『解釈』第63巻第3・4月号、二〇一七年四月）、本書第一章二。

（4）田中仁「浮舟の歌―浮舟・雪・雲―」（『国語国文』62―4、一九九三年四月）四三頁。

（5）今井上「浮舟と「峰の雨雲」―浮舟巻「かきくらし」の一首をめぐって―」（『源氏物語　表現の理路』笠間書院、二〇〇八年、初出古代中世文学論考刊行会編『古代中世文学論考』第6集、新典社、二〇〇一年）。

（6）『源氏物語大成』（第6冊校異篇）、『河内本源氏物語校異集成』、『源氏物語別本集成』（第14巻）を参照し、諸本の略称に従う。蓬・伏は筆者が加えた。

をも　青（池・榊・三）河（七・尾・静・前・大・鳳）別（宮・国）
と《ヒ》おも　青（横）
を《ヒ》とも　青（明・飯）
とも　青（平・肖）河（御・兼・岩）別（陽・阿・桃）蓬・伏
共　別（麦）

（7）「高唐賦　并序」は高橋忠彦『文選』賦篇下・情（漢文新釈大系81、明治書院、二〇〇一年）、「有所嗟　二首」（『全唐詩』巻三六五、劉禹錫一二）に拠る。倉田実「宇治十帖の女性」（『「わが身をたどる表現」論―源氏物語の膠着語世界―』武蔵野書院、一九九五年）も「巫山伝説」が下敷きにある（二八八頁）と述べる。注（5）今井上、注（1）高田祐彦も参照。拙稿「輝く日の宮の落日―哀傷歌の象徴性―」（『源氏物語における「藤壺物語」の表現と解釈』風間書房、二〇一二年）でも劉禹錫「有所嗟　二首」を踏まえての「薄雲」表現と考えた。今井上「光源氏の〈峰の薄雲〉」（古典ライブラリー『日本文学研究ジャーナル』第3号、二〇一七年九月）は、更に当歌の表現や発想の新しさを考究する。

（8）明石の尼の「かの岸に心寄りにし**あま**舟のそむきしかたにこぎかへるかな」（松風②四〇七）「住の江をいけるかひある渚とは年経る**あま**も今日や知るらん」（若菜下④一七三）、藤壺女院の「しほたるることをやくにて松島に年ふる**あま**も嘆きをぞつむ」（須磨②一九二）は「海人」「尼」を、浮舟の「心こそうき世の岸をはなるれど行く方も知らぬ**あま**のうき木を」（手習⑥三四二）では「尼」「海人」「天」を掛詞とし、いずれも出家した尼自身が詠じている。なお、鈴木宏子「歌ことば「あまごろも」考―浮舟の歌一首―」（『千葉大学教育学部研究紀要』第71巻、二〇二三年三月）は、朝光集歌「ことの葉にかかれるみののあまごろもせばき袂もまづぞぬれぬる」（二九）に「蓑の雨衣」と「尼衣」の掛詞を見ている。

（9）「隠口の泊瀬の山の山の際にいさよふ雲は妹にかもあらむ」（万葉集巻三挽歌四二八）「昨日こそ君はありしか思はぬに浜松の上に雲にたなびく」（万葉集巻三挽歌四四四）「見し人の雲となりにし空わけて降る雪さへもめづらしきかな」（斎宮女御集四六）「見し人の煙を雲とながむれば夕の空もむつましきかな」（源氏物語・夕顔①一八九）など、荼毘に付され煙となった死者の魂は雲に見立てられた。注（5）今井上は、「王朝和歌の特徴」としては、『万葉集』における「雲＝死者」ではなく、「死者＝けぶり＝雲」の図式と見る（一八一頁）。

（10）伊井春樹「源氏物語の引歌表現」（『源氏物語論考』風間書房、一九八一年、初出源氏物語探究会編『源氏物語の探究第五輯』風間書房、一九八〇年）で、「添え句」という術語でもって、「歌を詠んだ後に引歌の一句を添え、歌によって創造された世界を確認するとともに、それをさらに拡大しようとする方法」（一六〇頁）と分析しているのに該当する。

（11）注（5）今井上は、**2**歌が「今の文脈にはより適切であるかと思われるが」、出典未詳歌であるため「差し当たっては『異本紫明抄』掲出である点から「読みすすめよう」とする（一八九頁）。三村友希「水辺の浮舟―〈水まさる川〉〈みかさまさる袖〉をめぐって―」（原岡文子・河添房江編『源氏物語　煌めくことばの世界』翰林書房、二〇一四年）は、匂宮への浮舟の辞世の歌「からをだにうき世の中にとどめずはいづこをはかと君もうらみむ」（浮舟⑥一九四）、夢浮橋巻の薫の発言「めづらかに跡もなく消え失せにしかば、身を投げたるにや」（夢浮橋⑥三七八～三七九）から、「今後の浮舟の運命を踏まえれば」**1**歌が「いかにもふさわしい」とする（二〇〇頁）。宗雪修三「浮舟巻の歌の構造」（『源氏物語歌織物』世界思想社、二〇〇二年）は、蜻蛉巻で薫が「骸をだに尋ねず、あさましくてもやみぬるかな、いかなるさまにて、いづれの底のうつせにまじりにけむ」（蜻蛉⑥二三七～二三八）と回想している場面との関連性を重視するならば、やはり**1**がよいとする（一八六頁）。しかし、それらの表現をここでの浮舟の心情の根拠にすることは首肯できない。歌への付け加えの機能から考えるべきである。淵江文也「宇治十帖論註」（『源氏物語の思想的美質』桜楓社、一九七八年）も、**7**の『新勅撰集』歌を「古歌であろう」と見て**1**を引歌としていた（二二〇頁）。

（12）井野葉子「浮舟物語における篁物語引用」（『源氏物語　宇治の言の葉』森話社、二〇一一年）。

（13）本文の異同は、

身こそは灰・になりはてめ…彰考館文庫枡形本『篁物語』

身こそはるかになりはてめ…宮内庁書陵部本『小野篁集』（二六）
身こそははひになるとても…宮内庁書陵部蔵兼右本『玉葉集』（巻一一恋三よみ人しらず一五二七）

（14）「雲にまじる」例は**3・8**歌、「まじる」例は「春の山辺にまじりなむ」（古今集巻二春下九五）「花の色は雪にまじりて」（古今集巻六冬三三五）「春の野にまじりなん」（古今六帖第一・一一三七）があるが、「私の中・夢の中にまじる」例はない。逆に火葬の煙が雲にまじることの確例でもない。また、注（12）井野葉子が挙げる藤原師輔歌「思ひやる残りの煙ゆきまじり雲となりにし君をしのばむ」（九条殿師輔集六六）は、『新編国歌大観』（九条右大臣集八四）では二句「のりのみちには」五句「しりなん」とある。

（15）池田和臣「淵江文也著『源氏物語の思想的美質』」（『国語と国文学』56―3、一九七九年三月）五八頁、同「類型への成熟―浮舟物語における宿命の認識と方法―」（『源氏物語　表現構造と水脈』武蔵野書院、二〇〇一年、三六〇頁、初出『文学』49―6、一九八一年六月）。

（16）新婚の女三宮が源氏の愛情の薄さから「はかなくてうはの空にぞ消えぬべき風にただよふ春のあは雪」（若菜上④七二）と、わが身を雪の消えに準えた類想歌や、源氏が紫上亡き後生き残った身の嘆きを「うき世にはゆき消えなんと思ひつつ思ひの外になほぞほどふる」（幻④五二四）と、雪が融けて消えることと、死ぬことを掛詞とした歌がある。また、夫ではない男と通じた女君達には、藤壺が「うき身を醒めぬ夢になしても」（若紫①二三二）、空蟬が「消ゆる帚木」（帚木①一一二）、朧月夜は「うき身世にやがて消えなば」（花宴①三五七）、女三宮も「あけぐれの空にうき身は消えななむ」（若菜下④二二九）と**「うき身」が「消ゆ」**、身の消滅を願う歌がある。密通や夫のある身で他の男と通じてしまったが故の罪意識を含めての思いであるため、彼女達が明確に死を意識していたのか、この世から消えてしまいたいという誇張の表現であったのかの問題は残るが、浮舟を含め「憂き身」が「消ゆ」ことを願っていた。

（17）「親をおきて亡くなる人は、いと罪深かなるものを」（浮舟⑥一八六）「親に先立ちなむ罪失ひたまへとのみ思ふ。」（浮舟⑥一九二）。親不孝の罪については『日本霊異記』（上巻第二三）にも「不孝の衆生は、必ず地獄に堕ちむ。」（八二～八三頁）とある。また、自死の戒めは「身を投ぐ」ことが「いと罪深かなること」であり、「彼岸に到ること、などか。」（早蕨⑤三五九）と語られていた。

（18）『注釈　一』二五二頁。〈身を投ぐ〉ことを、「かの弓をのみ引くあたりにならひ」（東屋⑥一〇一）、荒々しい東国育ち故の過激な行為と捉える。「世の中の憂きたびごとに身を投げば深き谷こそ浅くなりなめ」（古今集巻一九雑体誹諧歌よみ人しらず一〇六一）など、叶わぬ恋の絶望を表す誇張表現として歌に詠まれ、『源氏物語』でも「身（を・も）投ぐ」21例がある。浮舟の投身が詠歌世界での「涙の川」であったとしても、実際の投身を言う浮舟の6例以外の15例は、夕霧が塗籠で落葉宮を口説く際「思ふにかなはぬ時、身を投ぐる例もはべなるを、」（夕霧④四七九）など、究極の身の処し方としてことばの上の誇張表現に用いられている。また、「身を棄つ」ことは天野紀代子「「身を棄つる」浮舟の物語」（法政大学『日本文学誌要』第64号、二〇〇一年七月）も参照。

（19）注（15）池田和臣「類型への成熟―浮舟物語における宿命の認識と方法―」、藤田加代「浮舟の造型―その詠歌に見る二つの問題点―」（高知日本文学研究会『日本文学研究』第46号、二〇〇九年七月）。浮舟は出家後入水と出家について二面性があったことを連作歌で確認している。本書第一章四参照。

（20）「なほ」は、母の厳しい言葉に衝撃を受けた浮舟が、以前わが身を雨雲になしたいと思った→でも雨雲に交じったら匂宮に見つけてもらえないだろう（もう会えないかもしれない）から躊躇した→それでもやはりわが身を消滅させたい（死んでしまいたい）と願ったのである。

（21）東屋巻で母中将の君が中君に浮舟を預ける際に、「尼になして深き山にやし据ゑて、さる方に世の中を思ひ絶えてはべらまし」（東屋⑥四八）と、出家させようと思っていると泣きつくが、これは方便であり、浮舟自身は入水未遂後、厭わしい男女関係を絶つがためにも出家を望むのであった。

二　浮舟巻の歌の機能について

はじめに

浮舟巻冒頭は「宮、なほかのほのかなりし夕を思し忘るる世なし」（浮舟⑥一〇五）[1]と、匂宮の浮舟への執心を語り始め、巻末は死を覚悟した浮舟が匂宮と母中将の君に辞世の歌を書き置いたことで閉じられる。浮舟は物語中26首を詠じ、『無名草子』が「手習の君」（三四・五七頁）と称したように、手習巻での12首中10首を占める手習歌に特徴がある。浮舟巻には22首の歌が詠まれているが、それらはいずれも浮舟・匂宮・薫の三者のみで構成されている。その中で浮舟の歌13首は、匂宮との贈答が6首、薫と2首と贈答歌が多いが、独詠歌も2首ある。他に母に2首、中君にも1首浮舟からの贈歌のみが詠まれている。

本来、和歌の機能は「会話性を持つ」とされ、特に贈答歌は相手とのやりとりの中で詠者の心が象られ、独詠歌は詠者が自らに向かって心を吐露するもので、手習歌として発せられることも多い[2]。また、物語歌の特性としては、歌の語義解釈のみならず、歌の詠まれた背景や、その歌の醸成する結果をも含み持つものである。[3] 浮舟は大君の「形代」として登場し、水に流される「なでもの」としての宿命を負っていたとしても、それは作者の意図する物語構造であり、作中人物浮舟自らの意思として語られるものではない。浮舟巻における歌の機能として、一つには、浮舟の歌には表現の二重性がある点、二つには、歌の構成が浮舟の置かれた位相を示すものであったという点を考えてみたい。

一　浮舟巻の歌（1）

まずは順次、歌を見ていこう。

①浮舟　まだ古りぬものにはあれど君がためふかき心にまつと知らなん

（浮舟⑥一二一、以下の浮舟巻は頁数のみを記す）

正月宇治から中君に届けられた文にあった浮舟の歌である。匂宮はこの文から、二条院で言い寄った女が宇治にいることを察知し、この歌に導かれるように宇治に赴く。この歌を井野葉子氏は、当該場面での憂き卯槌と、偲ぶ恋の表出である山橘、待っている松の三点が、「憂鬱に過ごし、忍ぶ恋心を抑え切れずに、待っている女」というイメージを喚起し、浮舟の「意図の有無とは無関係に、浮舟の無自覚な欲望」を、匂宮が「曲解」して読み取るのだと言う。[4] 少なくとも浮舟自身には匂宮を「待つ」意図はなかったが、冒頭から中君の返歌の語られない浮舟の歌は、自らの意図しないものによって思いがけない運命をたぐり寄せてしまうのである。返歌が記されないことによって、歌の位相の不安定さも感じられる。

薫を装い宇治を訪れた匂宮が浮舟と契りを結んだ翌朝、二人は匂宮の描いた絵に次の②を書き交わし、帰り際にも③を詠み交わす。

②匂宮　長き世を頼めてもなほかなしきはただ明日知らぬ命なりけり
浮舟　**心をばなげかざらまし命のみさだめなき世と思はましかば**　（一三二）

③匂宮　世に知らずまどふべきかなさきに立つ涙も道をかきくらしつつ
浮舟　**涙をもほどなき袖にせきかねていかに別れをとどむべき身ぞ**　（一三六）

匂宮が「長き世」と詠じたのに対し、浮舟は「さだめなき世」と返し、「命」「涙」「別れ」も初めての逢瀬後に交わすには不似合いなことばである。「いかに別れをとどむべき身ぞ」も、〈どのように別れを留めることのできる身なのか、留めることはできない、別れは必定だ〉と言うのであるから、そこに後日不幸な結末を将来するメッセージ性を読むこともできる。しかし、今の浮舟にそうした意識や予感があったわけではなく、吉野瑞恵氏が浮舟巻の浮舟の歌は「自己の無意識の領域にあるものまで歌として表出してしまうような表現をもっていた」[5]と言うに当たる。

薫とは二月に訪れた際、初めての贈答歌が記される。

④薫　宇治橋の長きちぎりは朽ちせじをあやぶむかたに心さわぐな
浮舟　**絶え間のみ世にはあやふき宇治橋を朽ちせぬものとなほたのめとや**　（一四五～一四六）

「宇治橋」を介して〈長き契りは絶えない〉という薫と、〈結局頼むことはできないでしょうよ〉と切り返す浮舟の贈答であるが、薫は亡き大君を偲び、浮舟は匂宮を想うという、互いにすれ違いの心を蔵していた。「忘らるる身を宇治橋のなか絶えて人も通はぬ年ぞ経にける」（古今集巻一五恋五よみ人しらず八二五）を踏まえて、はかない男女の仲を詠むとは言え、「朽ち」「絶え」「あやぶむ・あやふし」と、いかにも不吉な言葉が重ねられていることに注目される。ここでも薫と浮舟が今後のことを予言しているわけではないのに、いずれ二人の関係が破綻するであろうことを色濃く反映している。

次に二月十日頃、大雪の中を訪れた匂宮は薫とごまかして邸内に入り、二人は対岸の因幡守の別荘に渡る。途中「橘の小島」を見ての贈答歌が、

⑤匂宮　年経ともかはらむものか橘の小島のさきに契る心は　（一五一）
浮舟　橘の小島の色はかはらじをこのうき舟ぞゆくへ知られぬ

である。この島にあった「されたる常磐木」について、『岷江入楚』は「箋」（三条西実枝説）の引く「橘は実さへ花さへその葉さへ枝に霜降れどいや常葉の木」（万葉集巻六・一〇〇九）を「枝に霜おけましてときは木」（下巻第五二、九四頁）として挙げるように、橘と解するのが通説である。藤井輝氏は、匂宮の浮舟への「千年も経べき緑の深さ」発言からも、橘の木ではなく、「松」の不変のイメージに匂宮の心を準えたものと見る。[6] しかし、両者が歌に詠むのは「橘の小島」である。「橘」が島の名であろうとも、「橘」の「常住不変」性を込めていただろう。松であれ、橘であ

れ、常緑の植物の喚起する永遠性、不変性に対比されるものとして、人の心の移ろいやすさ、人生のはかなさが認識されていた。匂宮は橘の小島に繋る常緑樹に永遠性を掛けて不変の愛を誓うのに対し、浮舟は常磐木の色やあなたのお心は変わらないにしても、浮き舟のような憂き身の上の私はこの先どうなるのかわからない、と答えている。わが身をいずこへともなく流されていく〈浮き、憂き舟〉と形象化し、嘆かわしい漂泊の身だと言う。この歌から「うき舟」はこの女君の通称となり、巻名ともなっている。いかにもはかない存在である浮舟の不安や今後の運命を象徴する。高田祐彦氏はこの浮舟詠が「物語の先行きが予兆されさえする」「物語の状況を先取りするきわめて方法的な歌[7]」だと述べている。

朝を迎えた二人は、更に次の歌を詠み交わす。

⑥匂宮　峰の雪みぎはの氷踏みわけて君にぞまどふ道はまどはず

浮舟　降りみだれみぎはにこほる雪よりも中空にてぞわれは消《け》ぬべき　（一五四）

浮舟の歌は匂宮に「中空」を咎められ「書き消ち」て引き破ったと言うが、「消《き》ゆ」は雪が融けて消えるように消滅することで、死を暗喩することばである。歌のみを見るならば、まるで浮舟は自らの死を予言しているように読める。『新大系』『新全集』は、この歌は夕顔が「山の端の心もしらでゆく月はうはのそらにて影や絶えなむ」（夕顔①一六〇）と詠じて死を予示したことを想起させると言う。今井源衛氏も浮舟の⑤⑥歌に「不吉な前途」として「死の予感」を捉えている[8]。また、夫婦や恋人ではない、許されない関係の男女が結ばれた直後には、女君が、藤壺「うき身を醒めぬ夢になしても」（若紫①二三二）・空蟬「消ゆる帚木」（帚木①一一二）・朧月夜「うき身世にやがて消えなば」（花宴

①三五七）・女三宮「あけぐれの空にうき身は消えななむ」（若菜下④二二九）と、「うき身」であるが故に死をも連想させる歌を詠む。「うき舟」である浮舟の「消ぬ」にも死が込められていたことは想像に難くない。浮舟は登場から蜻蛉巻までは浮舟自らの「心理を直叙しない」（『源氏物語事典』大和書房、二〇〇二年、「浮舟」六七頁、林田孝和筆）と言われ、物語叙述として浮舟はいつから死や出家を自覚していたのかが問題となる。

ここでの浮舟は、浮舟への愛に惑乱していると詠じた匂宮の「雪」「みぎは」「氷」の語を受けて、「みぎはにこほる雪」と「われ」を対比し、許されない恋ながら匂宮に魅了されてしまったわが身は、汀に残って凍る雪よりもはかなく空中で消えてしまうに違いない、いかにも頼りない存在であることを「ぬべし」という道理に照らして確信している。(9)「中空」も匂宮は自分と薫の間のことと見咎めたが、浮舟自身は降り乱れる雪が舞い落ちる空間を、漂泊のわが身の寄る辺ない有様として象ったのだと思われる。とは言えここでも明らかに、いずれ浮舟が二人の男の間で板挟みとなり、自らの存在を否定せざるを得なくなることを予兆する歌となっている。高橋亨氏が「中空にてぞわれは消ぬべき」という歌ことばは、浮舟自身の「存在感覚」が確かな意味を意識しないままに表出された(10)と捉えているように、浮舟の真意ではないままに、作中人物に誤解を与えたり、読者に後の物語展開を示唆する表現として、作者によって**意味の二重性**が意図されていると見ることができる。

次に、長雨の降り続く三月頃、宇治を訪れることのできない匂宮から「尽きせぬことども」を書いた文が届く。

⑦匂宮　ながめやるそなたの雲も見えぬまで空さへくるるころのわびしさ　（一五七）

浮舟が、匂宮の好色の噂や、中君・薫への思いに心乱れていると、折しも薫からも文が届き、無沙汰への詫びなどと

「はしがき」に次のように記されていた。

⑧**薫**　「水まさるをちの里人いかならむ晴れぬながめにかきくらすころ
常よりも、思ひやりきこゆることまさりてなん」　（一五九）

⑦⑧は、日頃の「長雨」に「眺め」を掛詞とし、匂宮は愛しいあなたのいる方角の雲さえも見えないほどに泣きくれていると激しい恋情を訴えるのに対し、薫は長雨の宇治の山里であなたはどのような物思いに涙しているのだろうか、長雨と物思いに心も沈むこの頃だ、と浮舟を気遣っている。「晴れぬながめにかきくらす」は長雨の情景と浮舟の心中を掛けたもので、ことばでの「常よりも、思ひやりきこゆることまさりてなん」で、薫自らも長雨に物思いを深めているのだが、匂宮との秘密を抱えてしまった浮舟には、薫の「思ひやり」は鋭い直感による詮索として心にわだかまったと思う。そのためか、右近が匂宮への返事を勧めるのに対し、「「今日は、え聞こゆまじ」と恥ぢらひて、手習に」（一六〇）と、初めての手習歌である次の独詠歌を詠む。

⑨**浮舟**　**里の名をわが身に知れば山城の宇治のわたりぞいとど住みうき**　（一六〇）

「宇治」「憂し」を掛詞とし、宇治の地で思い乱れて一層辛く過ごしていると言う。そして次の叙述に続き、まず匂宮に⑩の歌、ついで薫に⑪を返歌する。

⑩宮の描きたまへりし絵を、時々見て泣かれけり。ながらへてあるまじきことぞと、とざまかうざまに思ひなせど、ほかに絶えこもりてやみなむはいとあはれにおぼゆべし。

浮舟　「かきくらし晴れせぬ峰の雨雲に浮きて世をふる身をもなさばやまじりなば」（一六〇）

⑪浮舟　つれづれと身を知る雨のをやまねば袖さへいとどみかさまさりて（一六一）

「ながらへてあるまじき」には、浮舟の匂宮との関係が長く続いてはならないこと、続くはずがないという意識がある。「ほかに絶えこもりてやみなむ」は、「なむ」が「事態の必然的推移に対してそうせ（なら）ざるを得ないだろうと観ずる心の表現[11]」であることから、浮舟は、薫の許に引き取られて、匂宮との仲が終わってしまわざるを得ないだろうとの必然性を見出している。しかし、それでは匂宮への恋しさが募るに違いないと反転する浮舟の心中思惟は、傍点を付したように浮舟の強い確認判断で語られている。そして匂宮への返歌は、わが身を峰の雨雲になしたいと願い、しかし交じってしまったならばと言いさしている。浮舟が雨雲に交じることを躊躇したのは、匂宮と二度と逢えなくなることを悲嘆したためであろうが、「雨雲」表現に「作者の意図」として荼毘の煙や「高唐賦」を連想させることで、浮舟の今後を予感させる歌であった[12]。

浮舟の⑨⑩⑪歌は、⑤歌で嘆かわしい漂泊の身と詠じたわが身への思いと深く響き合っており、薫への返歌⑪での「身を知る雨」は、『伊勢物語』一〇七段の、水かさの増す涙河によって濡れる「袖」、「身をしる雨」が「ふりぞまされる」と詠った贈答歌（身をしる雨〈一〇六〉）を踏まえている。浮舟が「袖さへいとどみかさまさりて」〈袖までも〉と言う背後には、現実に長雨で増水した宇治川の激流があり、止むことのない長雨は眺める匂宮・薫・浮舟三者三様の物思いを誘発している。

二　浮舟巻の歌（2）

いよいよ薫から京への引き取りが四月十日と決まるが、体調の優れない浮舟を心配して母が宇治を訪れる。弁の尼と匂宮の好色を噂する中、「よからぬことを引き出でたまへらましかば、…また見たてまつらざらまし」（一六七）、もし匂宮とよくないことを引き起こしたのだったなら、二度と娘と会うことはなかっただろうと言う。『湖月抄』が「浮舟を母の勘当せんと也」（八一八頁）と注する強い言葉に「いとど心肝もつぶれ」、「なほ、わが身を失ひてばや」（一六七）と思う。「なほ」が、解消する可能性を経た後も、変わらずに持続する様を表す（『日本国語大辞典』）ならば、以前にも「わが身を失ふ」ことを考えていたことになる。

「失ふ」は死をも表す語であるが、ここで浮舟は死を鮮明に意識していたというよりは、⑩歌で〈雨雲になしたい〉と詠じ、「まじりなば」と躊躇したことを受けて、やはり、と込みあげてきた思いは、この現実から逃れたい、まず第一には失踪することではなかったのか。それがこの時、宇治川の「水の音の恐ろしげに響きて行く」のが耳に付き、渡し守の孫が溺れたという女房の話を聞くにつけて、「さてもわが身行く方も知らずなりなば」（一六七〜一六八）と失踪の方法として思い至ったのが入水であった。

その後、使いの随身の機転により匂宮と浮舟の不実を知った薫は、言葉で「人に笑はせたまふな」と書き添えた次の歌をやる。

⑫薫　波こゆるころとも知らず末の松待つらんとのみ思ひけるかな　（一七六～一七七）

浮舟は秘密の露顕を察知し、「所違へ」ではないかと薫の手紙を送り返すのが精一杯であった。この件から浮舟は一層物思いが加わり「つひに、わが身はけしからずあやしくなりぬべきなめり」（一七七）と身の破滅を確信する。そして、右近の姉の東国での悲話を聞くに及び「まろは、いかで死なばや」（一八二）と右近に語り、「わが身ひとつの亡くなりなんのみこそめやすからめ」（一八四）と強く思うなど、死の希求は確定的なものとなる。

匂宮も三月二十八日に浮舟を京に渡す手はずを伝えたものの、浮舟からの返事は途絶えがちで、薫に靡いたのではないかと嫉妬にかられ宇治を訪れる。しかし、厳しい警備に阻まれ、次の歌を残して帰京する。

⑬匂宮　いづくにか身をば棄てむと白雲のかからぬ山もなくなくぞ行く　（一九二）

「身をば棄てむ」は、危険を冒して尋ねた匂宮に対し、侍従が自らの「身を棄てても思うたまへたばかりはべらむ」（一九一）と、命がけで計略を巡らすことを誓うことばを受けたもので、どこに失意の身を捨てる山があるのかも分からず、泣く泣く帰る辛い心境を詠じている。当歌は浮舟への贈歌とは明記されていないが、⑭で浮舟が「身をば棄つ」と独詠していることから、浮舟に向けて発せられたものである。しかし、匂宮や侍従が〈身を棄つ〉と言うのは誇張の表現であるが、浮舟にとっては死を後押しすることばでしかなかった。

そして、入水を今宵と決意した浮舟は、母に先立つ親不孝の罪を思い、匂宮を恋しく想い、薫には死後物笑いになることを恥ずかしく思うなど心乱れて、再び独詠歌を詠む。

⑭浮舟　なげきわび身をば棄つとも亡き影にうき名流さむことをこそ思へ　（一九三）

〈うき名流す〉には宇治川への入水を連想させて、死後に嘆かわしい浮名を流すことを危惧している。

⑮浮舟　からをだにうき世の中にとどめずはいづこをはかと君もうらみむ　（一九四）

匂宮への⑮歌には⑬に直截呼応する語はないが、浮舟が〈うき世の中に亡骸さえも留めない〉と言うのは、〈身を棄つ〉具体的行為として、宇治川への入水により急流に流されて亡骸さえもこの世には残さないことである。当歌の引歌とされる「空蟬は殻を見つつもなぐさめつ深草の山けぶりだにたて」（古今集巻一六哀傷歌僧都勝延八三一）の亡骸や荼毘の煙は言うまでもなく、「墓」も「はか（目安・見当）」もない〈身の消滅〉は、⑤「ゆくへ知られぬ」、⑥「消ぬべき」が作者の物語への予兆を込めた表現であったのに対し、ここでは浮舟自らの認識として死が現実となっている。ところが、後日蜻蛉巻には、匂宮はいつもとは違った様子の手紙から、「ほかへ行き隠れんとにやあらむ」（蜻蛉⑥二〇三）、身を隠すのだろうかと受け取り、急遽時方を宇治に差し向けたと語られている。浮舟の苦悩を真に理解しない匂宮の誤解ではあったが、浮舟の辞世歌は辞世歌として匂宮には伝わらなかった。

⑯浮舟　のちにまたあひ見むことを思はなむこの世の夢に心まどはで　（一九五）

⑰浮舟　鐘の音の絶ゆるひびきに音をそへてわが世つきぬと君に伝へよ　（一九六）

⑯⑰は母に向けて詠まれたもので、⑯は夢見の悪かったことを心配する母からの文に対し、「言はまほしきこと多かれど、つつましくて、ただ」（一九五）歌のみを記したもの。母の見た悪夢を心配することなく、今後もまた会うことを願ってほしい歌意と把握できる。しかし、既に入水を決意した浮舟の内実は、この世での苦しみに心を惑わさないで、来世での再会を願ってほしいという辞世の歌であった。⑰は、母を指して「君に伝へよ」とあること、寺からの巻数に「書きつけ」たことからは手習歌的な要素もあるが、母に返送される巻数に書き加え何かの枝に結び付けて文のような体裁にしたとある。蜻蛉巻で匂宮邸に参上した侍従が「かの巻数に書きつけたまへりし、母君の返り事などを聞こゆ」（蜻蛉⑥二二八）とあることからも、⑰歌は風に託してはいるが、2首ともに母への辞世歌ということになるだろう。

浮舟の手習歌としての独自性については、山田利博氏が〈自己への伝達性〉にあると指摘し[13]、後藤祥子氏も「自分でも気付こうとしなかった心の奥の想い[14]」と言うように、内奥と対峙することにある。そういう意味では、浮舟巻の独詠歌は手習巻での「孤絶の営み[15]」に比べれば、未だ他者との葛藤の中で「独白やすさび書きといった形[16]」で詠み出されたものであるとも言えるだろう。

〈浮舟の入水〉は、『万葉集』の「菟原処女」から『大和物語』の生田川伝説に至る「処女塚伝説の話型」を象り、本来「なでもの」として造型され（東屋巻）、物の怪に取り憑かれていた（手習巻）ことに因る。浮舟自らの「すこしおずかるべきことを思ひ寄る」（一八五）野性的心性もあった。しかも、母や女房、薫や匂宮という周辺の人々の言動や状況に追い詰められた結果、「宿命論的世界認識の、方法」としてあらわれた、話型という物語類型を再発見した物語の方法によるものであったが[17]、最終的にはやはり浮舟自らが死を選び取っている。浮舟が段階的に死への決意を固めていく中で詠み出された歌には、自らの思いだけではない、物語作者が物語の先行きを予兆する意図も働いていた。表現の二重性を読み取ることができる。

三　浮舟巻の歌の構成

次に、浮舟巻の歌22首が浮舟・匂宮・薫によってのみ構成されていることは、浮舟巻の和歌を考える上で極めて意図的であったと思う。22首の構成は次のように配されている。

①浮舟→中君贈歌
②匂宮・浮舟贈答歌
③匂宮・浮舟贈答歌
④薫・浮舟贈答歌
⑤匂宮・浮舟贈答歌
⑥匂宮・浮舟贈答歌

①は浮舟が意図せずして匂宮を宇治に呼び寄せてしまった歌。②〜⑥の逢瀬の際には、匂宮との関係が濃密に描かれ、匂宮・薫と贈答歌が交わされていたが、薫と匂宮の板挟みとなり浮舟が苦悩を深めていくと、突如順当には返されなくなる。

⑦匂宮→浮舟贈歌「ながめ」「雲」「くるる」
⑧薫→浮舟贈歌「ながめ」「をちの里人」「かきくらす」「みかさまさる」
⑨浮舟独詠歌「里の名をわが身に知れば」
⑩浮舟→匂宮返歌「浮きて世をふる身」「雨雲」「かきくらし」
⑪浮舟→薫返歌「身を知る雨」「みかさまさりて」

⑦〜⑪では、匂宮・薫からの贈歌がほぼ同じ頃にあり、浮舟はすぐには返事をせず、まず手習いに独詠歌を詠んだ後、返歌をする。しかも、匂宮⑦の「くるる」に対し、薫⑧の「かきくらす」が匂宮への返歌⑩に「かきくらし」と入り、⑧で「をちの里人」と称された宇治の浮舟は、⑨で「憂し」を体現し生きなずんでいるのだが、それを⑩では世に浮いて憂く過ごす身と詠むなど、匂宮・薫の贈歌と浮舟の独詠歌・返歌の言葉が入り組み照応し合っている。そこでは返歌としての照応を失っている。つまり、⑦⑧を集約する形で独詠歌⑨が置かれ、その後⑩⑪がそれぞれに返信される仕組みである。このような複数の者との贈答歌が組み合わされ、しかも中に独詠歌が挟まれているのは、他の巻ではほぼ見ることのできない贈答歌のありようとして変則的な構成である。

小町谷照彦氏は右の歌の複雑で変則的な構成を、「浮舟の心理的な動揺を巧みに表現するもの」[18]、「両者の板挟みになって苦悩する浮舟の姿を伝えるもの」[19]と述べている。木村正中氏も「このようにからみあった表現構造が浮舟の心的状況とまさに対応する」[20]、今井上氏も「板挟みの状況に追い込まれた女の窮地をかたどるべく」二人の男からの歌を手にしてしまう状況を「あえてたくむ」[21]のだと捉え、宗雪修三氏は歌の機能としても「歌の限界と無力」による

「贈答歌の主題的解体」(22)だと見る。

この時浮舟が心惹かれているのは匂宮である。しかし、異母姉中君の夫である匂宮との関係は、薫や姉を裏切る行為であり、母の期待にも応えられないことを痛感している。そこには浮舟の「心理的な動揺」や「心的状況」のみならず、贈答歌の交差する構成こそが、匂宮と薫の間で板挟みとなり身動きの取れない浮舟の存在の有り様を形作っている。

末摘花巻（末摘花①二九九～三〇二）にも、

A末摘花↓源氏贈歌
B源氏独詠歌（端に手習ひすさぶ）**C大輔命婦独詠歌**（独りごつ）
D源氏↓末摘花返歌

と、異例の女君からの贈歌、源氏の自嘲の独詠歌、命婦の独詠もあった上で源氏の返歌が配される構成があったが、浮舟巻での⑦～⑪歌の構成は積極的、意図的に目に見える形で浮舟の置かれた位相を可視化するものである。

⑫薫↓浮舟贈歌
⑬匂宮↓浮舟贈歌「身をば棄てむ」
⑭浮舟独詠歌「身をば棄つ」「うき名流さむ」
⑮浮舟↓匂宮返歌「からをだにうき世の中にとどめず」

母のことばを契機として失踪への思いを明確に抱いた浮舟は、匂宮との仲に気付いた薫からの「人に笑はせたまふな」（二七七）ということばによって、もはや死は決定的なものとなる。匂宮からの⑬「身をば棄てむ」に呼応した⑭での「身をば棄つ」、薫の言う〈人笑われ〉である「うき名流さむ」ことへの危惧を独詠後、匂宮には物語中最後となる辞世歌⑮を返した。返歌されない薫からの⑫を含め、⑬〜⑮の独詠歌を中に置くあり方も、贈答歌の構成として変則的なものである。

最後に、母の思いを乗せた誦経の鐘の音を聞き、母への辞世歌2首を詠む。

⑯**浮舟→母贈歌**「のちにまたあひ見む」

⑰**浮舟→母贈歌**「わが世つきぬ」

従って、贈歌のみの浮舟の歌①⑯⑰や手習いの独詠歌⑨⑭、前半での贈答歌本来のやり取りである②〜⑥に対し、⑦〜⑪、⑬〜⑮における意図的な歌の構成は、作者が浮舟の位相を目に見える形で示す作為的配置であり、浮舟を入水へと追い詰めていく仕掛けであったと思う。

おわりに

浮舟巻における22首の歌の考察からは、その特徴の一つとして、浮舟の贈答歌・独詠歌には、作中人物浮舟が自覚しているわけではないのに、物語作者が不幸な運命の先行きを意図的に示唆するという表現の二重性を見せていた。また、浮舟の独詠歌を核に前後に匂宮・薫との贈答歌を配するという変則的な構成によって、浮舟が絡め取られ追い詰められて入水に至る、浮舟の置かれた身の位相が見えるのであった。

宗雪修三氏は浮舟巻の浮舟の歌に、歌としての「限界と無力」を捉えているが、歌が作中人物の思いを述べるだけではなく、物語構成に意図的に組み込まれることによって、手習巻の浮舟の手習歌や、橋姫巻での薫の画賛的和歌、幻巻での源氏の月並み歌による物語叙述の方法[23]などと同じく、歌を意図的に配した作者の創意ではあるまいか。浮舟巻冒頭から一貫して見られる歌表現の二重性は、従来にも浮舟物語は作中人物の意識と読者が読み取るレベルは次元が違う、作者の意図が働いていると捉えられていた[24]。それは作中人物間でも認識のズレとなり、宇治の物語そのものがそのズレを内包し、孤立し錯誤する人々の認識によって紡ぎ出される世界でもあったと思われる。

注

（1）『源氏物語』の用例と注釈書の略称、古注釈書、和歌の用例は凡例に従い、他の引用は『伊勢物語』（小学館新編日本古典文学全集）、『無名草子』（新潮日本古典集成〈新装版〉）に拠る。

（2）和歌の「会話性」は時枝誠記「韻文散文の混合形式の意義」（『増訂版　古典解釈のための日本文法』至文堂、一九五九年）。『新全集』鈴木日出男編「源氏物語作中和歌一覧」は、「独詠歌」は「心遣りの独吟や手習歌のように、他者への通達の意図がまったくない場合」と定義するが、小町谷照彦「作品形成の方法としての和歌」（『源氏物語の歌ことば表現』東京大学出版会、一九八四年）では、「独白やすさび書きといった形をとる」「独詠歌」も「結果的に贈答になる場合もある（五頁）と言う。

（3）鈴木宏子「照らしあう散文と歌―総角巻を中心にして」（『文学』16―1、二〇一五年一月）。注（2）小町谷照彦も

「和歌は重層した内容を含むことが出来、それによって内容の理解または誤解に基づく幅のある伝達が行なわれる」（「「幻」の方法についての試論―和歌による作品論へのアプローチ」二二三頁）と述べている。

（4）井野葉子「浮舟の山橘―歌ことばの喚起するもの（二）」（『源氏物語　宇治の言の葉』森話社、二〇一一年、二五八〜二六〇頁、初出原題「浮舟の山橘」王朝物語研究会編『論叢　源氏物語4　本文と表現』新典社、二〇〇二年）。鈴木裕子「浮舟の和歌について―初期の贈答歌二首の再検討―」（『中古文学』第57号、一九九六年五月）も参照。

（5）吉野瑞恵「浮舟と手習―存在とことば―」（『むらさき』第24輯、一九八七年七月）二二頁。

（6）藤井輝「〃橘の小島〃に橘の木はあったか―『源氏物語』「浮舟」巻の状景」（法政大学『日本文学誌要』第92号、二〇一五年七月）。

（7）高田祐彦『源氏物語の文学史』（東京大学出版会、二〇〇三年、二五九〜二六〇頁、初出『国語と国文学』63―4、一九八六年四月）。

（8）今井源衛「浮舟の造型―夕顔・かぐや姫の面影をめぐって」（中島あや子編『今井源衛著作集　第2巻　源氏物語登場人物論』笠間書院、二〇〇四年、五三頁、初出『文学』50―7、一九八二年七月）。

（9）『注釈　一』「ぬべし」二九頁。

（10）高橋亨「存在感覚の思想―〈浮舟〉について―」（『源氏物語の対位法』東京大学出版会、一九八二年、二一〇頁、初出『日本文学』24―11、一九七五年一一月）。

（11）『注釈　一』「なむ」五一頁。

（12）今井上「浮舟と「峰の雨雲」―浮舟巻「かきくらし」の一首をめぐって―」（『源氏物語　表現の理路』笠間書院、二〇〇八年、初出古代中世文学論考刊行会編『古代中世文学論考』第6集、新典社、二〇〇一年）。拙稿『源氏物語』における浮舟の「峰の雨雲」歌―浮舟はいつから死を考えていたのか―」（古代中世文学論考刊行会編『古代中世文学論考』第36集、新典社、二〇一八年）、本書第一章一。

（13）山田利博「手習歌の機能」（新典社研究叢書157『源氏物語の構造研究』新典社、二〇〇四年、初出原題「源氏物語における手習歌―その方法的深化について―」『中古文学』第37号、一九八六年六月、「手習巻の浮舟の手習歌―歌と散文との距離―」早稲田大学大学院中古文学研究会編『源氏物語と平安文学』第1集、早稲田大学出版部、一九八八年）は、「手習歌」が〈書かれた〉ものであることによって「伝達性と主体捨象性」（三七一頁）がある。また、浮舟の手習歌は「何らかの精神的危機」の「シグナル」で、「あるべき姿を虚構し、自己に必死に伝達する」（四〇五頁）と述べている。

（14）後藤祥子「手習いの歌」（秋山虔・木村正中・清水好子編『講座　源氏物語の世界』第9集、有斐閣、一九八四年）二二五頁。

（15）藤田加代「源氏物語の「手習」―浮舟の「手習歌」を中心に―」（高知日本文学研究会『日本文学研究』第48号、二〇一一年六月）一〇四頁。

（16）注（2）小町谷照彦。

（17）池田和臣「類型への成熟―浮舟物語における宿命の認識と方法―」（『源氏物語　表現構造と水脈』武蔵野書院、二〇〇一年、三四八頁、初出『文学』49―6、一九八一年六月）。入水の決意も、浮舟が状況との対決によって選び取ったものではないとする（三四三頁）。

（18）小町谷照彦「源氏物語の和歌―物語の方法としての側面―」（山岸徳平・岡一男監修『源氏物語講座　第一巻　主題と方法』有精堂、一九七一年）一七一頁。

（19）小町谷照彦「手習の君浮舟」（森一郎編著『源氏物語作中人物論集』勉誠社、一九九三年）五五九頁。

（20）木村正中「入水への道―浮舟論（2）」（注（14）既出『講座　源氏物語の世界』）一〇六頁。

（21）注（12）今井上、一八七頁。

（22）宗雪修三「浮舟巻の歌の構造」（『源氏物語歌織物』世界思想社、二〇〇二年）一八三〜一八四頁。

（23）土方洋一「源氏物語における画賛的和歌」（『源氏物語のテクスト生成論』笠間書院、二〇〇〇年、初出『むらさき』第33輯、一九九六年一二月）、注（2）小町谷照彦も、薫の独詠歌は「薫の行動を導く場面形成にかかわっており、景情一致的な自然表現にも共通する点もあって、…むしろ叙景的な表現に与ってい」る（一一頁）、また、同じく注（3）で幻巻は「月次の屏風歌」（二二〇頁）のような歌の叙述だと言う。

（24）注（12）今井上、注（4）井野葉子。

三　浮舟の辞世歌

――「風」と「巻数」をキーワードとして

はじめに

匂宮との関係が薫に察知されてしまい、薫から京へ迎えられる日も近づく中、わが身がこの世にあることを危惧した浮舟は、苦悩の末に浮舟巻巻末近くで入水を決意する。まず匂宮に別れの歌を詠み、母へも2首詠んでいる。

寺へ人やりたるほど、返り事書く。言はまほしきこと多かれど、つつましくて、ただ、

①のちにまたあひ見むことを思はなむこの世の夢に心まどはで

誦経の鐘の風につけて聞こえ来るを、つくづくと聞き臥したまふ。

②鐘の音《おと》の絶ゆるひびきに音《ね》をそへてわが世つきぬと君に伝へよ

持て来たるに書きつけて、「今宵はえ帰るまじ」と言へば、ものの枝に結ひつけておきつ。

（浮舟⑥一九五〜一九六）[1]

『新全集』「源氏物語作中和歌一覧」では①・②2首ともに母中将の君への贈歌として分類している。①歌は、母に宛てた辞世歌として問題ないが、独詠歌とも読める②歌は、誰（何）に向けて「君」に伝えてくれと依頼するのか、「伝ふ」主体が特定されていない。

一　従来の解釈

従来の②歌解釈では「君」について、『湖月抄』は師説（箕形如庵）の「君にとは、親のことなり。」（八四七頁）を挙げている。今日の注釈書も「君」を「母」と捉えるが故に、直截母に「君に伝へよ」と詠むことはないから、浮舟は「風」或いは「枝巻数」「仏」に託した[2]と解釈している。

『大系』（一九六三年）は「私の一生が尽きてしま（死んで行）ったと、風の音は母君に伝達してくれよ。」と注したが、『玉上評釈』（一九六八年）は、催馬楽**「道の口　武生の国府に　我はありと　親に申したべ　心あひの風や　さきむだちや」**（律・道口・二四）を挙げて、宇治に吹く風に対し、「風は、この鐘の声を、わが泣く声とともに、京に、母に伝えてほしい。」と述べている。『玉上評釈』が催馬楽「道の口」を提示したことに注目できる。[3]

徳岡涼氏は、「君」は薫を指しており、自身の死を母親に伝えると同時に、直接書き贈ることのできない薫に母から私の死を伝えて欲しいとの願いを、母に向けて詠じたとの解釈を示した。[4] しかし、歌に詠まれた「君」は、

③君なくて岩のかけ道絶えしより松の雪をもなにとかは見る　（椎本⑤二〇五）
④からをだにうき世の中にとどめずはいづこをはかと君もうらみむ　（浮舟⑥一九四）

などとある。③は大君が亡き父八宮のことを中君と詠み交わした歌であり、「君」は〈父君〉を指していることは明らかで、④は歌を贈った匂宮を「君」と詠じている。他にも〈君に告げ・伝ふ〉ことは、「ありわびてかれにし宿の八重葎いづこをさして君につげけん」（公任集四七三）、「いかでかはかく思ふてふ事をだに人づてならできみにしらせむ」（拾遺集巻一一恋一藤原敦忠六三五）、その異伝歌は「いかにしてかく思ふてふことをだに人づてならで君に聞かせむ」（大和物語九二段師走のつごもり三一六、為家本「君にかたらむ」）とあり、『夜の寝覚』の現存本には残らない『無名草子』の挙げる「吹き払ふ嵐にわびて浅茅生に露残らじと君につたへよ」（六七）などの「君」も、歌を詠みかけた〈あなた〉に対し、告げ、伝え、知らせ、語り、聞かすことである。従って、歌を贈る対象に向かって二人称代名詞的に「あなた」と詠むのであるから、②歌の「君」を薫と捉えるならば、浮舟も薫に向けて②歌を詠じたと解釈しなければならないが、ここで薫を思い起こさせる徴表は何も語られていない。この「君」は〈母君〉を指すと読むのが自然だと思われる。

そこで、「母」への伝言を「風」に託したと捉える上で、催馬楽「道の口」との関連を今少し明確にしてみたい。また、②歌が「巻数」に書かれたことも、この歌を考える上で重要な点だと思われる。浮舟は②歌を何故直截母に詠むのではなく「風」に託したのか、何故「巻数」に書いたのかという点から、死を決意した浮舟の心中を探ってみたい。

二　催馬楽「道の口」との関連性

まず、催馬楽「道の口」は遊女の歌であるとされ、親を離れてさすらう娘が、自分は武生の国府に無事にいますと親に申してください、仲の良い風よと歌うもの。浮舟の歌ではまさに「我はあり」を「わが世つきぬ」と逆転し、「親に申したべ」を「君に伝へよ」と詠み換えたと言える。

しかも、この「道の口」の詞章は、浮舟巻で母のことばとしても用いられている。体調の優れない浮舟を心配し宇治を訪れた母に、浮舟は母の許に身を寄せたいと頼むが、母は異父妹の出産も間近く取り込んでいるためできないと言う。その時「武生の国府に移ろひたまふとも、忍びては参り来なむを」（浮舟⑥一六九）と、越前、今の福井のような遠い所に行きなさってても母は会いに行きますよ、と語っていた。これは「道の口」を踏まえていると捉えることができる。当時の読者や物語作者は催馬楽「道の口」を知っていたと見て良いし、物語としても死を決意した浮舟がこの時の母のことばを思い、娘を思う気持を踏まえながら、母の期待に応えられなかったわが人生を省みたのではなかったのか。直前の母から娘の身を案じた手紙は、入水を決意した浮舟の心を動かしたはずである。

《風に伝言を託す歌》は『狭衣物語』にも次の歌がある。

⑤早き瀬の底の水屑になりにきと**扇の風よ吹きも伝へよ**　（巻一・一五二）

虫明の瀬戸（今の岡山県）で「身を投げて」入水を図る際に飛鳥井女君が詠じたもので、狭衣の扇を手にした飛鳥井が「扇の風」に、私はこの瀬戸の海底の水屑となってしまった、死にましたと狭衣に吹き伝えよと言う。入水という、いかにも浮舟と類似する場面で詠まれたこの歌は、『源氏物語』の影響を考えて良いと思われる。他にも、「春はまづあづまぢよりぞ若草のことの葉**告げよむさしののかぜ**」（古今六帖第五雑思「人づて」二八六四）と、春はまず武蔵野の風が告げよと詠じた歌があり、後のものではあるが、催馬楽を踏まえた歌として、一一七七年平家討伐を企て鬼界島に流された平康頼の「薩摩潟沖の小島に我ありと**親には告げよ八重の潮風**」（千載集巻八羇旅歌五四二）もある。

これらでは託すのが「風」であることや、伝える相手が「親」と明確に詠まれているのに引き替え、浮舟の歌には「風」はなく、「親に」でも「吹き伝ふ」でもない。それを、何を根拠として「風」に託したと捉えるのか。宇治には「音もいと荒まし」（浮舟⑥一三六）き風が吹いており、今ここでも誦経の鐘の音が「風につけて」聞こえてきたことが大きいだろう。

①歌は「夢」、②歌は「（誦経の）鐘の音」という、直前の母の手紙の内容に対応した語句を詠んでおり、浮舟は娘の身を案じる母への返事としてこれらの辞世歌をしたためたと考えられる。①歌は直截母に向けて、来世でまた会いたいと思ってくださいと素直な思いを詠じたが、②歌は第三者に「母」への伝言を託す形で詠じている。その託す主体には、〈さすらい〉の娘が親を思う気持を歌った催馬楽「道の口」を下敷きとして、宇治に吹く〈風〉を想定することは可能だと思う。しかし、宇治に吹く風が実際に都の母に伝えることはできないし、「扇の風」もこの時点で狭衣に伝えられるはずはない。にも関わらず〈風〉に託すとすれば、そこにはどのような理由があったのだろうか。

三　平安時代の伝達について

伝達者を〈風〉と捉える論拠としては《風による伝達》ということが考えられる。平安時代に歌や手紙などを届ける方法は多くは使者によるのだが、一方、明確な使いが立てられるのではなく、風が伝えると表現する「風のたより」「風のつて」もあった。『源氏物語』には「風のたより」２例、「風のつて」４例が用いられている。

⑥荻の葉も、さりぬべき**風の便り**ある時は、おどろかしたまふをりもあるべし。（末摘花①二六六）

⑦二条の君の、**風の伝て**にも漏り聞きたまはむことは、戯れにても心の隔てありけると思ひ疎まれたてまつらんは、心苦しう恥づかしう思さるるも、（明石②二五九）

⑧今もさるべきをり、**風の伝**にもほのめき聞こえたまふこと絶えざるべし。（少女③七五）

「風のたより」は、風のもたらす便り、知らせが原義である。⑥は、源氏が軒端荻にも立場をわきまえ公的にも通用すると認められる機会[5]がある時には、ちょっとした文をやること。それはしかとしたものではなく、風に乗せてのような、軽い通信であり、機会であった。「風のつて」には「にても」「にも」「にだに」という含蓄的な意を加え、「漏り聞き」「ほのめき聞こえ」が下接しているように、わずかにはっきりとはしない状態で漏れ聞き、申し上げる場合である。⑦は、明石での源氏の様子が、源氏本人からではなく、誰からともなくどこからともなく紫上に伝わること。⑧は、あってしかるべき折には、公式の手紙として源氏が今でも出家した朧月夜にそれとなく文をやることが絶えないと言う。風はどこにでも吹くもので姿も見えないが、薫りや楽の音を乗せて運んでくる。しかし、それは主体の意図的な行為ではなく、自然と届くという認識である。従って、逆に発信主体を明確にしないために「風」に託すとも考えられる。

「伝へよ」は浮舟例のみであるが、同じく伝える意の「つてよ」「つてなん」が各1例ある。

⑨かばかりは**風にもつてよ**花の枝に立ちならぶべきにほひなくとも　（真木柱③三八八）

⑩ほととぎす**君につてなん**ふるさとの花橘は今ぞさかりと　（幻④五四二）

⑨「つてよ」は下二段活用動詞「つ（伝つ）」の命令形、⑩「つて」は未然形、複合語の「風のつて」「言づて」「人づて」は連用形で、この三活用しか見られない語である。語源的には「蔦（つた）」と同じく、「伝ふ」「伝はる」は派生語とされる。

⑨は、玉鬘が鬚黒と結婚後、鬚黒の邪魔でほんの少しの参内も叶わないのかと嘆く冷泉帝からの贈歌「九重にかすみへだてば梅の花ただかばかりも匂ひこじとや」（真木柱③三八八）に対する玉鬘の返歌である。「かばかり」は「香ばかり」を掛詞とし、せめてわずかな香りだけは風によってでもお伝えください、直截の仰せではなくても、風にでもお伝えくださいと言う。つまり、「つてよ」は冷泉帝からの玉鬘への言づてを依頼したもので、「つてよ」という強いことばは歌であるからこその表現である。⑩は、ほととぎすに向かって、亡き紫上にふるさとの六条院では昔を懐旧する花橘が満開であることを伝えてほしいと願う夕霧詠である。当時「ほととぎす」の異名とされた「しでの田長」に因み、冥土に通う鳥として、死者への伝言が託されたのであった。

『万葉集』の時代に遡るならば、

⑪暇なみ来まさぬ**君にほととぎす我かく恋ふと行きて告げこそ**（巻八・一四九八夏相聞）

⑫**鶴**が音の聞こゆる田居に廬して**我旅なりと妹に告げこそ**（巻一〇・二二四九秋相聞「寄水田」）

など、「ほととぎす」「鶴」「雁」「さざれ波」「やらの崎守」という対象を明確に指示したものや、何とは明示されなくても「〜と告げこそ」と言づてを希求する歌がある。伝言を頼むべき「使ひ」「間使ひ」も困難な時代、使者を出せない時にも伝えてほしい欲求が歌に詠まれ、歌にすることで思いが伝わると考えられたようである。⑪は暇がないので訪ねていらっしゃらなかったお方に、ほととぎすよ、私がこんなに恋しく想っていると行って告げてほしいと、⑫の飛来し特徴ある声で鳴く鶴には、遠く離れて旅にある夫が妻に無事を伝えてほしいと願う歌である。『狭衣物語』にも、⑤歌の直前には「寄せ返す**沖の白波**便りあらば逢ふ瀬をそこと**告げもしてまし**」（巻一・一五一〜一五二）と、「沖の白波」が、機会・手立てがあるならば狭衣に逢瀬を虫明の瀬戸の水底だと告げもしただろうにと詠じた歌もある。

このように《言づての歌》は、〈AがBにCと伝える〉という基本形を持ち、使者となり伝える第三者は、人には限定せず、鳥や自然物にも託された。我々は今日でも〈風に伝言を託す〉という感性を持っている。そこには伝えたくても伝えられない状況や、発信主体を明確にはしないという意識があるのだろう。浮舟の場合は、手立てが無い訳ではなく、①歌は母に宛てて詠んでいるのだから、考えられるのは、②歌は自死という衝撃的なこと故、緩衝剤として《宇治に吹く風》に託したということである。枝巻数に託したと見る小町谷照彦氏も、自死であることを直接伝えるのは忍びないので、伝言的な歌にした浮舟の最後の心づかいだと見ている。[6]

四　浮舟の辞世歌の特徴

冒頭に挙げた辞世歌①について『新全集』は、「表面には、じきにまた会えるのだから、夢見が悪かったからとて気になさるな、の意にみせ、裏には、夢のような今生での出来事に心を迷わさず来世での再会を、と決別を告げる。」という二意を含むと注している。『集成』『新大系』は「後の世」とのみ解する違いはあるが、「のち」は「この世」に対する「後の世」、来世のことである。「この世の夢」は母の手紙に書いてあった母の見た不吉な夢を指し、「この世」に「子」を響かせるならば、[7]娘のこの世でのはかない人生をも寓意する。この世での娘の人生に心が迷い乱れることなく、来世での再会を願ってくださいという、母への別れの歌となる。

②歌の「鐘の音」を三田村雅子氏は、宇治の鐘の音は「宗教的な救いへの方向性を内在する音」であるが、浮舟の聞いた誦経の鐘の音は「宗教色」が薄まり、母の〈声〉とも聞こえ、「母への執着を鐘の音に聞いた」と述べている。[8]「鐘の音」は、歌の修辞として「尽く」「撞く」「鐘」を繋げるための景物としてや、ここで実際に鐘の音が聞こえたからというだけのことではあるまい。鐘の音の消えゆく響きには、浮舟の人生の終わり、命の消えていく余韻としての象徴性も見られるが、やはりここで風が伝えてきた「鐘の音」は、母の願いを託したものとして機能している。

浮舟の辞世歌は冒頭の母への2首のみならず、次の歌も辞世歌である。

⑬なげきわび身をば棄つとも亡き影にうき名流さむことをこそ思へ　（浮舟⑥一九三）

⑭からをだにうき世の中にとどめずはいづこをはかと君もうらみむ　（浮舟⑥一九四）

⑬は、書かれたとは語られていない、自らへの辞世歌としての独詠歌である。「憂き」「浮き」を掛けて、「浮き」「流す」には入水への連想がある。⑭は、宇治を訪れたものの逢うことができなかった匂宮への辞世歌で、自分の亡骸がないことを言い、「はか」は見当としての「計・量」と「墓」を掛詞としている。しかし、今更人に見られることを懸念し「思ふままにも書か」（浮舟⑥一九四）なかったため、匂宮には本意が理解されなかったことが蜻蛉巻（⑥二〇三）で語られている。

浮舟は〈身を棄つ〉女君であり、物語は浮舟の入水自殺を、生田川伝承などの入水譚を基底に置きながらも、独自の物語世界として描き出していく。自死の必然性は大きな問題であったはずで、語り手は入水の決意を、東国育ちである故に「すこしおずかるべきことを思ひ寄る」（浮舟⑥一八五）と語っている。「おずかる」は「おぞし」「恐ろし」と同根の語とされ、「襲われるような恐怖感を抱く」行為[9]である。薫も後日「おどろおどろしきこと」（蜻蛉⑥二〇二・二三二）と二度も語るように、自死は〈驚き、恐怖感を与える異様な状態〉（『ベネッセ古語辞典』「おどろおどろし」）として、尋常ではない恐怖感を与える行為であった。

当時の人々は自死について、「世の中の憂きたびごとに**身を投げば**深き谷こそ浅くなりなめ」（古今集巻一九雑体俳諧歌よみ人しらず一〇六一）のように、「身を投ぐ」ことを叶わぬ恋の絶望を誇張する表現として用いていた。『源氏物語』でも夕霧が落葉宮を口説く際、「思ふにかなはぬ時、**身を投ぐる例もはべなるを**」（夕霧④四七九）と、思い通りにはならない時の身の処し方として投身する例もあることを伝聞推定で語っている。同様に、匂宮の詠じた「いづくにか**身をば棄てむ**と白雲のかからぬ山もなくなくぞ行く」（浮舟⑥一九二）でも〈身を棄つ〉は嘆きの誇張表現である。従って、世の常識を破る入水自殺の選択は『源氏物語』の中でも、浮舟ただ一人であった。浮舟は「身を投げし、（手習⑥二九六・三〇二）と実際に体験した過去の事実として二度も語るが、他の表現はいずれも強調として仮定や推量を表すものである。

『源氏物語』において死に赴く人は別れの歌を詠んでいる。[10] いずれも病で亡くなる人が、後に残る人々に向けて自分の悲しみや思い、心配を言い遺し、願いを託すのである。ところが、若くして自ら命を絶つ浮舟の辞世歌、中でも②歌は、幻巻で年の瀬に人生の終焉を重ねた源氏の辞世歌「もの思ふと過ぐる月日も知らぬ間に**年もわが世も今日や尽きぬる**」（幻④五五〇）と比べても、同じく「わが世」「尽きぬ」と詠いながら、源氏は「今日や尽きぬる」と疑問での詠嘆的な詠みぶりであるのとは印象が異なる。それは在原業平の辞世歌「つひにゆく道とはかねて聞きしかど昨日今日とは思はざりしを」（古今集巻一六哀傷歌八六一、伊勢物語一二五段つひにゆく道二一六）とも通じている。源氏や業平の歌は「今日にも死ぬのだ」という率直な思いではあるものの、浮舟の「わが世つきぬ」には、当然の帰結として命は尽きました、今ここで死ぬのだと観念するような心持が感じられる。

生田川伝承譚では「すみわびぬ**わが身投げてむ**津の国の生田の川は名のみなりけり」（大和物語一四七段生田川三七〇）と、女は「てむ」によって積極的な自分の意志による判断として入水の決意を詠んでいるが、浮舟は母に〈身を投げます〉とは詠わなかった。そこには自死を思い詰めていく過程でも、親より先に死ぬ人は罪深いらしいと耳にしたことを思い（浮舟⑥一八六）、親に先立つ不孝の罪を許してほしいとも念じていた（浮舟⑥一九二）。直前の母の文を見ても「限りと思ふ命のほどを知らでかく言ひつづけたまへるも、**いと悲し**と思ふ。」（浮舟⑥一九五）など、自死への自責の念や母への詫びる気持があった。自分が死んでしまうことを母に伝えたいが、直截には言えない。それこそが②歌を「巻数」に書き「風」に託した浮舟の真意であったと思う。

五　「巻数」に書かれたことの意味

次に、②歌は独詠的ではあっても、巻数に「書きつけ」「ものの枝に結ひつけ」られたものである以上、母に詠みかけ、母に届けられることを意図したものである。しかも、それが「巻数」に書かれていたことの意味をどう考えるのか。

引用した『新全集』は「持て来たるに」とあるが、底本「明融本」には補入印なしの「巻数」の傍書があり、河内本・別本の本文では「巻数持て来たるに」とするものが多い。しかも、後の蜻蛉巻では匂宮邸を訪れた侍従によって「かの**巻数**に書きつけたまへりし、母君の返り事などを聞こゆ。」(蜻蛉⑥二二八)とあり、②歌が「巻数」に書かれていたことは間違いない。

「巻数」は用例が少なく、『源氏物語』中には他に1例、明石入道からの文について明石君が語ることばに見られる。

⑮「かの明石の岩屋より、忍びてはべし御祈禱《いのり》の**巻数**、また、まだしき願などのはべりけるを、…」(若菜上④一二六)

「巻数」は、願主が込めた「祈禱」や「願」に対し、寺から読誦した陀羅尼や経文の目録が記されたものである。浮舟巻でも母の文に「その近き寺にも御誦経せさせたまへ」(浮舟⑥一九五)とあったように母の発願によるものである。誦経の「料の物」や阿闍梨への「文」も添えてあり、「巻数」は母の祈願に対する寺からの証文である。当然母に送り届けられるものであり、浮舟はそれを承知で、先の「返り事」とは別に書き付けたことになる。①歌とは別に書かれたことからも、浮舟の意図、それは物語作者の意図として、「巻数」に書かれたことの意味は大きいだろう。

浮舟は②歌も母に見てもらいたかったのだと思う。始めに「寺へ人やりたるほど」に母への返事として書いた①歌は、言いたいことは多いが、はばかられて「ただ」1首のみを記していた。その後「誦経の鐘の風につけて聞こえ来るを、つくづくと聞き臥し」ていたが、この時浮舟は何を思いながら鐘の音をしみじみと聞いていたのだろうか。その後誦経が終わり、②歌を「持て来たるに書きつけ」たとある。誦経は娘の息災と幸せを願う母の思いを込めたものであり、その鐘の音は浮舟に母の声とも聞こえただろう。それに返事としての自分の泣き声を添えて、自分の命が尽きたことを知らせたいと思った。入水であるから、匂宮に詠じた⑭歌のように亡骸はないかもしれない。しかし、失踪などではなく、明らかに死んでしまうのだという強いメッセージ性を託していた。

巻数に書かれた「鐘の音の絶ゆるひびきに音をそへてわが世つきぬ」には、「尽き」「撞き」の掛詞、「撞き」と「鐘の音」、「鐘の音」と泣く「音」が連想で繋がっている。誦経を始めた鐘の音が母の願いを託したものとして浮舟の心に深く届いたならば、添える「音」は、母の思いに応えることができず入水自殺しようとする浮舟の泣き声である。「わが世つきぬ」は、《自分の人生の総決算》として、自分の世が尽きる、死ぬことを助動詞「ぬ」において運命的・宿命的なことであり(11)、今自分が死ぬのは当然のことだと浮舟の判断として確認している。母は浮舟の病気平癒や幸せを願って誦経を依頼してくれたのに、その願いに反する歌をわざわざ「巻数」に書いたことは、母に背く娘の姿を鮮明に描き出す表象であったと思う。

母に背く娘という点から見て、浮舟にとっての母の存在は特有の問題がある。宗雪修三氏は(13)②歌を風に託した理由として、浮舟母娘の間の「距離の遠さ」(12)を指摘し、鈴木裕子氏も「縛る母・「反逆」する娘」というキーワードで浮舟の母娘関係を考察している。

「縛る」母としての中将の君にとって浮舟は、母の人生の生き直しを託した娘であった。母の身代わりの娘は、母の意のままに生きることを求められ、母に否定されてはならなかったと言えよう。浮舟登場後、東屋巻で二条院に預けられた浮舟に匂宮が言い寄る事件が起き、浮舟はすぐさま三条の小家に移る。その際母が「あはれ、この御身ひとつをよろづにもて悩みきこゆるかな。心にかなはぬ世には、あり経まじきものにこそありけれ。…」と言って帰ろうとすると、浮舟は「うち泣きて、世にあらんこととところせげなる身と思ひ屈したまへるさまいとあはれなり。」（東屋⑥七七〜七八）と、母のことばに自らの存在自体が肩身の狭い、厄介な身であると思いふさぎ込んでしまう。そこには母の認識がそのまま浮舟に投影されている。

ところが、その浮舟が自死を選ぶに至った原因は匂宮との恋にあり、母の願いに背いたことにある。自死の決意を促したことには、宇治を訪れた母が、匂宮と何かあったならば二度と会うことはなかったと、『湖月抄』が「勘当せんと也」（八一八頁）と注する強いことばに衝撃を受けたことも挙げられる。その後も、薫との結婚を望む母に苦悩を語ることはできず、事情を知る右近や侍従にも本心は理解されず、乳母にも相談できなかった。まさに浮舟は孤立していた。入水未遂後も母にだけは会いたいと思っているが、手習巻を経て夢浮橋巻に至っても、浮舟は母を慕うものの、会おうとはしない。それは娘にわが人生の生き直しを託した母への背反を申し訳ないと思う気持があったからではないかと考えられる。

おわりに

浮舟は手習巻での出家後、「亡きものに身をも人をも思ひつつ棄ててし世をぞさらに棄てつる」「限りぞと思ひなりにし世の中をかへすがへすもそむきぬるかな」（手習⑥三四一）と、わが人生をも、人をも棄てたと詠じた。その「人」には、薫、匂宮のみならず母をも含むものであった。

しかし、浮舟巻の時点で死を決意した際、母には来世でも会いたいと思ってほしいと願っていた。母はたとえ「武生」のような遠い所でも会いに来ると言ってくれた。催馬楽「道の口」は、親を離れてさすらう娘が〈私は無事に暮らしている〉ことを親に伝えてほしいと風に託したものであるが、浮舟は全く逆のメッセージを宇治の風に託す歌に転じた。そこでは、娘の身を心配する母の祈願の記された「巻数」に母の願いとは真逆な〈死〉の歌を記すことによって、皮肉なまでのすれ違いが浮き彫りになる。物語作者の意図した効果的演出であろうが、問題とした2首の辞世歌からは、母を慕いつつも母に背き、運命・宿命として死を選ばざるを得なかった浮舟の悲しみを読み取ることができると思う。

注

（1）『源氏物語』の用例と注釈書の略称、古注釈書、和歌の用例は凡例に従い、他の引用は『狭衣物語』『伊勢物語』『大和物語』（小学館新編日本古典文学全集）、『神楽歌・催馬楽・梁塵秘抄・閑吟集』（小学館日本古典文学全集）、『無名草子』（新潮日本古典集成〈新装版〉）、『源氏物語』明融本（東海大学付属図書館桃園文庫）に拠る。

（2）「風」とするのは、石田穣二「浮舟の巻について（承前）」（東洋大学『文学論藻』第61号、一九八七年二月）、宗雪修三「浮舟巻の歌の構造」（『源氏物語歌織物』世界思想社、二〇〇二年）。「枝巻数」とするのは、小町谷照彦「手習の君浮舟」（森一郎編著『源氏物語作中人物論集』勉誠社、一九九三年）。「仏」とするのは、篭尾知佳「手紙はどう読まれるか―浮舟の「遺書」をめぐって―」（物語研究会編著『物語研究』第16号、二〇一六年三月）。野村倫子「「浮舟」巻の枠取り―巻中和歌の「君」を起点に―」（廣田收・辻和良編『物語における和歌とは何か』武蔵野書院、二〇二〇年）が、「君」は「浮舟の庇護者となるべき」母であり、「会えぬ母の代わりに風に、独詠歌を託した」、託す相手である「風に見えるように枝に結んだ」（二九一～二九二頁）と述べている。

（3）「道の口」は『全集』の「遊女の嘆き」の歌だとするのが通説である。②歌が「道の口」を踏まえることで、鈴木裕子『『源氏物語』を〈母と子〉から読み解く』（角川書店、二〇〇五年）は、浮舟が「親の知らぬまにさすらいゆく運命を予告」（二三七頁）したものと述べる。浮舟の〈さすらい〉と「道の口」については、『玉上評釈』以前に、山田孝雄『源氏物語の音楽』（宝文館出版、一九三四年初版、一九六九年復刻版）が指摘し、中村昭「催馬楽「道口」考」（熊本大学『国語国文　研究と教育』23号、一九八九年六月）、元吉進「浮舟の「さすらひ」と催馬楽「道の口」」（昭和女子大学『学苑』615号、一九九一年一月）、藤本勝義「宇治十帖の引用と風土」（『源氏物語の表現と史実』笠間書院、二〇一二年、初出王朝物語研究会編『論叢　源氏物語3　引用と想像力』新典社、二〇〇一年）、植田恭代「「道口」と浮舟」（『源氏物語の宮廷文化　後宮・雅楽・物語世界』笠間書院、二〇〇九年）、同「『源氏物語』と催馬楽「道の口」―浮舟と遊女―」（『跡見学園女子大学紀要』35号、二〇〇二年三月）などもある。

（4）徳岡涼「浮舟辞世歌の行方」（『実践国文学』80号、二〇一一年一〇月）一二二～一二三頁。

（5）『注釈　一』は、「さるべき」が公式の歴としたものであるとすれば、「さりぬべき」は、自然的推移・運行による確認の判断「ぬ」が加わることで、その場の情況や形式に従ったものだと判断する主体の確認が加わる。私信ではあっても公式の形式を整えている故に、結果として誰にでも見せられる」と注している（一七四頁）。

（6）注（2）小町谷照彦、五六一頁。

（7）『岷江入楚』（下巻第五二、一二六頁）は「秘」三条西公条説「此世は子の世の心もあるなり」を引く。

（8）　三田村雅子「〈音〉を聞く人々―宇治十帖の方法―」（今西祐一郎・室伏信助監修／上原作和・陣野英則編集『テーマで読む源氏物語論1　「主題」論の過去と現在』勉誠出版、二〇〇八年、二七三・二七五頁、初出物語研究会編『物語研究第一集　特集―語りそして引用』新時代社、一九八六年）。

（9）　注（5）二五二頁「おぞまし」参照。

（10）　桐壺更衣↓桐壺帝「かぎりとて別るる道の悲しきにいかまほしきは命なりけり」（桐壺①二三）、紫上↓明石君「惜しからぬこの身ながらもかぎりとて薪尽きなんことの悲しさ」（御法④四九七）、紫上↓源氏「おくと見るほどぞはかなきともすれば風にみだるる萩のうは露」（御法④五〇五）、柏木↓女三宮「行く方なき空の煙となりぬとも思ふあたりを立ちは離れじ」（柏木④二九六～二九七）、八宮↓薫「われ亡くて草の庵は荒れぬともこのひとことはかれじとぞ思ふ」（椎本⑤一八二）。『古今集』にも哀傷歌とともに辞世歌（巻一六・八五七～八六二）を載せるが、ある女が急死する時の「声をだに聞かで別るる魂よりもなき床に寝む君ぞかなしき」（巻一六哀傷歌八五八）も、亡くなるわが身よりも後に残る夫を心配し、切に愛おしく思う心情を詠んでいる。

（11）　山崎良幸『日本語の文法機能に関する体系的研究』（風間書房、一九六五年）助動詞「ぬ」の項参照。助動詞「ぬ」と「つ」の違いについては、三六二～三六四頁参照。

（12）　注（2）宗雪修三、一八二頁。

（13）　注（3）鈴木裕子。他に鈴木日出男「中将の君と浮舟」（『源氏物語虚構論』東京大学出版会、二〇〇三年）、大森純子『源氏物語』の母と娘―物語の終焉を読むための一アプローチ―」（古代文学研究会『古代文学研究第二次』第15号、二〇〇六年一〇月）参照。

四　浮舟出家時の連作歌

――助動詞「つ」と「ぬ」から読む

はじめに

浮舟巻巻末で入水したとばかり思われた浮舟であるが、蜻蛉巻を経て手習巻冒頭で横川僧都と妹尼によって助けられたことが明らかになる。しかし、小野の僧庵で暮らす中、過去を思い悩み、妹尼の娘婿であった中将の懸想を避けるためにも、遂に横川僧都から戒を受けて出家をした。出家した浮舟は連作で次の手習歌を詠んでいる。

思ふことを人に言ひつづけん言の葉は、もとよりだにはかばかしからぬ身を、まいてなつかしうことわるべき人さへなければ、ただ硯に向かひて、思ひあまるをりは、手習をのみたけきことにて書きつけたまふ。

「亡きものに身をも人をも思ひつつ棄ててし世をぞさらに棄てつる

今は、かくて、限りつるぞかし」と書きても、なほ、みづからいとあはれと見たまふ。

限りぞと思ひなりにし世の中をかへすがへすもそむきぬるかな

同じ筋のことを、とかく書きすさびゐたまへるに、中将の御文あり。

（手習⑥三四〇～三四一）[1]

2首は、古注釈書で「此両首同心をよみ給へり」（『弄花抄』三二五頁）などと注されて以来、今日の注釈書でも、一度は入水するべく棄てた「世」「世の中」をまたしても出家により棄てたことを詠んだ歌として歌意の違いを問題にすることはないようである。確かに歌の内容と構成は類似している。しかし、一首目は「**てし**」「**つる**」、二首目は「**にし**」「**ぬる**」と、助動詞「つ」と「ぬ」の対応で詠み分けている点を見逃してはならないと思う。

また、浮舟の心境についても、今井源衛氏は浮舟が「依然として無明の境にさまよう悲傷・諦観の色も濃い」ながら「俗世離脱の安らかな落ち着きを得たことも明らか」だと言う[2]。一方、後藤祥子氏は繰り返し表現や「つ」と「ぬ」による「駄目押しのような強い調子」から出家への「決然たる意志」[3]を読み取っている。また、「親への恩愛」「肉親への情」を絶つことにあり、「俗世との縁を絶つ決意」を詠んだもの（『人物』）、「自分に言い聞かせるように、恩愛を断ち切ったと手習に書いてはみても、感情的にはすぐにはそうなりきれない」（『新全集』）などの指摘もある。

まず、助動詞「つ」と「ぬ」に留意して連作歌の歌意を精確に捉えたい。その上で、2首とも深く関わる中将への返歌「**心こそうき世の岸をはなるれど行く方も知らぬあまのうき木を**」（手習⑥三四二）を合わせて、出家直後の浮舟の心中を考えてみたい。

一　助動詞「つ」と「ぬ」の働き

助動詞「つ」と「ぬ」はいわゆる完了の助動詞と把握されるが、時枝誠記『日本文法　文語篇』（岩波書店、一九五四年）は、「実現の確定的と考へられるやうな事実の判断に用ゐられる」「辞」（助動詞）であり、「つ」は「主として、作為的、瞬間的な性質の事柄」に、「ぬ」は「自然的、経験的な性質の事柄」（一五〇・一五二頁）に用いるとした。時枝説を受ける山崎良幸説（一九六五年）(4)は、言語主体の判断を表す「確認の助動詞」とし、『源氏物語』における上接語の分析から次のようにまとめている。

「つ」は、（1）積極的、行動的で、しかも意欲に充ちた行為に関することが多い。（2）一時的乃至は瞬間的行為を意味し、長い時間推移を辿ることは少い。（3）言語主体の意志の積極的な関与を意味する助動詞がしばしば来る。

「ぬ」は、（1）環境的条件の影響を蒙ることの少い、いわば必然的、宿命的な事実が多い。（2）多くは長い時間の中にあって、必然的推移を辿る。

大野晋氏は『岩波古語辞典』（岩波書店、一九七四年）の「基本助動詞解説」において「ともに動作・作用・状態の完了を示すことが本来の役割」と捉え、違いを次の点に認めている。

「つ」は「棄(う)つ」から転成し、「作為的・人為的な動作を示す動詞や、使役の助動詞「す」「さす」の下について、すでに動作をしてしまったという完了の意を示す」

「ぬ」は「去ぬ」からの転成で、「無作為的・自然推移的な作用・動作を示す動詞や助動詞「る」「らる」の下について、すでに動作・作用が成り立ってしまったという完了の意を示す」

時枝説は「事実の判断」、山崎説は「確認」、大野説は「完了」と捉える違いはあるが、これらには「つ」は作為的、積極的判断による行為に関与し、「ぬ」は自然な時間の推移を辿ることに関わるという共通認識がある。こうした把握の他に「アスペクト」(語られる事態が、動き全体の中でどの段階(局面)にあるかを表す用言の形態)による違いとして、例えば「〜ツ形は動作過程の終結」、「〜ヌ形は結果の達成」を表すという捉え方がある。(5) しかし、既に成された浮舟の入水と出家についてほぼ同じ内容を詠じた2首を〈事態の段階〉では説明できないように思われる。

そこで、浮舟が世を「棄つ」「限る」ことは「つ」で、世の中を「思ひなり」「そむく」ことは「ぬ」で「事実の判断」「確認判断」をしたものならば、2首はどう解釈できるだろうか。一首目は、わが身をも人をも亡いものと断続して思いながら積極的に棄てたと自らの体験として回想する世を、再び積極的に棄てたのだと確認したことを「ぞ」の係結で強く言い定めた。加えて「今は、かくて、限りつるぞかし」も、今はこうして自ら積極的に終わりにしたのだ、世を棄てたのだと確認した上で、終助詞「ぞかし」で強く念を押している。しかし、「と書きても、なほ、みづからいとあはれと見たまふ」は、このように自分に念を押すように書いてはみても、やはり自分を愛しみ憐れむ気持を押さえることができない。そこで二首目は、時間の自然な推移を辿りもうこれまでだと思うようになったと回想される世の中を、またしても自然な推移を辿り出家をしたことよ、宿命だったのだと確認し詠嘆したと把握できるだろう。

二　浮舟の「つ」と「ぬ」表現

浮舟の死や出家については、浮舟巻で匂宮が密かに宇治を訪れた二度目の逢瀬以降に語られ始める。「つ」が下接する事柄には自らの積極的判断の関与があり、「ぬ」が下接する事柄については時間の推移を辿り、成り行きとして自然とこうなったのだ、と浮舟が確認していることを用例から見ていこう。

①降りみだれみぎはにこほる雪よりも中空にてぞわれは消**ぬべき**　（浮舟⑥一五四）
②けしからぬことどもの出で来て…我も人もいたづらになり**ぬべし**、　（浮舟⑥一六四）

「消ゆ（「消（く）」とも）」「いたづらになる」には「ぬべし」が下接している。推量の助動詞「べし」は道理に照らしてきっと〜に違いないと確信する「当為的承認判断」を表し、「ぬべし」も必然的にそうなるに違いない、それが道理だと確信する判断を表す(6)。よって、①は、匂宮と宇治川の対岸に行った際、〈水際に凍る雪〉と対比した「われ」は、その雪よりも道理としてきっとはかなく空中で消えてしまうに違いないと確信したことを詠っている。②も、宇治を訪れた母が弁の尼と満足げに語り合うのを聞きながら、浮舟は匂宮が無茶な行動に出て道理としてきっと二人ともに身を滅ぼしてしまうに違いないと危惧していることになる。

ところが、匂宮と何かあったなら「また見たてまつらざらまし」（浮舟⑥一六七）という母の強い言葉には次のように思う。

③いとど心肝もつぶれぬ。なほ、わが身を失ひてばや、つひに聞きにくきことは出で来なむと思ひつづくるに、
(浮舟⑥一六七)

「心肝もつぶれぬ」は、母の言葉に自然な反応として心が潰れてしまうような強い衝撃を受けたことを言う。「聞きにくきことは出で来」も「なむ」(確認の助動詞「ぬ」+推量の助動詞「む」)が下接し、「つひに」と呼応することで、時間の経過を辿り最終的にきっと見苦しいことが起きてしまうだろうと推測している。一方、「わが身を失ひ」には「てばや」(確認の助動詞「つ」+願望の終助詞「ばや」)が下接し、わが身を無くしてしまいたい、死んでしまいたいと、自らの意欲的、積極的判断をしている。「消ゆ」「いたづらになる」も死を比喩する表現であるが、①②の段階で浮舟自身が死にたいと思った訳ではなく、事態の確信をしたのに対し、③では積極的に自らの死を望んでいることに注目できる。

続く「つひに、わが身はけしからずあやしくなりぬべきなめり」(浮舟⑥一七七)、「げに、ただ今、いとあしくなりぬべき身なめり」「とてもかくても、一方一方につけて、いとうたてあることは出で来なん、わが身ひとつの亡くなりなんのみこそめやすからめ」(浮舟⑥一八四)、「ながらへばかならずうきこと見えぬべき身の、亡くならんは何か惜しかるべき」(浮舟⑥一八四～一八五)は、わが身に起こるであろう出来事について「つひに」「ただ今」「とてもかくても」「ながらへば」と呼応して、今後きっとそうなるだろう、道理としてそうなるに違いないと確信的推測をしている。

そして、入水を決意した浮舟は匂宮と母に辞世歌を詠む。母への二首目では自分の死を母に伝えてくださいと風に託した[7]。

④鐘の音の絶ゆるひびきに音をそへてわが世つき**ぬ**と君に伝へよ　（浮舟⑥一九六）

「わが世つきぬ」はわが人生が自然な経過を辿り尽きてしまう、命尽きて死ぬ意であるから、もはや宿命的出来事として、主体がじっと見ているしかない〈凝視的詠嘆性〉が示される。

しかし、手習巻冒頭で浮舟の入水は未遂に終わり、横川僧都と妹尼達に助けられたことが明らかになる。浮舟は意識が戻ると直ぐさま妹尼に、生き返っても不用の人間だから、

⑤夜、この川に落とし入れたまひ**てよ**　（手習⑥二八八）

と、宇治川に落とし入れてくださいと言う。「てよ」は「つ」の命令形で、「落とし入る」主体の妹尼に強要するかのように要請をしている。死の決意は「心強く、この世に亡せ**なん**と思ひたちし」（手習⑥二九六）、「心には、なほいかで死なん」（手習⑥二九八）と強く願い、出家についても「尼になしたまひ**てよ**。さてのみなん生くやうもあるべき」（手習⑥二九八）と、妹尼に積極的要請をするが、この時は「五戒ばかり」（⑥手習二九八）を受けた。

妹尼に保護され小野で暮らす中、小野を訪れた妹尼の亡き娘の婿であった中将が浮舟に懸想をする。妹尼達が中将の来訪を喜ぶ姿に、浮舟は独り次のように思っている。

⑥限りなくうき身なりけりと見ててし命さへ、あさましう長くて、いかなるさまにさすらふべきならむ、ひたぶるに亡きものと人に見聞き棄てられてもやみなばやと思ひ臥したまへるに、（手習⑥三一七）

「見ててし命」とは、この上なく不幸な運命のわが身だとの気付きにより自らが積極的に命を見限った事実として回想したものである。ところが、入水に失敗し不本意にも生き長らえてしまい、今後どのようにさすらうのだろうか、ひたすらこの世では亡き者と人々から見棄てられて自然な推移を辿り終わりたいと願っている。中将の懸想については「なほかかる筋のこと、人にも思ひ放たすべきさまにとくなしたまひてよ」（手習⑥三二二〜三二三）と、中将の恋情を放念させるべき尼に早くしてくださいと再び妹尼に要請するが、出家の直截的契機は九月に妹尼の初瀬参詣中に訪れた中将を避けて、母尼君の許で過去を振り返ったことにあった。

薫と匂宮に対する思いを総括した浮舟は、翌日下山した横川僧都に「尼になさせたまひてよ」（手習⑥三三五）と直訴する。僧都は若い身での出家を危ぶむものの、浮舟の強い願いに押されて出家させた。直後に浮舟は「うれしくもしつるかなと、これのみぞ生けるしるしありておぼえ」「ただ今は、心やすくうれし。世に経べきものとは思ひかけずなりぬるこそはいとめでたきことなれ」（手習⑥三三九〜三四〇）と、自らの積極的判断で出家したことを大いに喜び、一方では、出家によって自然な推移として世の中に生きなければと思い煩うことがなくなったと安堵している。ここでも明らかに「つ」と「ぬ」による語り分けが見られる。

翌日には問題の手習歌を詠み、浮舟の出家を知った中将から出家を羨むありきたりな歌が届けられると、少将の尼が浮舟の手習歌「心こそうき世の岸をはなるれど行く方も知らぬあまのうき木を」（手習⑥三四二）を返歌した。その後も「すべて朽木などのやうにて、人に見棄てられてやみなむ」(手習⑥三五四)と、自然な経過を辿り人に見棄てられて人生が終わることを願っている。

従って、浮舟が入水、出家に至った背景には、三角関係の生じたわが身が生きていれば必ずや厭わしく不幸なことが今後起きるに違いないという確信があった。そこで追い詰められて行き死を願い、出家を要請したことが助動詞の「つ」と「ぬ」によって語られていた。それらを踏まえて浮舟は連作歌で、まずは自ら積極的にわが身も人も棄てた世をまたしても積極的に棄てたのだ。また一方、自然と死のうと思うようになった世の中を、再び自然な時間の推移により背いたのだと詠嘆的に詠むことで、入水と出家に至った経緯には事実の二面性があったことを内観した。これが浮舟の連作歌での作歌衝迫であったと思う。

三　歌から見た浮舟の入水と出家

浮舟は物語中女君では最多の26首の歌を詠んでいるが、それらはほぼ一年半というごく短い間に集中的に詠まれており、歌と物語は緊密に結び付いている。浮舟の初出歌は**東屋巻**で三条の小家に移った際、母への贈歌とした「ひたぶるにうれしからまし世の中にあらぬところと思はましかば」(東屋⑥八四)である。自らの思いとして反実仮想で「世の中にあらぬところ」を希求したこの歌には、浮舟物語の始発が象られていた。(8) 浮舟巻では匂宮、薫との贈答歌8首を軸として物語が展開するが、入水未遂後の手習巻になると、12首中「手習」と記載のある7首と手習歌であろう2首、返歌となった手習歌1首によって、浮舟自らの内奥に沈潜する思いを引き出すという詠み方に変化する。歌は浮舟の入水と出家に至る思いをどのように綴っていくのか、詠歌から探ってみたい。

⑦橘の小島の色はかはらじをこのうき舟ぞゆくへ知られぬ　（浮舟⑥一五一）

⑧降りみだれみぎはにこほる雪よりも中空にてぞわれは消ぬべき　（浮舟⑥一五四）

東屋巻巻末で薫によって宇治に「隠し据ゑ」（浮舟⑥一一四）られた浮舟は、**浮舟巻**で自らを行方の分からない「うき舟」と定位し、匂宮との恋によっていずれ自らの死が道理であることを確信していくこととなる。

⑨里の名をわが身に知れば山城の宇治のわたりぞいとど住みうき　（浮舟⑥一六〇）

⑩かきくらし晴れせぬ峰の雨雲に浮きて世をふる身をもなさばや　（浮舟⑥一六〇）

⑪つれづれと身を知る雨のをやまねば袖さへいとどみかさまさりて　（浮舟⑥一六一）

初めて「手習に」と明記された「宇治」「憂し」を掛詞とする⑨から⑪は、匂宮をも薫をも選び得ず苦悩を深める浮舟の〈身〉を詠じている。匂宮への返歌⑩は、浮き・憂き身の私はあなたの眺めている峰の雨雲になりたいと恋しい想いを詠じたものであるが、作者の表現意図として浮舟の死を予感させる。[9]「かずかずに思ひ思はず問ひがたみ身を知る雨は降りぞまされる」（古今集巻一四恋四在原業平七〇五、業平集六一、伊勢物語一〇七段）を踏まえた薫への返歌⑪は、長雨で増水する宇治川を背景に「身を知る」嘆きの涙が雨となって漸次水量が増していくのであった。

こうした〈うき身〉故の懊悩から遂に入水を決意し、次の⑫は自らへ、⑬は匂宮、⑭・⑮は母への辞世歌とした。

⑫なげきわび身をば棄つとも亡き影にうき名流さむことをこそ思へ　（浮舟⑥一九三）
⑬からをだにうき世の中にとどめずはいづこをはかと君もうらみむ　（浮舟⑥一九四）
⑭のちにまたあひ見むことを思はなむこの世の夢に心まどはで　（浮舟⑥一九五）
⑮鐘の音の絶ゆるひびきに音をそへてわが世つきぬと君に伝へよ　（浮舟⑥一九六）

かくて、浮舟巻巻末で入水が実行されたであろうことを示唆し、**蜻蛉巻**は浮舟の死はほぼ確実なものとして都の薫目線で語られている。ところが、**手習巻**冒頭で浮舟の入水は未遂に終わり、横川僧都達に助けられたことが判明する。

⑯身を投げし涙の川のはやき瀬をしがらみかけて誰かとどめし　（手習⑥三〇二）
⑰われかくてうき世の中にめぐるとも誰かは知らむ月のみやこに　（手習⑥三〇二～三〇三）

⑯は、小野の妹尼の許に身を寄せた浮舟が蘇生後最初に「手習」に詠じた歌で、身を投げた私を誰が柵を掛けて助けたのかと問いかけ、⑰でも、私がこうしてうき世の中に生き長らえていると都の誰が知るだろうか、誰も知るはずがないと、不定称の人物に疑い問いかけることで、死ねなかった絶望や孤独に苦しんでいる。せめて亡骸は思うにまかせない不幸な「うき世の中」には残さないつもりであったが、生き長らえてしまった。入水に失敗し今再び「うき世の中にめぐる」浮舟には新たな〈さすらひ〉が始まる。「月のみやこ」は母や薫達の住む都を月世界のような隔絶した場所と捉えたもので、手習巻には『竹取物語』引用と見られる表現も多い。浮舟がかぐや姫に見立てられていたことにも留意される。

⑱はかなくて世にふる川のうき瀬にはたづねもゆかじ二本の杉　（手習⑥三二四）
⑲心には秋の夕をわかねどもながむる袖に露ぞみだるる　（手習⑥三二七）
⑳うきものと思ひも知らですぐす身をもの思ふ人と人は知りけり　（手習⑥三二八）

徐々に記憶を取り戻す中、「はつせがはふるかはのべにふたもとある杉としを経てまたも会ひみんふたもとある杉」（古今和歌六帖第四「せんどう歌　十七首」よみ人しらず二五一九）を踏まえた手習歌⑱は、本来は逢いたい人を言う「二本の杉」を用いて、逡巡しつつも意識的にその人を訪ねても行くまいと詠む。対象を明確には示さないが、そこには心の葛藤があったのだろう。⑲は秋の夕暮れに「つれづれと来し方行く先を思ひ屈じ」（手習⑥三二五）寂寥感に涙する歌。⑳は、浮舟に懸想をした中将が自分も「もの思ふ人」だと物知り顔に詠んだ贈歌に対し、「うきもの」とも知らないで過ごす私をあなたは「もの思ふ人」だと知っているのですね、と切り返しているが、これらの歌からも浮舟の内実はやはり「もの思ふ人」であった。

そして、妹尼の初瀬参詣中に訪れた中将を避け、母尼の許で過去を省みた浮舟は、折良く下山した横川僧都に懇願して出家を果たす。直後には嬉しく晴れ晴れしい気持にもなったが、問題の手習歌を書き記した。

㉑亡きものに身をも人をも思ひつつ棄ててし世をぞさらに棄てつる　（手習⑥三四一）
㉒限りぞと思ひなりにし世の中をかへすがへすもそむきぬるかな　（手習⑥三四一）
㉓心こそうき世の岸をはなるれど行く方も知らぬあまのうき木を　（手習⑥三四二）

㉑・㉒の連作歌は出家直後の感慨として、入水と出家には二面的事実があったことを回想し確認したもので、今再び世を棄て世の中を背いたのだと重ねて自らに言い聞かせている。㉓は少し間を置いて冷静にもなり、思って見ればやはりこうだと詠じたのだろう。

浮舟は、早くに宇治川を渡る際わが身を「このうき舟ぞゆくへ知られぬ」（浮舟⑥一五一）と見定めて以来、棄てたはずの命が生き長らえてしまい「いかなるさまにさすらふべき」（浮舟⑥三一七）かと嘆き、出家しても「行く方も知らぬ」尼だと捉えるように、浮舟の〈さすらひ〉は終わらない。長谷川政春氏が浮舟を「さすらいの女君」[10]と位置付ける所以である。また、小嶋菜温子氏は『古今集』巻一八雑歌下の厭世歌群では「ゆくへしれぬ」往き場のない魂の漂泊を詠じていることを論じて、たとえ遁世・出家してもついて回る〈憂き心〉から逃れることはできないと言う[11]。浮舟の「心こそ」の歌も出家をしても未だ漂泊する浮舟の心を炙り出す手習歌であった。

四　手習歌3首について

ここでは、連作歌と「心こそ」の歌が浮舟のどのような内実を露わにするものであったのか、更に探ってみたい。浮舟が連作で「亡きものに身をも人をも思ひつつ棄ててし世」「限りぞと思ひなりにし世の中」と詠む「世」「世の中」については、藤田加代氏が「世」は「自己が直接関与している生活空間と人間関係[12]」のすべてを捉えたものであり、「世の中」には「「世」のただなかに身を置き、その内部構造としての人間関係を内側から重苦しく体験する切実さが貼りついてくる[13]」と述べている。

浮舟が棄てた「世」、もうこれまでと思った「世の中」には、母の願いに応えられなかった薫との結婚、匂宮との許されない恋、薫への裏切りなど、それ故に生じた母・薫・匂宮・姉中君に対するさまざまな懊悩と葛藤があった。これらの苦悩と周囲の人々に追い詰められ抜き差しならなくなった浮舟は、死を切望し入水を決意した。しかし、死にきれなかったわが身への悔恨と、中将の懸想や妹尼の期待をかわすために出家をする。「思ひあまる」思いをさまざま詠じる中で連作歌は、入水のみならず再度世を棄て出家したことを、行為の完了や事態の段階としての達成、成立、終結と捉えるのではなく、表裏一体に貼りついた事実の二面性として確認するものであった。

浮舟の出家を知った中将から「岸とほく漕ぎはなるらむあま舟にのりおくれじといそがるるかな」（手習⑥三四二）というありきたりな歌が届くと、浮舟は「例ならず取りて」見る。出家し「もののあはれなるをりに、今は、と思ふもあはれなるものから」感慨深く思うところがあり、少将の尼が既に詠まれていた浮舟の手習歌「心こそうき世の岸をはなるれど行く方も知らぬあまのうき木を」を浮舟の直筆のままに返歌することを止めはしなかった。「うき世の岸をはなる」「あまのうき木」は、まさに中将が浮舟を「岸とほく漕ぎはなるらむあま舟」と寓したことを受けたように見えるが、直截贈答歌として詠まれたものではない。中将は出家して俗世を離れ既に遠く仏の道に漕ぎ出しているであろう浮舟を「海士」と「尼」を掛けた舟に準えて「のりおくれじ」と羨む。

それに対し、浮舟は心は憂き世の岸を離れたけれど、行方も分からずに海に漂う海士の筏（小舟）のような尼だと切り返したことになる。出家をしても尼としての生き方が定まったのではなく、憂き世を離れてもなお行き場のない魂が漂泊する、心のたゆたいがあったと思われる。この後も過去を回想し薫や匂宮を懐旧することからも、「心」がすっかり昔を忘れた訳ではなかった。

浮舟にとって「うき世の岸をはなる」とは、男女のことのみならず、「世」そのものからの離脱を言うのであろう。

初出歌で「世の中にあらぬところ」を希求したこととも照応し、不幸なこの世を棄て、仏の世界を志向したのではなかったのか。しかし、出家しても今なお「行く方も知らぬあまのうき木」であるとの自覚は、「世の中にあらぬところ」を得られたのではなかったことの謂いである。

元来「世の中にあらぬところ」とは、出家・遁世をしても必ずしも得られる場所空間ではなかったと考えられる。(14)「世の中にあらぬところも得てしがな年ふりにたるかたちかくさむ」（拾遺集巻八雑上「題しらず」よみ人しらず五〇六）、「こひわびてへじとぞ思ふ世の中にあらぬところやいづこなるらん」（好忠集「恋十」五三三）、中でも『藤原惟規集』では「いかでわれ住まじとぞ思ふ住むからに憂き事しげきこの世なりけり」（藤原惟規一五）に対し、女は「いづかたにいかがそむかんそむくとも世には世ならぬところありやは」（一六）と返歌している。世の中・世でないところを求め、探し、〈ない〉と言う。浮舟も反実仮想で「世の中にあらぬところ」を希求していた。

しかも、浮舟が出家しても「行く方も知らぬあまのうき木」と捉えることは、『藤原惟規集』の女が結局どこにどう出家しても〈世には世でないところはない〉と詠んだ思いに通じる。浮舟物語はその思いを物語として体現するものではなかったか。浮舟が自らの存在を否定し、この世に安住の場を見出せず漂泊するという存在感覚は、『古今集』の厭世歌群や『藤原惟規集』の女の歌がそうであったように、浮舟もまた出家をしても漂泊する魂の行き場がなかったことになる。

浮舟は「心こそ」の歌で、出家しても尼になりきれず、さすらう我に心を寄せて愛おしみ憂えた。藤井貞和氏が「心こそ」歌の句末の「を」は、浮舟が「万感をそこに込めてうたいおさめたつもり」であろうと捉え、「物語の書き手はこの一首をもって浮舟の主題を込めた(15)」と述べている通りだと思う。

おわりに

都から排除され宇治を経て小野に至った浮舟は、出家をしても未だ本心からわが人生を棄て母や薫、匂宮を棄て、もうすべておしまいだと、この世も過去もきっぱりと棄て切ることができずに心の葛藤を抱えていた。今も居場所を見出せずかくまで〈さすらひ〉の女君であることは、古代伝承の入水譚を下敷きに「人形」「なでもの」「うき舟」「うき木」と水に流され、浮き漂うものに寓されたこと、更に初発歌において浮舟自らがこの世に生きる限りは得ることのできないかもしれない「世の中にあらぬところ」を希求したことに因るのではないかと思う。出家をしても漂泊の浮き・憂き尼として生きることからは逃れられない。この後も「すべて朽木などのやうにて、人に見棄てられてやみなむ」と世や人々からは見棄てられて終わりたいと願いつつ、「行ひもいとよくして」法華経や多くの法文を読む（手習⑥三五四）など尼になろうとしている。未だ救済や解脱には遠いだろうが、思い迷いながら尼として生きて行くだろう。

出家時の連作歌で浮舟は、浮舟物語の核となる入水と出家が浮舟の積極的判断としての決断であったこと、また一方、なるべくしてこうなった宿命的なものだったという二面的事実に支えられていたことを自ら分析し確認した。この連作歌は、助動詞「つ」と「ぬ」で詠み分けることによって事実の二面性を明確に内観するものであった。

注

（1）『源氏物語』の用例と注釈書の略称、古注釈書、和歌の用例は凡例に従い、『藤原是規集』は岩波文庫本『紫式部集』に拠る。

（2）今井源衛「浮舟の造型―夕顔・かぐや姫の面影をめぐって」（中島あや子編『今井源衛著作集　第2巻　源氏物語登場人物論』笠間書院、二〇〇四年、一八七頁。初出『文学』50―7、一九八二年七月）。

（3）後藤祥子「手習いの歌」（秋山虔・木村正中・清水好子編『講座　源氏物語の世界』第9集、有斐閣、一九八四年）二三四～二三五頁。

（4）山崎良幸『日本語の文法機能に関する体系的研究』（風間書房、一九六五年）三六二～三六四頁。「つ」は「行動的、意欲的性格」「積極的、要請的表現」、「ぬ」は「凝視的、詠嘆的性格」「深く思い入るような」「婉曲的表現」（三七一頁）、「凝視的詠嘆性」〈観照的態度〉（三六六頁）があるとも述べている。

（5）鈴木泰『古代日本語動詞のテンス・アスペクト―源氏物語の分析―』（日本語研究叢書第1期第2巻、ひつじ書房、一九九二年）一八二～一八三頁。「アスペクト」の説明は、小田勝『実例詳解　古典文法総覧』（和泉書院、二〇一五年）一二二頁に拠る。小田勝氏は「つ」と「ぬ」は「完了化辞」であり、「ツ形は完成相」、「ヌ形」は「変化の実現」「起動相」と説明している（一二六～一二九頁）。

（6）注（4）山崎良幸、「べし」三四三頁、「ぬべし」は『注釈　一』二九頁。

（7）拙稿「浮舟の辞世歌―「風」と「巻数」をキーワードに読む―」（『解釈』第65巻第3・4月号、二〇一九年四月）、本書第一章三。

（8）「世の中にあらぬところ」は反実仮想で詠まれたことで、浮舟がこの世に在る限りは得ることのできない場所空間であっただろう。浮舟は「形代」「なでもの」「うき舟」「うき木」と比喩的に人物造型され、入水し出家しても「世の中にあらぬところ」を求めてさすらう運命に位置付けられていた。本書第一章七に詳しく述べた。

（9）拙稿『源氏物語』における浮舟の「峰の雨雲」歌―浮舟はいつから死を考えていたのか―」（古代中世文学論考刊行会編『古代中世文学論考』第36集、新典社、二〇一八年）、本書第一章一。

（10）長谷川政春「さすらいの女君（二）―浮舟」（『物語史の風景―伊勢物語・源氏物語とその展開―』中古文学研究叢書4、若草書房、一九九七年、初出原題「浮舟」秋山虔編別冊国文学No.13『源氏物語必携Ⅱ』学燈社、一九八二年二月）。

（11）小嶋菜温子「宇治十帖から『古今集』巻十八（雑下）へ〈付〉千里『句題和歌』」（『源氏物語批評』有精堂、一九九五年、初出原題「源氏歌物語と和歌―古今集・雑下の構造から―」編集同人・物語研究『物語研究』№3、一九八一年一〇月に、「千里■古今和歌集の歌人たち」『一冊の講座　古今和歌集』有精堂、一九八七年を加えた）。浮舟歌に類似する歌として明石入道も「世をうみにここらしほじむ身となりてなほこの岸をえこそ離れね」（明石②二六九）と、出家をしても未だこの世を棄て切れない思いを詠じていた。

（12）藤田加代「「世」意識と「身」意識からみた不幸観」（『「にほふ」と「かをる」―源氏物語における人物造型の手法とその表現―』風間書房、一九八〇年）二三九～二四一頁。

（13）藤田加代「浮舟の造型―その詠歌に見る二つの問題点―」（高知日本文学研究会『日本文学研究』第46号、二〇〇九年七月）一六九頁。

（14）本書第一章七参照。

（15）藤井貞和「物語における和歌―『源氏物語』浮舟の作歌をめぐり―」（『国語と国文学』60―5、一九八三年五月）七一頁。

五　「袖ふれし人」歌考

はじめに

手習巻は、宇治で入水しきれなかった浮舟が横川僧都らに助けられた春三月末から語り始められる。妹尼の手厚い看護で快復し小野の僧庵に身を寄せていたが、妹尼の娘婿であった中将の懸想を厭い、九月には過去を振り返り横川僧都によって出家する。来し方を思い手習いをする折々、春には次のように語られている。

閨のつま近き紅梅の色も香も変らぬを、春や昔のと、こと花よりもこれに心寄せのあるは、飽かざりし匂ひのしみにけるにや。後夜に閼伽奉らせたまふ。下﨟の尼のすこし若きがある召し出でて花折らすれば、かごとがましく散るに、いとど匂ひ来れば、

袖ふれし人こそ見えね花の香のそれかとにほふ春のあけぼの　（手習⑥三五六）[1]

右の場面は「月やあらぬ春やむかしの春ならぬわが身ひとつはもとの身にして」（古今集巻一五恋五在原業平七四七、業平集三七、伊勢物語四段）、「色よりも香こそあはれと思ほゆれ誰が袖ふれし宿の梅ぞも」（古今集巻一春上よみ人しらず三三）、「飽かざりし君がにほひの恋しさに梅の花をぞ今朝は折りつる」（拾遺集巻一六雑春具平親王一〇〇五）などを踏まえ、庭の紅梅によって睦み合った男君の「飽かざりし匂ひ」を想起し、歌では「袖ふれし人」と詠じている。この「袖ふれし人」は誰を指すのだろうか。

一　従来の解釈

従来、次のような解釈がある。[2]

A薫……紹巴抄・湖月抄・大系・南波浩・高田祐彦・松井健児・小林正明・吉野瑞恵・倉田実・浅野令子・大森純子・藤原克己・高木和子

B匂宮…弄花抄・孟津抄・対校・全書・玉上評釈・全集・集成・新大系・新全集・人物・注釈・後藤祥子・鈴木日出男・山崎和子・久富木原玲・金秀姫・松井健児・高橋汐子・飯塚ひろみ・藤田加代・中川正美・徳岡涼・小西美来

C薫であり匂宮でもある…細流抄・萬水一露・岷江入楚・校注・鑑賞（早乙女利光）・池田和臣・三田村雅子・吉村研一

D匂宮の意識下に薫…東原伸明・鈴木裕子

A説では、高田祐彦氏が「梅の香に喩えられるのは圧倒的に薫が多く、匂宮は…むしろ梅を賞美する人と位置づけられていた」(3)と捉えるが、この説は「とみたい」「ととっておく」など、消極的な述べ方をするものも多い。B説は今日最も支持されており、「紅梅」には匂宮が繫がり、「春のあけぼの」に匂宮との逢瀬を連想するなどの点から論じられる。C説は『細流抄』が「あかざりし」について「薫にても匂にても也」(四四三頁)と述べた流れにあるが、今日では二人が「渾然一体」(4)となった、或いは「本質的同一性」(5)を有する、といった薫と匂宮を分かち難いものと捉えるもので、D説は匂宮と捉えながらも、意識下に薫を捉えている。これらが薫か匂宮かを読み解く視点からの考察であるのに対し、「解釈が一義的に確定できない」といった視点からの考察もある。(6)

一首の構成は、「袖ふれし人こそ見えね／花の香のそれかとにほふ／春のあけぼの」という、視覚と嗅覚、無いものと有るものの対比によって、袖を触れた人は見えないけれど、紅梅からはその人の香が「それか」と匂う「春のあけぼの」であると、言わば情景を詠じている。そこに浮舟の愛惜や懐旧などの心情を表すことばはない。また、手習歌だとも明記はされていない。しかし、やはりこの独詠歌は、後藤祥子氏が「自分でも気付こうとしなかった心の奥の想いをおのずから紡ぎ出す」(7)、藤田加代氏も「浮舟の内奥の真実を炙り出す」(8)と説く手習歌であったと思われる。過去と向き合う浮舟に「それか」と匂う紅梅が喚起する「袖ふれし人」は匂宮だと捉える立場から、今一度この場面を明確に捉え、歌に託した浮舟の心中を探ってみたい。

二　「飽かざりし匂ひ」について

まず、歌の詠まれる契機となった「飽かざりし匂ひ」について見ていこう。浮舟が「閨のつま近き紅梅」を見て「紅梅」に心を惹かれるのは、男君の「飽かざりし匂ひ」が染みていたからだろうかという気付きを自らに問いかけている。「飽かざりし」は、他にも同じ語構成で、源氏が亡くなった夕顔を追慕する「あ（飽）かざりし夕顔」（末摘花①二六五・玉鬘③八七）の表現があり、もうこれでいいと満たされた気持になり、満足する、堪能することがなかった意を表す。「匂ひ」は薫香のことであり、「しむ」は「身に」染むことと、「心に」染むことも言うが、ここはまずは男君の薫香、移り香が浮舟の身に染みていたことだと考えられる。

ただし、この「匂ひ」には薫香以外の可能性はないのだろうか。「にほふ」は「対象に内在する属性が発散し、それがあたり一面に広がるかたちで発現することに関する表現」(9)である。対象に内在する美質や属性が周囲に発散する状態で発現することを表すことから、浮舟には薫香のみならず、高貴な男君から発現する華やかな美貌や魅力も心に染みていたのではないだろうか。最初の逢瀬で浮舟は匂宮を「こまやかに**にほひ**、きよらなることはこよなくおはしけり」（浮舟⑥一三二）、二度目にも「まばゆきまできよらなる人」（浮舟⑥一五二）と見、入水を決意した時にも匂宮の残した絵を見て**匂宮の「顔のにほひ」**などをまざまざと思い起こしていた（浮舟⑥一九二）。嗅覚・視覚にも共通して発現する「にほひ」こそ、「色も香も」と香のみならず、「紅」の明るく華やいだ色彩を具有する「紅梅」の特性と一致する。「にほふ」の本義に注目することで、紅梅と「にほふ」人物像とのより本質的な繋がりが見出せる。

この点については、匂宮と娘中君との縁組みを望む紅梅大納言が、「色も香も世の常なら」（紅梅⑤五〇）ない紅梅の枝に付けて若君に持たせた後述例⑦歌にも言える。「本つ香のにほへる君」は実際に元々匂宮が芳香を放っていることに加えて、瑞々しい美質や今上帝の第三皇子である高貴な出自故に発散する華麗な魅力の喩ともなっていよう。直前の場面で紅梅大納言が匂宮に来訪を誘うと、匂宮の返歌「花の香をにほはす宿にとめゆかば色にめづとや人のとがめん」（紅梅⑤五三）でも、「花の香をにほはす宿」は、紅梅が咲き誇りあたりに華やかな芳香を放つ大納言邸の実体であるのと同時に、美しい妙齢の娘が男君たちを魅了し引き付けている大納言邸の喩となっている。「色にめづ」も紅梅の色彩を賞美するだけではなく、好色であることの喩である。浮舟は庭の「紅梅」を「色も香も変らぬ」と賞美しており、その「紅梅」に寓される「袖ふれし人」は、あたり一面に広がる芳香と華やかな魅力を発散させる人物であった。

冒頭に挙げた浮舟の回想する男君の「匂ひ」が複数を表すのではない点に触れたのは『対校』であった。複数例には「うちしめり濡れたまへる**匂ひども**は、世のものに似ず艶にて、うち連れたまへるを」（総角⑤二八六）など3例があるが、「匂ひ」ではいずれも単数を表している。同様に歌の「それか」も単数の固有の人物や物を指す表現として、6例用いられている。

①うち忘れては、ふと**それか**とおぼゆるまで通ひたまへるを、　（早蕨⑤三四七）

②夕顔　心あてに**それか**とぞ見る白露の光そへたる夕顔の花　（夕顔①一四〇）

源氏　寄りてこそ**それか**とも見めたそかれにほのぼの見つる花の夕顔　（夕顔①一四一）

①は、ふとした折に一瞬中君が亡き大君かと思われる程に似ていると薫が捉えたもの。②の六条界隈で見た女（夕

顔）側と源氏の贈答歌は解釈に問題を残すが、ここでは互いに明確にではなく「それか」と詠み交わすことで、当初から謎めいた出会いを演出するものであった点を押さえておきたい。薫についての「風につきて吹きくる匂ひのいとしるくうち薫るに、ふと**それと**うちおどろかれて」（総角⑤二五九）や、後述例⑤「かの人」が揺れを含まずに対象を指示するのとは異なり、「それか」はその人と目星を付けてはいるが、「うち忘れては、ふと」や、夕方に「心あてに」「ほのぼの」見たことを前提として断定はせずに不確実さを残すのである。浮舟詠でも「袖ふれし人」が今ここに居ないことが不確定要素としてあるため「それ」と明言は避けるものの、指しているのは**一人の人物**だと思う。

三　薫と匂宮の薫香について

当該場面での「匂ひ」は第一義的には男君の薫香を捉えたものであり、薫と匂宮の薫香については従来から論じられているが、ここで再確認しておきたい。薫については、

③御前の花の木も、**はかなく袖かけたまふ梅の香は**、春雨の雫にも濡れ、**身にしむる人多く**、秋の野に主なき藤袴も、もとの薫りは隠れて、なつかしき追風ことに**をりなしがらなむまさり**ける。（匂兵部卿⑤二七）

④香のかうばしさぞ、**この世の匂ひならず**、あやしきまで、うちふるまひたまへるあたり、遠く隔たるほどの追風も、まことに**百歩の外も薫りぬべき**心地しける。（匂兵部卿⑤二六）

⑤**かの人の御移り香のいと深くしみたまへるが**、世の常の香の香に入れたきしめたるにも似ず**しるき匂ひなる**を、（宿木⑤四三四）

とある。③は「袖ふれ」の異文も見られるが、④では、いかにもこの世のものならぬ体香を発していたとされる。薫の移り香が中君に深く染みていたことを語る⑤は、薫が中君と対面した際、とっさに上半身を御簾の中に入れ中君に添い臥したとあり（宿木⑤四二七）、中君は「単衣の御衣なども脱ぎかへたまひてけれど、あやしく心より外にぞ身にしみ」（宿木⑤四三五）ていた。そのため、匂宮は薫の移り香が染みているのは身体的接触があったからではないか、と疑ったのである。

片や匂宮は、次のように語られている。

⑥かく、あやしきまで人の咎むる香にしみたまへるを、兵部卿宮なん他事よりもいどましく思して、それは、わざとよろづのすぐれたる**うつしをしめたまひ**、朝夕のことわざに合はせいとなみ、（匂兵部卿⑤二七）

⑦**本つ香のにほへる**君が袖ふれば花もえならぬ名をや散らさむ（紅梅⑤五三）

⑧御気色なまめかしくあはれに、夜深き露にしめりたる**御香のかうばしさ**など、たとへむ方なし。（浮舟⑥一九二）

③と語られた薫への対抗心から意図的に薫香を焚きしめていたという⑥に注目できる。匂兵部卿巻において二人の薫香は、薫が「うたて」「あやしきまで」「あやしく心より外に」他者にも「しむ」「しるき」この世ならぬ天性の芳香を発するのに対し、匂宮は「わざと」人為的な「うつし」の香を焚きしめ、芳香のある花に執着するという、同質的ではありながらも明らかに差異が象られていた。他者の〈身にしむ香〉という点では薫の蓋然性が高いだろう。

⑦の「本つ香のにほへる」は匂宮が本来身に備えた芳香と華やかな属性を発現していることを言うもので、⑧は匂

宮が宇治を訪れたものの警備が厳しく浮舟と逢うことができず、代わりに対面した侍従が「かうばしさ」と捉えた例である。薫についても、初瀬参詣から帰る浮舟一行の女房達が、垣間見している薫の薫香を弁の尼のものと勘違いした場面で、

⑨若き人、「**あなかうばしや**。いみじき香の香こそすれ。尼君のたきたまふにやあらむ」。老人、「まことにあなめでたの物の香や。…」（宿木⑤四九〇〜四九一）

と、「かうばし」さを絶賛していた。匂宮に対しても、二条院で暗がりの中押し入ってきた男君を実際は匂宮であるのに「かうばしき」雰囲気から、

⑩この、ただならずほのめかしたまふらん大将にや、**かうばしきけはひ**なども思ひわたさるるに、（東屋⑥六一）

と、浮舟が誤った推測をしている。浮舟の異変に気付いた中君女房の右近も誰と判明しない段階では、「袿姿なる男の、**いとかうばしくて**添ひ臥したまへるを」（東屋⑥六三）と捉えている。このように両者の薫香を「かうばし」とのみ語る時点で、薫香では二人を識別し難いことが印象付けられる。この後、急遽三条の小家に移された浮舟は、

⑪何ごとにかありけむ、いと多くあはれげにのたまひしかな、**なごりをかしかりし御移り香も**、**まだ残りたる心地して**、恐ろしかりしも思ひ出でらる。（東屋⑥八三）

と、未だ身に残る魅力的であった匂宮の「御移り香」を捉えていた。「移り香」については、⑤で中君に薫の移り香が「いと深くしみ」、朝方中君のもとに現れた大君からは「**ところせき御移り香**の紛るべくもあらず**くゆりかをる**」（総角⑤二四二）と、紛れもない薫の薫香が立ち込めていた。紅梅巻では紅梅大納言が、朝帰りの若君に染み付いていた匂宮の薫香を「**移り香はげにこそ心ことなれ**」（紅梅⑤五四）と賞賛している。

移り香が身に染むのは、中君と大君には薫が、浮舟には匂宮が「添ひ臥し」、若君も匂宮が「花も恥づかしく思ひぬべく**かうばしくて**、け近く臥せたまへる」（紅梅⑤五一）からで、男女なら逢瀬を、若君例は「男色を暗示」（『新全集』）する。浮舟に今でも染みているのだろうかと思わせる「飽かざりし匂ひ」も逢瀬の折の移り香であり、⑪と類似の感覚である。

浮舟巻で匂宮は、二条院で言い寄った女が薫によって宇治に隠し据えられていることを知るや、薫に成りすまして訪れ浮舟と契りを結んでしまう。その時邸内に導き入れたのは右近であった。匂宮が暗い中で声を「いとようまねび似せ」「ただかの御けはひにまねび」（浮舟⑥一二四）ていたとは言え、右近や女房達は何ら違和感を覚えず薫と信じてしまう。事実を知っている語り手のみは、

⑫いと細やかになよなよと装束きて、**香のかうばしきことも劣らず**。　（浮舟⑥一二四～一二五）

と、匂宮の薫香も薫に〈劣らない〉と言うが、両者の薫香が甲乙付けがたい「かうばしき」ものと語られることによって二人の薫香の差異性が希薄化する。浮舟も二条院での話からやっと匂宮だと気付くように、田舎びた浮舟や女房が

薫香に疎かったとしても、後日再訪した際にも「道のほどに濡れたまへる香のところせう匂ふも、もてわづらひぬべけれど、かの人の御けはひに似せてなむ、もて紛らはしける。」（浮舟⑥一四九）と、偽装が可能である程に似ていること自体、作者の意図として作為的であった。

つまり、浮舟物語においては薫香では二人を見分けられなかった。これは物語作者が意図的に薫と匂宮の薫香、ひいては薫と匂宮本人が取り違えられる状況を作り出すための操作であった。薫と匂宮の取り違えはしかるべくして起き、薫・匂宮・浮舟の三角関係は計画的に準備されていた。

薫と匂宮の薫香について三田村雅子氏は、宇治の物語における「匂いの無効性」を挙げ、薫の香と匂宮の匂いは「あっては邪魔なものとして、誤解のみを呼び起こしていくもの[10]」、中川正美氏も、薫と匂宮の人物造型は後撰集歌「紅に色をば変へて梅の花香ぞことごとに匂はざりける」（巻一春上「紅梅の花を見て」凡河内躬恒四四）に拠るもので、「二人の芳香と薫香は、移り香や取り違えを語るために付された[11]」と捉えている。従って、浮舟が男君を回想する「飽かざりし匂ひ」を、浮舟登場以前の薫香表現でもって誰と決定付けることは避けたい。しかし、そのことが三田村氏の言う両者が「渾然一体」となることや、吉村研一氏が、浮舟は「二人の香の違いを区別できなかった」から「袖ふれし人」を「同一の実体」と認識した[12]と言うことにはならないように思う。

四　「紅梅」と「白梅」の喩

このように浮舟物語では薫と匂宮の薫香が差異化されず、嗅覚的には二人を誤認し取り違えを可能にする等質的な「かうばしさ」が印象付けられていたが、ここでは匂宮と薫の人物造型において「紅梅」と「白梅」の喩に注目してみたい。

『源氏物語』中「紅梅」は13例あり、単に「梅」と語られていても紅梅を指す例もあるが、六条院、二条院、末摘花邸、玉鬘邸、紅梅大納言邸、八宮邸、小野の僧庵に咲いていた。「園に匂へる紅の、色にとられて香なん白き梅には劣れると言ふめる」（紅梅⑤五〇）とも言われるが、八宮邸の「色も香もなつかしき」（早蕨⑤三五六）紅梅をはじめ、六条院春の町には「御前近き紅梅盛りに、色も香も似るものなきほどに」（梅枝③四〇五）、紅梅大納言邸の「枝のさま、花ぶさ、色も香も世の常ならず」（紅梅⑤五〇）ない紅梅が咲き誇り、色彩と芳香の両面から賞美される。『枕草子』（三五段木の花は八六）では「木の花は　濃きも薄きも、紅梅。」と第一に賞揚され、和泉式部が詞書に「ただの梅、紅梅など多かるを見て」詠じた「梅の花香はことごとに匂へども色は色にも匂ひぬるかな」（和泉式部続集一七三）も、紅梅を愛でたものである。「紅梅」が「色も香も」と視覚・嗅覚において賞揚される所以は、まさに「にほふ」属性にある。

人物造型において、匂宮には紫上鍾愛の紅梅と桜が託され（御法④五〇三）、この「対の御前の紅梅とりわきて後見ありきたまふ」（幻④五二八）、紅梅に「御心とどめ」（紅梅⑤五〇）、「梅の花めでたまふ君」（紅梅⑤五四）として紅梅や梅との繫がりが深く、紅梅によって「本つ香のにほへる君」と寓された（紅梅⑤五三）ように、まさに「紅梅」のイメージによる華やかで好色な男君としての匂宮像が形成されている。

一方の薫は、女房が「闇はあやなく心もとなきほどなれど、香にこそげに似たるものなかりけれ」（匂兵部卿⑤三四～三五）と薫香を賞美し、匂宮が「折る人の心に通ふ花なれや色には出でずしたに匂へる」（早蕨⑤三四八）と薫の人物像を見立てること、また竹河巻でも女房が「色めけ」と詠みかけ、薫が「したに匂へる」と返歌する後述例⑳も、薫の人物造型には「「闇はあやなし」とおぼゆる匂ひありさま」（浮舟⑥一四七）として、凡河内躬恒の次の歌を引歌としている。

⑬春の夜の闇はあやなし梅の花色こそ見えね香やはかくるる　（古今集巻一春上四一）

⑭降る雪に色はまがひぬ梅の花香にこそ似たるものなかりけれ　（拾遺集巻一春一四）

⑬は春の夜の梅香を、⑭の屛風歌は、白雪と見間違える白梅の香を賞美したものである。このことから、薫には色よりも香が秀逸な「白梅」の属性が付与されており、薫と匂宮の人物造型において、「白梅」の薫、「紅梅」の匂宮という対照的な喩が配されていたと見なせよう。

とは言え、浮舟物語においても「白梅」「紅梅」の喩が有効かという問題もある。浮舟の母中将の君は東屋巻の二条院で見た匂宮を「いときよらに、**桜を折りたる**さましたまひて」（東屋⑥四二）と、桜に準えて讃美していた。「桜」も「匂ふ」ものであるが、主として色彩美を捉えているように思う。紫上遺愛の紅梅と桜が託されていた匂宮には、浮舟がその芳香に魅力を感じ、高貴な出自や優美な容貌、振る舞いにも魅せられていたことから、「色も香も匂ふ」紅梅の喩を引き続き捉えることができるだろう。二人の人物造型は『後撰集』四四番歌の「紅に色をば変へて」に拠るならば、紅に色を変えた「紅梅」には匂宮、「白梅」は薫の喩としている。いずれも類希なる「かうばしさ」を発現する「白梅」と「紅梅」の人物には、「香ぞことごとに匂は」ず、また一方で「香はことごとに匂」うと詠われた同質性と差異性が付与されていた。

「紅梅」「白梅」の喩は、白梅が薫の「折る人の心に通ふ」と見立てられたように内面性にも通じるものであったが、元来「梅」は「生ひ出でけむ根」（紅梅⑤五四）、「根ざし」（帚木①五九）が重視されることから、家柄・出自も重ねられていようか。「紅梅」の喩による人物造型は、他にも紫上、大君・中君姉妹に見られるが、「紅梅大納言」は匂宮に紅梅を奉ったことからの通称であり、彼が紅梅に寓されるわけではない。むしろ、その紅梅が庭にある「この花の主」（紅梅⑤五一）たる、故螢兵部卿と真木柱の娘「宮の御方」は、零落したとは言え宮家の姫君である。中川正美氏は、赤鼻の常陸宮の姫君末摘花にも紅梅は揶揄としてではあるが機能し、式部卿宮の姫君朝顔も紅梅に寓される点を指摘している。[13] 朝顔姫君は、梅枝巻で薫物を入れた白瑠璃の壺に合わせて自らを白梅に寓したが、源氏が返歌で紅梅に据え直したのは、紅白の対照性もさることながら、紅梅の優位性に繋がると思う。[14]

浮舟が紅梅と関連付けられることはなく、二度目の逢瀬で浮舟が着替えた「紅梅の織物」（浮舟⑥一五五）が唯一の例である。これは匂宮との逢瀬の折に春の装束として装いを凝らした小袿であったのだろうが、紅梅の装束は他に、紫上、明石女御、幼い薫、女楽の明石君方の童や、女三宮も「紅梅にやあらむ」（若菜上④一四一）紅梅襲を着用し、源氏から朝顔姫君の使者に与えた衣にも各1例用いられている。ここで浮舟に「紅梅」を着用させることで、作者はせめてもの雅な華やかさを装わせたのだろうか。

『万葉集』『古今集』などでは「白梅」の闇に薫る香や雪と見まがう純白さが賞美されたのに対し、紅梅の植栽の広まりとも関係するのか、『源氏物語』では「色も香も」具有する紅梅の優位性が語られている。色彩として「白」は〈あてに・をかし・うつくし・きよら・なまめく〉などの上品な優美さと協調するのに対し、「紅」「赤し」は〈にほふ〉という発散性を持つ華やかな色彩として賞美されている。

『源氏物語』以外でも、和泉式部が前述の詞書で「紅梅」と「ただの梅」を対比し、「ただの梅」と語る白梅は格別に扱い取り立てるほどではないものとして捉えているのは、やはり紅梅の優位性を示すものだろう。また、『枕草子』〈四〇段あてなるもの九八〉に「**梅花に雪の降りかかりたる**」とある梅は、「あてなるもの」の並びには「水晶の数珠」

などが挙げられており、「あて」の優美な上品さは「白梅」の属性だと思われる。「村上の先帝の御時に、**雪**のいみじう降りたりけるを、様器に盛らせたまひて、**梅**の花をさして」（一七五段村上の先帝の御時に三〇四）と賞美したのも白梅であろう。梅壺の庭には「御前の梅は、西は**白く**、東は**紅梅**にて」（七九段返る年の二月二十余日一四二）と紅白の梅が植えられていたとされるが、「竹近き**紅梅**」「見どころもなき**梅**の木」（三九段鳥は九六）の対比からも、やはり紅梅は「紅梅」と語られ、紅梅の優位性を示していたように思う。従って、「紅梅」の優位性は人物造型においても匂宮の優位性と結び付いていたと考えられる。

五　「袖ふれし人」の喩

次に、歌の「袖ふれし人」と匂宮との結び付きを考えてみたい。歌集には次の「袖ふる」例があるが、「袖ふれし人」では詠われていない。

⑮色よりも香こそあはれと思ほゆれ誰が**袖ふれ**し宿の梅ぞも　（古今集巻一春上「題しらず」よみ人しらず三三）
⑯菊の露わかゆばかりに**袖ふれ**て花のあるじに千代はゆづらむ　（紫式部集一一四）
⑰なつかしく**袖にもふれ**ん花の香をいつまでよそに折らんとすらん　（高遠集一五七）

⑮は色よりも香に心を惹かれる白梅に対し、誰が袖を触れた宿の梅なのかと尋ね、⑯は重陽の節句に菊の綿を倫子から頂戴した時に、倫子の長寿を寿ぐ紫式部詠である。⑰も詞書に筑紫に下った年の九月菊の花を見て詠んだとある

ように、「袖ふる」「袖にふる」はいずれも袖と花の軽い接触を言う。『源氏物語』にも⑮を引歌とする「袖（に）ふれ」が5例用いられているが、[15]「袖ふれし人」は他に例がない。

⑱なつかしき色ともなしに何にこのすゑつむ花を**袖にふれ**けむ　（末摘花①三〇〇）

⑲本つ香のにほへる君が**袖ふれ**ば花もえならぬ名をや散らさむ　（紅梅⑤五三）

⑳　「よそにてはもぎ木なりとやさだむらんしたに匂へる梅の初花
　さらば**袖ふれ**て見たまへ」　（竹河⑤六九）

㉑**袖ふれ**し梅はかはらぬにほひにて根ごめうつろふ宿やことなる　（早蕨⑤三五七）

格関係を明示する⑱は、〈紅花〉と〈赤鼻〉の掛詞とし、「袖にふる」は源氏が末摘花（紅花であり、姫君の喩）をわが袖に触れたことを喩として、どうして魅力的でもない姫君に少しばかり親しんだのかと後悔する歌である。⑲は紅梅大納言が「花」を娘中君の喩とし、「袖ふる」は匂宮がその花に袖を触れること、即ち中君の許を訪れ男女関係を持つことの喩としたもので、まさに浮舟詠と同意の表現である。⑳も、玉鬘邸で女房が薫に「折りて見ばいとどにほひもまさるやとすこし色めけ梅の初花」と〈花を折る〉に男女が情を交わすことを寓意して詠みかけたのに対し、薫は〈梅の初花に袖を触れる〉ことに掛けて、内面では色気もある私と少し親しくしてみなさいと戯れの贈答を交わしたのであった。

㉑は、宇治を訪れた薫が、昔を思い出させる八宮邸の「御前近き紅梅」が色も香も親しみ深く思われることから、「春や昔の」と心を惑わす者同士である中君と、亡き大君を偲び詠み交わした際の薫の返歌である（早蕨⑤三五六～三

五七)。昨年薫が忍んだ折に大君は逃れてしまい、実事なき一夜を過ごした(総角⑤二五一〜二五六)中君を「袖ふれし梅」に準えて、中君と男女の関係があったかのように象る表現である。

「袖触る」が第一義的には対象の花に行為主体の袖が接触することを表すのは言うまでもないが、注目すべきは、男が女と軽い接触をする、少しく情を交わし関係を持つことの喩となっている点である。[16]男女の交情と結び付くのは、「紫の名高の浦のまなごつち**袖のみ触れて寝ずかなりなむ**」(万葉集巻七譬喩歌「寄浦沙」一三九二)と、愛しい女を「まなごつち」に隠喩し、袖だけ触れて共寝をしないままになってしまうのだろうかと嘆く万葉歌を参照できよう。

当時「袖」に関する表現は多岐にわたり、身体機能に近い重要な道具や手段であった。「袖触る」を少しばかりの男女関係の喩とすることは、『源氏物語』独自の用い方かとも推測される。ただし、例⑱〜㉑が男女関係を寓意することに何ら違和感はないが、尼である浮舟が紅梅から逢瀬の時の男君の薫香を思い出し、俗世の男女関係を寓意する「袖ふれし」と詠むことには、出家はしたものの俗世を棄て切ってはいない浮舟の思いも透けて見えるようである。

倉田実氏は浮舟における「…人」は浮舟が「他者と自己との関係性を具体的に表現」[17]したものだと説く。浮舟は薫に対し「**頼み**きこえて**年ごろ**になりぬる人」(浮舟⑥一八一)、「心のどかなるさまにて見むと、**行く末遠かるべき**ことをのたまひ**わたる**人」(浮舟⑥一九三)、「さる方に**思ひさだめ**たまへりし人」(手習⑥三三二)と捉え、「はじめより、**薄きながらものどやかに**ものしたまひし人」(手習⑥三三一)とも言うように、穏やかな愛情を示す庇護者という捉え方である。薫は、少しばかりの男女関係を持った人という認識には当たるまい。

むしろ匂宮は、「時の間も見ざらむに死ぬべしと思し焦がるる人」(浮舟⑥一三〇)、「あやしう、うつし心もなう思し焦らるる人」(浮舟⑥一四三)という激情家であり、浮舟は「かく心焦られしたまふ人、はた、いとあだなる御心本性とのみ聞きしかば、**かかるほどこそあらめ**」(浮舟⑥一五八)と、関係が長くは続くまいとの予感を抱いていた。

「袖ふれし人」は紅梅に袖を触れて匂いを移した人であるが、同時に「袖触る」が少しばかりの男女関係を持つことを寓意する点からは、明らかに匂宮を捉えていたと考えられる。倉田氏は「袖ふれし人」は取り上げていないが、「袖ふれし人」では他に例がないことからも、やはり単なる引歌表現としてではなく、倉田氏の言う「浮舟に固有」の表現と見たい。

六　浮舟の回想する薫と匂宮

ところで、入水未遂後浮舟が過去の記憶を徐々に取り戻していく中、九月には妹尼の初瀬参詣中に訪れた中将を避けて、母尼の傍らで昔からのことを回想する場面がある。そこでは薫と匂宮への思いを次のように語っている。

㉒**さる方に思ひさだめたまへりし人**につけて、やうやう身のうさをも慰めつべききはめに、あさましうもてそこなひたる身を思ひもてゆけば、**宮**を、すこしもあはれと思ひきこえけん心ぞいとけしからぬ、ただ、**この人**の御ゆかりにさすらへぬるぞと思へば、小島の色を例に契りたまひしを、などてをかしと思ひきこえけん、とこよなく飽きにたる心地す。（手習⑥三三一）

㉓**はじめより、薄きながらものどやかにものしたまひし人**は、…こよなかりける。かくてこそありけれと聞きつけられたてまつらむ恥づかしさは、人よりまさりぬべし。さすがに、この世には、ありし御さまを、よそながらだに、いつかは見んずるとうち思ふ、なほわろの心や、かくだに思はじ、など心ひとつをかへさふ。（手習⑥三三一～三三二）

匂宮に対して㉒では、少しでも愛しいと思った心情は常軌を逸脱した、とても許されないものだと後悔し、宇治川の対岸に行った二度目の逢瀬で橘の小島を例に匂宮が永遠の愛を誓ったことも、どうして胸をときめかしたのだろうか、もう嫌だという心境になっている。一方、薫については㉒で、一応妻として迎えようとしてくれた人であり、やっと幸せを摑んだと思ったにも拘わらず躓いてしまった。㉓では、愛情は淡々としたものながらも穏やかな人柄であったことなどを思うにつけて、改めて良さを見出し、せめてよそからでもいつかは会いたいと思う。しかし、そうとさえ思うまいと考え直している。

そして、翌日下山した横川僧都に懇願して出家する。しかし、出家後も「心こそうき世の岸をはなるれど行く方も知らぬあまのうき木を」（手習⑥三四二）と、心は憂き世を離れたけれど、やはり漂泊の尼だと詠み、今後も「朽木」などのように人に見棄てられて終わりたいと願っていた（手習⑥三五四）。

㉔春のしるしも見えず、凍りわたれる水の音せぬさへ心細くて、**「君にぞまどふ」とのたまひし人**は、心憂しと思ひはてにたれど、なほそのをりなどのことは忘れず、

かきくらす野山の雪をながめてもふりにしことぞ今日も悲しき

など、例の、慰めの手習を、行ひの隙にはしたまふ。（手習⑥三五四〜三五五）

巡り来た新年、雪と氷に閉ざされた世界に心は過去へと向かう。匂宮については情けなく恨めしいと思い切ったが、やはり二度目の逢瀬で匂宮が「峰の雪みぎはの氷踏みわけて君にぞまどふ道はまどはず」（浮舟⑥一五四）と詠じた折

などのことは忘れないと言う。「こよなく飽きにたる心地」がし、「心憂し」と思い切り、心が離れたとは言いながらも、浮舟に惑乱する想いを詠じた匂宮詠が思い起こさせる過去の逢瀬の記憶は、尼となった浮舟に愛おしむかのような深い哀しみを呼び起こすのであった。

続いての浮舟が紅梅から男君を想う問題の場面は、「あけぼの」が「やうやうものの色分かるる」（橋姫⑤一四四）時分である以上に鮮明である。尼姿の浮舟が詠じる歌を藤田加代氏は「仏道者に徹することのできない揺れや迷いを抱く」もので「官能的」だとされる。(18) それは「袖ふれし人」が少しく男女関係を持った男君を寓意すること、また「花の香」も逢瀬の折の男君の移り香を喚起し、折られた紅梅が恨み言を言うかのごとく香を発散させながら花の散る情景設定からも、俗世の男女関係を想起させるのである。

一首は花の香が姿なき男君を髣髴させる春の明け方の情景を詠むもので、心情描写の語はない。とは言っても、「梅」は懐旧性・回想性が強いもので、恋人喪失の哀しみを詠じた業平歌を「春や昔の」と引用し、紅梅に心惹かれる想いを語っている。薫歌㉑でも昨年の春を懐旧させる八宮邸の「色も香もなつかしき」紅梅が、まず亡き大君を追慕させたように、浮舟にも喪った男君を追慕させるものであった。

この歌の直後は、母尼の甥紀伊守（薫の家人）が妹尼を訪れた場面に転じる。そこで浮舟は匂宮と薫の話題や、失踪後も深い悲しみに沈み一周忌法要の準備をする薫の様子を知ることとなるため、問題の場面を薫登場の予告的なものと読む解釈(19)や、入水未遂後過去に真摯に向き合い、匂宮、薫を思い出す日々を語る表現から「袖ふれし人」を読み解く見解(20)もあるが、決定的とは言い難い。また、薫と匂宮が人物造型上「本質的同一性」や一枚のコイン・メダルの「表と裏」(21)の関係にある同質性を持っていたとしても、ここで浮舟が「それか」と認識する人物は一人の男君、匂宮であったと思われる。

七　「春のあけぼの」の喩

浮舟が「袖ふれし人」と詠んだ歌に心情語の表現はなく、一首は「春のあけぼの」という情景に集約されている。しかし、この歌は浮舟が匂宮を「袖ふれし人」と寓して、物語で匂宮を最後に詠んだ歌である。この情景が今眼前の実景であることは確かだが、浮舟には見えないはずの匂宮を紅梅が幻視させるかのような光景だったのではないだろうか。

『源氏物語』中「春のあけぼの」と限定した用例は、他に紫上にのみ2例、次例㉕と野分巻（③二六五）に用いられている。

㉕「女御の、秋に心を寄せたまへりしもあはれに、君の**春の曙**に心しめたまへるもことわりにこそあれ。…」（薄雲②四六四〜四六五）

斎宮女御（秋好中宮）の〈秋の夕〉への心寄せ（薄雲②四六二）も、紫上の「春の曙」への愛着ももっともだとする源氏の発言である。右例を小西美来氏は、当時一般的な歌語ではなかった「春のあけぼの」を紫式部は、和泉式部の「恋しさも秋の夕べにおとらぬは霞たなびく**春のあけぼの**」（和泉式部続集一八八）歌を意識し、『源氏物語』に取り込んだと見る。そして、和泉式部の「春のあけぼの」には具体的な人物との思い出が込められており、浮舟も匂宮との逢瀬を想起したものだと言う。(22)

浮舟がこの歌を詠じたのは春の後夜、およそ午前二時〜六時の夜明け方であった。匂宮との逢瀬は新春の行事も一段落した一月下旬、宇治川の対岸に渡り濃密な愛を交わしたのは「二月の十日のほど」（浮舟⑥一四六）で、二度のみの春のことであった。二度目には「有明の月澄みのぼりて」（浮舟⑥一五〇）とあり、「あけぼの」とも重なる頃合いである。浮舟が昨年と色も香も変らない紅梅に触発されて匂宮を思う「春のあけぼの」は、昨年春の逢瀬を想起させる象徴的なものであった。紫上例には過去と繋がる出来事は語られていないが、春秋の対比において時間帯を「春の曙」〈秋の夕〉と指定したこと、また『枕草子』冒頭の「春はあけぼの」と「秋は夕暮」（二五）も、新たな自然観の新鮮さがあったのではあるまいか。

「秋の夕・夕暮」は『万葉集』をはじめ平安朝にも詠われているが、「春のあけぼの」は和泉式部詠にのみ見られ、小西氏の指摘するように当たり前に詠まれている歌ことばではなかった。[23]中世になれば「梅が枝の花にこづたふうぐひすの声さへにほふ春のあけぼの」（千載集巻一春上「題しらず」守覚法親王二八）と、鶯の声までもが華やぐ春の明け方が詠まれるなど、枚挙にいとまがない。

この後浮舟は、物語における最終詠「尼衣かはれる身にやありし世のかたみに袖をかけてしのばん」（手習⑥三六一）を詠む。「袖ふれし人」詠は紅梅によって匂宮を懐旧したのに対し、「尼衣」詠は「ありし世のかたみ」が喚起する薫を尼でありながら偲ぼうか、と自らに問いかけるものであった。[24]この匂宮、薫を回想する2首の歌は、「春のあけぼの」景や、法要に準備されている華やかな衣を「形見」と捉えることとも相俟って、悲観的な嘆きや苦悩に彩られてはいない。浮舟は過去を忘れ、生き長らえてしまった苦しみから解放された訳ではないが、「春のあけぼの」をどこか遠くに眺め、匂宮と薫に対する心の有り様、歌の詠み方にも変化が生じている。夢浮橋巻末には薫から再会を望む文が届けられるが、浮舟がそれを受け取ることはなく、この後再び俗世に立ち返ることはないだろう。

おわりに

問題とした場面の直前には、新年になり降り込める雪の中、浮舟は匂宮を否定しながらも、逢瀬の記憶は「今日も悲しき」と深い哀しみと愛おしさをもって蘇ると言う。しかも、華やかに匂い立つ紅梅の喚起する「袖ふれし人」は、第一義的には紅梅に袖を触れて匂いを移した人であるが、それは逢瀬において浮舟に移り香を留めた、浮舟と少しく男女関係を持った匂宮である。

浮舟はこの歌を詠じて以後匂宮について一切語ることはなく、歌でも匂宮への心情は詠じていない。しかし、梅が懐旧の情を抱かせるものであったことは、引歌の古今集歌然り、具平親王の拾遺集歌も男女の恋歌ではないが公任の薫香を恋しく思い梅の花を折ったとあるように、浮舟が「紅梅」に「心寄せ」があり、「飽かざりし」と捉えることからも喪ってしまった「袖ふれし人」への懐旧の情があったと考えられる。匂宮は少しく男女関係を持った人ではあるが、もうこれでいいと満足しきることのなかった「匂ひ」があたり一面に発散する「春のあけぼの」は、今現実の情景であると同時に昨年春を思い起こさせる情景であっただろう。ここに匂宮の姿はないにも拘わらず、匂宮を髣髴させる紅梅の香が充満する春の夜明け方であった。

注

（1）『源氏物語』の用例と注釈書の略称、古注釈書、和歌の用例は凡例に従い、『枕草子』（小学館新編日本古典文学全集）に拠る。

（2）『弄花抄』『孟津抄』『萬水一露』『細流抄』は「飽かざりし匂ひ」の注である。「袖ふれし」関連の論考には、引用したものの他にも、榎本正純「浮舟論への試み」（『国語と国文学』52―5、一九七五年五月）・南波浩『紫式部集全評釈』（笠間書院、一九八三年、四六番歌の【解説】）・松井健児「浮舟再生物語における独詠歌の位置」（国学院大学『日本文学論究』第43冊、一九八四年一月）・小林正明「最後の浮舟―手習巻のテクスト相互連関性―」（松井健児編『日本文学研究論文集成6　源氏物語1』若草書房、一九九八年、初出物語研究会編『物語研究―特集・語りそして引用―』新時代社、一九八六年）・吉野瑞恵「浮舟と手習―存在とことば―」（『むらさき』第24輯、一九八七年七月）・鈴木日出男『源氏物語歳時記』（筑摩書房、一九八九年）・倉田実「浮舟」（『「わが身をたどる表現」論―源氏物語の膠着語世界―』武蔵野書院、一九九五年、初出原題「浮舟の「わが身をたどる表現」論」『大妻女子大学紀要―文系―』第27号、一九九五年三月）・久冨木原玲「和歌的マジックの方法―定家の梅花詠」（『源氏物語　歌と呪性』中古文学研究叢書5、若草書房、一九九七年）・金秀姫「浮舟物語における嗅覚表現―「袖ふれし人」をめぐって―」（『国語と国文学』78―1、二〇〇一年一月）・鈴木裕子「浮舟の独詠歌―物語世界終焉へ向けて―」（東京女子大学『日本文学』第95号、二〇〇一年三月）・浅野令子「源氏物語研究―袖ふれし詠をめぐって―」（東京女子大学『日本文学』第99号、二〇〇三年三月）・松井健児「よい匂いのする情景―『源氏物語』の花の庭・樹木の香り」（『文学』5―5、二〇〇四年九月）・早乙女利光「「飽かざりし匂ひのしみにけるにや」をめぐって」（『鑑賞』）・大森純子「浮舟の歌　手習を書くということ」（関根賢司編『源氏物語　宇治十帖の企て』おうふう、二〇〇五年）・高橋汐子「袖ふれし人―浮舟物語の〈記憶〉を紡ぐ―」（『人物』）・高木和子「『源氏物語』「飽かず」考―物語展開の動因として―」（紫式部学会編『源氏物語と文学思想　研究と資料』古代文学論叢第17輯、武蔵野書院、二〇〇八年）・飯塚ひろみ「浮舟の「袖」―〈きぬぎぬ〉の記憶―」（『源氏物語　歌ことばの時空』翰林書房、二〇一一年）・徳岡涼「「手習」巻の浮舟歌について―「袖ふれし人」とは誰か―」（熊本大学『国語国文学研究』第49号、二〇一四年三月）などがある。

（3）高田祐彦「浮舟物語と和歌」（『源氏物語の文学史』東京大学出版会、二〇〇三年、二七一頁、初出『国語と国文学』63―4、一九八六年四月）。

（4）三田村雅子「移り香の宇治十帖」（『源氏物語　感覚の論理』有精堂、一九九六年）二一二頁。

（5）池田和臣「手習巻物怪攷―源氏物語の主題と構造―」（『源氏物語　表現構造と水脈』武蔵野書院、二〇〇一年、三九八頁、初出中古文学研究会編『源氏物語の人物と構造』論集中古文学5、笠間書院、一九八二年）。

（6）藤原克己「「袖ふれし人」は薫か匂宮か―手習巻の浮舟の歌をめぐって―」（青山学院大学文学部日本文学科編『国際学術シンポジウム　源氏物語と和歌世界』新典社選書19、新典社、二〇〇六年）五四頁。佐藤勢紀子「浮舟物語の形成過程―「袖ふれし人」をめぐる一考察―」（東北大学『国際文化研究科論集』第11号、二〇〇三年一二月）・高田祐彦「饗宴の楽しみ―討議と展望―」（注内既出『国際学術シンポジウム　源氏物語と和歌世界』）・近藤みゆき「「手習」巻の浮舟―「飽きにたる心地」と「飽かざりし匂ひ」をめぐって」（小嶋菜温子・渡部泰明編『源氏物語と和歌』青簡舎、二〇〇八年）・中西智子「『源氏物語』手習巻の浮舟の〈老い〉と官能性―「袖ふれし」詠の場面と『紫式部集』四六番歌との類似から―」（古代中世文学論考刊行会編『古代中世文学論考』第25集、新典社、二〇一一年）も参照。

（7）後藤祥子「手習いの歌」（秋山虔・木村正中・清水好子編『講座　源氏物語の世界』第9集、有斐閣、一九八四年）二二五頁。

（8）藤田加代「源氏物語の「手習」―浮舟の「手習歌」を中心に―」（高知日本文学研究会『日本文学研究』第48号、二〇一一年六月）一〇五頁。

（9）藤田加代『「にほふ」と「かをる」―源氏物語における人物造型の手法とその表現―』（風間書房、一九八〇年）五一頁。

（10）注（4）三田村雅子「梅花の美」一七七頁（初出秋山虔・木村正中・清水好子編『講座　源氏物語の世界』第6集、有斐閣、一九八一年）。

（11）中川正美「源氏物語と和歌―白梅・紅梅の喩―」（『源氏物語のことばと人物』青簡舎、二〇一三年）一〇五頁。

（12）吉村研一「「飽かざりしにほひ」について―「飽かざりしにほひ」は薫なのか匂宮なのか」（『『源氏物語』を演出する言葉』勉誠出版、二〇一八年、一四八・一五九頁、初出原題「「飽かざりし匂ひ」は薫なのか匂宮なのか―もうひとつの別の解釈―」三田村雅子・河添房江編『源氏物語をいま読み解く2　薫りの源氏物語』翰林書房、二〇〇八年）。

（13）注（11）中川正美、九〇・九四頁。両者ともに「白梅」から「紅梅」の喩に転換される。

（14）朝顔姫君は「黒方」を紺瑠璃の壺、「梅花香」は白瑠璃の壺に入れて、自らを花の散った梅の枝に準える歌を付けて源氏に贈った。これに対し源氏は、紅梅色の紙に歌を書き、六条院の「盛りに、色も香も似るものなき」紅梅の枝を添えて返した（梅枝③四〇五～四〇七）。

頭中将の娘弘徽殿女御の「いとあてに澄みたるものの、なつかしきさま添ひて、おもしろき梅の花の開けさしたる朝ぼらけおぼえて、残り多かりげにほほ笑みたまへる」（常夏③二四二）は、「あてに澄みたる」という表現や、「にほはねどほほゑむ梅の花をこそ我もをかしと折りてながむれ」（好忠集「正月をはり」二六）を参照し、「白梅」の喩と言えよう。注（11）中川正美氏は、紫上との対比において「白梅」に寓される「明石君、女三宮」は「二番手の人物」とされ、薫も匂宮に比して「負けないまでも勝つことはできない」と述べている（一〇二頁）。「白梅」の弘徽殿女御も梅壺女御（秋好中宮）と中宮位を争うも敗れている（梅壺女御も紅梅の喩か）。例⑲は、紅梅大納言が娘の中君を「花」と詠じ、持たせた「紅梅」に寓したことにもなるが、それは大納言のひいき目であり、本来「紅梅」は「本つ香のにほへる」匂宮の喩である。

（15）なお、『新全集』の「御前の花の木も、はかなく袖かけたまふ梅の香は」（匂兵部卿⑤二七）を『新大系』は「袖ふれ」（匂宮四―二一九）とする。『源氏物語大成』（第5冊校異篇）、『河内本源氏物語校異集成』、『注釈　九』**【校異】**に拠ると、「かけ」青（横・為・榊・池・肖・三・伏・明・伝宗・大正・紹）河（御・宮・尾・平・大・鳳）別（飯・麦・阿）、「うちか《ヒヒ》け」別（保）、「ふれ《ヒヒかけイ》」別（言）、「かけ《ヒヒふれ》」青（幽）、「ふれ」青（大）、「ふれ」青（陵・徹一）。写本状況から「袖ふれ」は古今集歌（巻一春上三三）による異文であろう。

（16）拙稿『源氏物語』手習巻の「袖ふれし人」歌考」（古代中世文学論考刊行会編『古代中世文学論考』第44集、新典社、二〇二一年、初出原題「「袖ふれし人」考」高知言語文化研究所『古典語と古典文学の研究』第2号、一九九五年一二月）。

（17）倉田実「源氏物語の「…人」の表現性―浮舟の心象に即して―」（『中古文学』第39号、一九八七年五月）六九～七〇頁。同「浮舟という人―「…人」の表現性から―」（『大妻女子大学文学部紀要』第21号、一九八九年三月）参照。

（18）注（8）藤田加代、一一六～一一七頁。

（19）藤原克己「源氏物語の文体・表現と漢詩文」（増田繁夫・鈴木日出男・伊井春樹編『源氏物語研究集成第3巻　源氏物語の表現と文体　上』風間書房、一九九八年）三五八頁。

（20）『対校』は例㉔が匂宮であるから、問題の場面も匂宮と捉え、逆に『大系』は薫例③を根拠に㉔とは対比的に薫とする。

（21）東原伸明「尼衣かはれる身にや—手習歌・浮舟の意識とその深層—」（『源氏物語の語り・言説・テクスト』おうふう、二〇〇四年、一三六頁、初出『国文学　解釈と教材の研究』45—9、二〇〇〇年七月）、神田龍身「薫／匂宮—差異への欲望」（『源氏物語＝性の迷宮へ』講談社、二〇〇一年）二六頁。

（22）小西美来「浮舟詠「袖ふれし人」は誰か—「春のあけぼの」に着目して—」（武庫川女子大学『日本語日本文学論叢』10号、二〇一五年三月）。

『新全集』頭注は、紫上が春の曙に心ひかれていることは初出であり、少女巻での春秋優劣論に先立ち、梅壺女御（秋好）は秋、紫上は春を好むと設定されたと述べている。斎宮女御（秋好中宮）が秋に心を寄せるのは、母六条御息所が亡くなったのが秋であったからと理由が示されているが、紫上が春に傾倒する理由は語られていない。例㉕で春への愛着を語ることを端緒に紫上は春と結び付き、「春のおとど」「春の御前」「春の上」「春の御方」と呼称され、もう1例は野分の翌朝夕霧から「春の曙の霞の間より、おもしろき樺桜の咲き乱れたる」（野分③二六五）と、「樺桜」を喩とする女君として形象化される。なお、幼い紫上は若紫巻の「三月のつごもり」（若紫①一九九）に初登場し、歌で「若草」「初草」（若紫①二〇八）、「初草の若葉」（若紫①二一六）、「野辺の若草」（若紫①二三九）と春の瑞々しい若草に準えられていたことも、「春の」と冠され、〈春の女君〉たる由縁はあったと言えようか。

（23）平安頃の「春」の歌は「春が来る」「春が立つ」「春の暮れ」「春の夜」「春の月」「春の霞」「春雨」などを詠む。「春」の朝は『好忠集』一番歌の長歌に「はなちる　春のあした　この葉のおつる　秋のゆふべ　月のあきらけき　夏の夜　かぜのさびしき　冬の暁までに」と四季を代表する時間帯として用いられている。『大斎院御集』三二番歌の詞書は、「秋の寝覚のあはれ」に対し、「春のあけぼのなんまさる」とあるが、歌では「ありあけの空」と詠まれている。

（24）拙稿「『源氏物語』浮舟の「尼衣」歌考」（法政大学『日本文学誌要』第106号、二〇二二年九月）、本書第一章六。

六　「尼衣」歌考

はじめに

『源氏物語』において浮舟が最後に詠んだ歌は、手習巻で手習歌として詠まれた「尼衣かはれる身にやありし世のかたみに袖をかけてしのばん」（手習⑥三六一）[1]である。小野で出家していた浮舟は突然もたらされた「ありし世のかたみ」の衣に触発されて、どの袖を何に掛けて、何を偲ぶのだろうか。従来の解釈では、浮舟は昔を偲ぶのか、偲ばないのか、真逆の解釈ともなり、尼衣のわが身に華やかな装束の袖を掛けると捉えるのが通説である。一首の歌意を究明し、浮舟物語における当歌の位置付けを考えたい。その上で、浮舟のかぐや姫引用の視点から「尼衣」とかぐや姫の「天衣（天の羽衣）」との関わりを考えてみようと思う。

一　問題点

浮舟失踪の三月から一年が経つ頃、母尼君の孫紀伊守（薫の家人）が小野を訪れ装束の誂えを依頼する。それは薫が催す浮舟の一周忌法要の布施であることを知り、浮舟は「いかでかはあはれならざらむ」とひどく心を打たれる。薫と匂宮の話題を「あはれにもをかしくも」聞き、自分を忘れないでいる薫を「あはれ」と思うにも、母の心中を思いやるが尼姿での対面は憚られる。妹尼の裁縫の求めにも応じず臥している場面である（手習⑥三五六～三六〇）。

忘れたまはぬにこそはとあはれと思ふにも、いとど母君の御心の中推しはかるれど、なかなか言ふかひなきさまを見え聞こえたてまつらむは、なほ、いとつつましくぞありける。…紅に桜の織物の袿重ねて、「御前には、かかるをこそ奉らすべけれ。あさましき墨染なりや」と言ふ人あり。

尼衣かはれる身にやありし世のかたみに袖をかけてしのばん

と書きて、いとほしく、亡くもなりなん後に、ものの隠れなき世なりければ、聞きあはせなどして、疎ましきまで隠しけるとや思はん、などさまざま思ひつつ、「過ぎにし方のことは、絶えて忘れはべりにしを、かやうなることを思しいそぐにつけてこそ、ほのかにあはれなれ」とおほどかにのたまふ。

（手習⑥三六〇～三六一）

一人の尼が「あのお方にはこのような（紅に桜の織物の袿を重ねた華やかな）装束を差し上げるはずですのに、なさけない墨染（の尼衣）だこと」と嘆息したことで、浮舟は右の手習歌を書き記す。ここで四度も「あはれ」と語られており深い感慨を覚えていた。

古注では当歌を「かゝる装束をみてむかしをしのひたる也」（『細流抄』四四四頁）など、浮舟が昔を偲んでいる意に解釈するものが多いが、近年の注釈書は、次のように解釈している。

A…「尼衣に姿の変わってしまったこの身に、今さら昔の形見として、はなやかな衣装をまとって昔を偲んだりしようか」「もうはなやかな装束に手を通したりしたくない」「反語と見る」（『玉上評釈』）

B…尼の衣にすっかり変ってしまったこの身に、昔の暮しの形見としてこのはなやかな衣裳の袖をかけて、昔を偲びもしようか。「かけて」に、「心に掛けて」の意を重ねる。（『集成』）

A反語説には他に『全集』『新大系』『鑑賞』『注釈』があり、偲ぶ方向に捉えるB疑問説は『対校』『全書』『大系』『新全集』『人物』もある。これらはいずれも一首全体がまとまりをなし、反語か疑問かを問題としているが、新たに問題になるのがC二句切れの解釈である。井野葉子氏以前にも倉田実氏、清水婦久子氏が二句目での区切れを捉えていたが、『岩波文庫』は井野説を全面的に採用している。井野説を挙げてみよう。(2)

C…「～にや」の「に」は下の語との「格関係や修飾関係」がないため、文意は「尼衣かはれる身にや。」で切れる。『源氏物語』において文末の「にや」に反語の意はなく、疑問あるいは詠嘆表現である。「袖をかけ」は、「浮舟が着ている尼衣の袖を伸ばして対象に触れて対象を覆うこと」であるから、「尼衣、変わった身なのか。私が俗世にいた時の形見として華やかな片身ごろに尼衣の袖をかけて偲ぼう。」と「疑問を投げかけながら」「過去を恋い慕っている歌」

問題は「かはれる身にや」の「に」をどう捉えるかにある。通説は「身に」と位格表示の格助詞と捉え、係助詞「や」は「しのばん」と呼応し一首全体がまとまりをなすと解釈するが、井野氏は「に」は助動詞で「結びがなく、そこで文末となる」、即ち「身にや。」で文意が切れると言う。

また今一つ大きな問題点として「袖をかけて」の解釈がある。従来は、尼の身に華やかな衣装をまとう・華やかな衣を引きかけるなどと衣を着用する意に捉え、華やかな衣の袖を掛けるのも、尼衣に変わった身に羽織る様を思い描いている。ところが井野氏は、華やかな衣に尼衣の袖を掛けるという従来説とは逆の新解釈を提示した。

ここでは歌意について次の点から考察を進めたい。

1「身にや」の「に」は位格表示の格助詞と見、係助詞「や」は疑問を表し一首全体を疑い問いかけている。
2「袖をかけて」は形見の華やかな衣に浮舟の尼衣の袖を掛けることである。
3「かたみ」の「しのぶ」対象には特定の人物として薫を捉えている。
4従って歌意は、浮舟が出家し尼衣に変わった身において、昔の形見である華やかな衣の片身に尼衣の袖を掛けて、形見が喚起する薫にひたすら心惹かれて懐かしく思うのか、尼の身において偲ぼうか、と自らに疑い問いかけている意となる。

二　「身にや」の解釈（一首の構成）

まず、「かはれる身にや」の「に」は格助詞か、断定の助動詞なのか、係助詞「や」は疑問、反語、詠嘆のいずれを表しているのか、一首の構成から検討していこう。『源氏物語』中に「に」に係助詞「や」が下接する例は、形容動詞とされる連用形活用語尾例を含めて508例用いられている。和歌例は浮舟歌を含めて11首ある。

①「いであな憎や。罪の深き身にやあらむ、陀羅尼の声高きはいとけ恐ろしくて、いよいよ死ぬべくこそおぼゆれ」（柏木④二九三）

②この君ねびととのひたまふままに、母君よりもまさりてきよらに、父大臣の筋さへ加はればにや、品高くうつくしげなり。（玉鬘③九二）

③めづらかに跡もなく消え失せにしかば、身を投げたるにやなど、さまざまに疑ひ多くて、（夢浮橋⑥三七八〜三七九）

④絶えせじのわがたのみにや宇治橋のはるけき中を待ちわたるべき（総角⑤二八四）

⑤なほざりに頼めおくめる一ことをつきせぬ音にやかけてしのばん（明石②二六六）

①は、助動詞「なり」の非融合形「にあり」（格助詞「に」＋補助動詞或いは助動詞「あり」）に係助詞「や」を挿入した形であり、「…にやあらむ（ん）」（94例）「…にやありけむ（けん）」（19例）のように、「む」「らむ」「けむ」など推

量の助動詞と呼応する例が多い。ここは柏木が、女三宮に通じたわが身は罪深い身であろうかと自らに疑い問いかけている。身を疑う例は、大君の死を受け入れ難く思う薫が「かくいみじうもの思ふべき身にやありけん」（総角⑤三二七）と自問する例もある。

②は、文末「なり」は終止形であり、係助詞「や」とは呼応していない。玉鬘の美貌は父大臣（昔の頭中将）の血筋までもが加わるからであろうか、という疑問を挟み込んだものである。③は、副助詞「など」（なにと）によって「浮舟は身を投げたのだろうか」という疑いに幅と含みを持たせる表現である。このような「…にや、…（終止形・接続助詞など）」「…にやと（など）、…」「…にや。」などの形態は、会話や心中思惟、地の文において318例と多数を占める。①と同じく「にやあらむ」の「あらむ」が省略された、或いは「にや」形を認めるとしても、本来はあった「あらむ」が省略されていると考えられよう。

一方、位格表示の格助詞「に」の用法は多岐に解釈されるが、基本的機能は「に」の上接語において下接語の動詞の表す動作や作用が行われることを表し、「において、として、で」などの現代語に相当する。④「たのみに」の「に」は格助詞で、係助詞「や」が「べき」と係結をなすことで、中君は匂宮を「頼みとしてずっと待ち続けようか、それがよかろうか」と、頼みとすることをポイントとして一首全体を自らに疑い問いかけている。

⑤は、浮舟歌と同じく末句を「かけてしのばん」と詠む明石君の歌で、「言」「琴」、「音《ね》」には琴の音と泣き声を、「かけて」は関係づける意と心にかけての意を掛詞としている。「女」からとされたこの歌は、源氏の通り一遍な仮初めの口約束を頼みとすることへの不安を言うともなく口ずさんだもので、源氏はそれを「恨み」「かならずあひ見む」（明石②二六七）と再会を固く約束する。しかし、それでも明石君は別れの辛さと不安で涙に咽ぶのであった。この「つきせぬ音にや」の「に」も格助詞であるが、それが「かけ」にのみ掛かり、係助詞「や」と呼応するのであれば、

一首の意は音に掛けるのかと疑って、その上で偲ぼうと思うことになる。ここは「かけて」を「(音に)かけて、心にかけて(偲ばん)」との掛詞と解することで、明石君は琴《きん》の琴といい加減に言い置く源氏の一言を頼みとして尽きない琴の音に泣き声を加えて、心から源氏をお慕いしようか、と一首全体を自らに疑い問いかけたものと解釈できよう。

「にや」の形での「や」はいずれも反語で解さなければならない例は見られず、上接部にポイントを置いた疑問を表している。しかもその疑問は、…だろうと思う気持もありながら、…だろうかと疑い問いかけるのであり、従来も清水婦久子氏が「軽い疑問やとまどい」を、岡陽子氏も「軽い疑問」を表すと捉えていたことに類同する。(3)

浮舟歌も⑤のように「に」を格助詞、「かけて」は「(袖を)掛けて、心にかけて(偲ばん)」の掛詞と捉えると、「ありし世の形見に袖をかけて」が挿入部となる。係助詞「や」は句末の「ん」と係結をなし、そうだとも思いながら偲ぼうかと一首全体への問いかけを表すと解釈できる。

確かに「にや」で一旦切れる形は多いが、それらはほぼ「にやあらむ」の省略形である可能性が高い。他の歌10首は「にや」で切れるものはなく、係結は「む(ん)」「べき」「まし」、動詞と呼応する部分を疑い問いかけている。他の歌集を検するにも「にや…らむ・む」などと呼応する例が多く、非融合形の「…にやあるらん」などと詠じたものでも省略はされていないようである。清水氏も井野氏も浮舟歌以外の歌例は挙げておらず、浮舟歌のみを二句切れに解することは、歌の調べとしても疑問はあるまいか。しかも、浮舟が「尼衣、変わった身なのか。」と「詠嘆しながら疑問を投げかけ」るとすれば、出家し姿は尼衣に変わったが中身は俗世の頃と変わらないと思うからであり、「や」のベクトルは反語の意に向かうのではないだろうか。

反語説の今井上氏は「掛けて」を副詞「かけて」との掛詞と捉え、「尼衣に変わった我が身に、かつてをしのばせる形見として、いまさらこの華やかな衣の袖をかけることなどしようか、いな、そのようなことは「かけて」するまい」と解釈している。(4) 副詞の「かけて（も）」は、

⑥いたくもしたるかな、かけて見およばぬ心ばへよ、（浮舟⑥一七七）

⑦紫の雲のかけても思ひきや春の霞になしてみむとは（後拾遺集巻一〇哀傷藤原朝光五四一）

などと用い、『源氏物語』の「かけて」12例中11例は⑥のように下に打消の助動詞・禁止の終助詞などを伴って、決して、全然〜ない意を表す。また、今井氏が例証とした⑦と同じく、「あらかりし波のまよひに住吉の神をばかけてわすれやはする」（澪標②三〇五）という反語との呼応例があるが、浮舟歌は「かけて…や」と呼応する反語の用法ではない。むしろ、従来から指摘される「心にかけて」との掛詞と見るのが妥当である。『万葉集』での「玉だすきかけて偲はむ」（巻二・一九九）なども参照できる。

⑧かけてのみ見つつぞしのぶ夏衣うすむらさきに咲ける藤浪（躬恒集四四一）

においても、波のように広がる藤の花を薄紫の夏衣に見立て、その夏衣を衣桁に掛けて見ながら、ここの「しのぶ」はそれを心にかけて賞美する意を詠じている。(5)

浮舟は出家したことで一旦は晴れやかな気持になったが、翌日には入水と出家の二度にわたり人生を棄てたのは、自らの意志であり、時間の推移を辿ることで自然とこうなったのだと、2首連作の手習歌で自らに強く言い聞かせて

いた。更に、心はうき世の岸を離れたが未だ行方の知れない漂泊の尼だと詠じて、心に任せきれない身を抱えていた。(6)

それから半年を経て、尼の墨染衣を着た浮舟は、自分の法要の布施である華やかな衣を目にして「あはれ」とは思うものの、手にすることは「うたておぼゆれば、心地あしとて手も触れず臥したまへり」（手習⑥三六〇）、過去についても妹尼に「なかなか思ひ出づるにつけて、うたてはべればこそ、え聞こえ出でね」（手習⑥三六二）と拒否感や嫌悪感を示している。しかし一方では、昔のことは「絶えて」すっかり忘れたと言いながら、このような法要の準備が「ほのかにあはれ」だと語るように、過去に対する屈折した思いがあるからこそ偲ぶことへの躊躇いがあったと思われる。

従って、浮舟歌の構成は「に」は格助詞で、係結「や…ん」によって一首全体を躊躇いながら自らに疑い問いかけていると解釈した。疑問説が妥当だと思うが、格助詞「に」と「袖をかけて」の解釈は従来説とは異なる。「身に」という現代語訳は形見の袖を掛ける場所として身を示すのに対し、私見では尼衣に変わった身の状態において偲ぶことの提示と捉えることになる。それは「袖をかけて」の解釈にも関わるので、次に考えてみよう。

三　「袖をかけて」について

「袖をかけて」は当歌解釈の最も重要な鍵となることばである。通説はいずれもが、墨染の尼衣に変わった身に華やかな衣を着たり、華やかな衣の袖を掛けることだと解釈しているが、井野葉子氏は、形見の華やかな衣に浮舟が今着ている墨染の尼衣の袖を掛けることだとの新解釈を提示した。(7)

「かたみに」の本文校異には他に「かたみの」がある。「かたみの袖」ならば、昔の形見である華やかな衣の袖としか解しようがなく、それを尼衣の身に掛けることになる。「かたみに」の本文に拠るなら、〈華やかな衣を形見として、その袖を尼衣の身に掛ける〉とも、〈華やかな衣を形見として、それに尼衣の袖を掛ける〉とも解釈できよう。

「袖」は、露や涙と連繋し「濡る」「しほる」「くたす」「のごふ」などとの呼応が多いが、「覆ふ」「被く」「顔におしあつ」「振る」「とらふ」などとも承接することから、単なる衣類の部位ではなく、まるで身体の一部であるかのように扱われる。「衣」については、「脱ぎ置く衣《きぬ》を形見と見たまへ。」（竹取物語七三）など「形見」と見ること、源氏が空蟬の「いとなつかしき人香に染める」小袿の薄衣を「御衣の下にひき入れ」て寝る（空蟬①一二九～一三〇）という〈衣で偲ぶ〉例もある。歌で「衣」「かけて」「偲ぶ」は縁語の掛詞として詠われるし、末摘花邸で源氏の使者へ禄の衣を肩に「うつほにてうちかけたまへり」（玉鬘③一三七）の例もある。

「袖」を「かく」「うちかく」では、浮舟例の他に各2例用いられている。(8)

⑨いつしかも袖うちかけむをとめ子が世をへてなづる岩のおひさき　（澪標②二八九）

⑩すべらきのかざしに折ると藤の花およばぬ枝に袖かけてけり　（宿木⑤四八四）

⑪色まさるまがきの菊もをりをりに袖うちかけし秋を恋ふらし　（藤裏葉③四六一）

⑨は、三年に一度天女が梵天より降りてきて撫でる「劫の石」の仏説を踏まえた『拾遺集』（巻五賀「題しらず」よみ人しらず二九九）歌を引歌とした源氏詠で、「袖うちかく」は源氏が自らの衣の袖を岩（明石姫君）にうち掛けることに準えて、姫君を愛しみ育むことの比喩表現である。⑩の「およばぬ枝に袖かく」も、薫が帝のかざしを折るために手の届かない藤壺の藤花に自分の袖を掛けてしまったことを、恐れ多くも今上帝の女二宮を妻としたことの喩として

いる。⑪は、源氏が自らの袖を菊の花に掛けた秋の情景を回想し、「色まさるまがきの菊」に準えた太政大臣（昔の頭中将）も折々に紅葉賀巻で共に青海波を舞ったあの秋を懐かしんでいるでしょうと詠みかけたものである。『枕草子』にも中宮定子が琵琶に自らの「御袖をうちかけて」（九〇段上の御局の御簾の前にて一七八）という例があり、和歌集にも次のような例が見られる。

⑫春来てはわがそでかけし桜花いまは木高き枝見つるかな　（うつほ物語楼の上下③六一七、風葉集巻一八雑三うつほのさがの院一三三六は第五句「かげと見るかな」）

⑬したつ枝に咲かずしもあらず桜花いかでかかけん墨染の袖　（長能集一二一）

⑭墨染の柳ならずは青柳の緑の袖をかけて見てまし　（公任集「柳」二四八）

⑮袖かけて引きぞやられぬ小松原いづれともなき千代のけしきに　（後拾遺集巻一春上源顕房室二八）

⑫は、嵯峨院が昔春ごとに京極邸の桜に〈わが袖〉を掛けたこと。⑬の母の服喪中に下枝の桜花に掛ける墨染の袖は藤原長能の袖であるし、⑭も、藤原公任が着ている六位の袍の深緑の袖を柳（桜とする本文もある）に掛けることを詠う哀傷歌である。⑮源顕房の北の方が子の日に引く小松に掛ける袖も、北の方自身の衣の袖である。

これらの「袖（を）かく・袖うちかく」には、いずれも桜花、柳、小松、岩、藤花、菊、琵琶という袖を掛ける対象が明示され、その上に本人の着ている衣の袖を掛けるのだと言える。しかも、そこには対象への深い思い入れや愛しむ心も垣間見える。従って、浮舟も「形見」と捉えた華やかな衣の上に自らの尼衣の袖を掛けることを言うのであり、「袖をかけて」については井野氏と見解を同じくする。

ならば、浮舟は昔の形見である華やかな衣に墨染の尼衣の袖を掛けて何を偲ぼうと問いかけているのだろうか。通説では偲ぶのは「昔、昔の暮し、俗世のころ」などと言うが、そのような漠然とした時空であろうか。

「形見」の衣が喚起する「ありし世」は、存在を表す動詞「あり」に過去の助動詞「き」が接続したもので、人を主体として既に在った、確かにその人が生きていた過去の時空を捉えている。布施の〈紅に桜の織物の袿重ね〉の華やかな装束は浮舟が俗世に在った過去の象徴である。浮舟はこれに触れることを「うたて」と拒んだにも拘わらず、この衣を「ありし世の形見」と見て「形見」が喚起する何かに心惹かれて、ひたすら慕わしく懐かしいと思う気持があった。

四　「かたみ」と「しのぶ」について

「形見」は、柏木が手に入れた女三宮の唐猫を「恋ひわぶる人のかたみ」(若菜下④一五八)として撫で養い、源氏は紫上遺愛の紅梅を「かの御形見の紅梅」(幻④五二八)と大切に見、また源氏が薫を「御心ひとつには形見と見な」(柏木④三四一)すのは、唐猫には女三宮を、紅梅には亡き紫上を見出し、薫を柏木の遺児と見るからに他ならない。「形見」は亡き人や遠く離れて会えない人を偲ぶよすがとして、その人に関わり深い品物や人物、動物などを捉えている。人々は「形見」を通して、そこに現前する特定の故人や会うことのできない人に心を寄せて慕わしいと思っているのである。

浮舟にとって「ありし世」は昔や俗世には違いないが、漠然とした時空を捉えるのでは精確でない。同例はないので、類似表現を見てみよう。

⑰この御方には、「昔の御形見に、今は何ごとも聞こえ、うけたまはらむとなん思ひたまふる。…」と聞こえたまへど、（総角⑤三三二）

⑱笛は、かの夢に伝へし、いにしへの形見のを、またなきものの音なりとめでさせたまひければ、…取う出たまへるなめり。（宿木⑤四八一～四八二）

⑰は、大君亡き後、薫が「この御方」中君に向かって、あなたを〈姉大君の形見〉として何事も申し上げ、お聞きしましょうと思うことを語るもの。「昔の御形見」は今も薫の記憶の中に生きている亡き大君を特定して、その大君を偲ぶよすがである中君を捉えている。⑱の「いにしへの形見」は、帝が亡き柏木を特定して偲ぶために所望した柏木遺愛の笛を言う。ここでの「昔」「いにしへ」は単なる過去の時空ではなく、薫や今上帝が「形見」を通してまざまざと思い出して懐かしく思い、心を寄せる大君、柏木を特定して捉えている。浮舟も「かたみ」の華やかな装束が喚起する「ありし世」には、深く心を寄せる特定の人物を想起していたはずである。

「偲ぶ」対象についても次のように考えることができる。

⑲まして、上には、御遊びなどのをりごとにも、まづ思し出でてなむ偲ばせたまひける。（柏木④三四〇）

⑳げにいまひとへ偲ばれたまふべきことを添ふる形見なめり。(9)（明石②二六九）

⑲は、柏木が今上帝の東宮時代に琴を教えるなどして（若菜下④一五七）深い親交があったため、帝は柏木の死後

にも管絃の遊びの度に柏木を懐かしみ哀惜なさるのだった。⑳は、都に帰る源氏が「さらば、形見にも偲ぶばかりの一ことをだに」（明石②二六五）と言い残した琴の御琴には源氏の香の染みた身馴れ衣も添えられていた。明石君はその衣を源氏を一層懐かしく思われるに違いない「形見」のようだと見たのである。「形見」は「偲ぶ」ためのよすが・拠り所であり、人々は「形見」と捉える人物・品物などに触発されて、亡き人や離れて会えない愛しい人に心惹かれて懐かしく思っている。

では、浮舟が「形見」から「偲ぶ」特定の人物は誰なのか。浮舟は華やかな装束が自分の法要のために薫が準備しているものであり、薫は私を忘れていないのだと思ったことでこの衣を「ありし世のかたみ」と捉えた。この装束に深い思い入れや愛しみを感じており、形見が喚起する特定の人物は薫である。浮舟は尼であるわが身が薫を偲ぶことを躊躇っていた。

因みに、「かたみに」を「形見に」「互に」の掛詞と捉えることで、浮舟が薫とお互いに袖を掛けたり、お互いに偲ぶのだとする倉田実氏、岡陽子氏の見解[10]もある。

㉑逢ふまでのかたみに契る中の緒のしらべはことに変らざらなむ　（明石②二六七）

右例では、源氏と明石君双方の認識は一致しているが、尼の浮舟が俗世の象徴である華やかな衣の袖を薫と互いに掛けることを想像するだろうか。掛ける袖が浮舟の尼衣であれば、なおさら薫の関与は考え難い。掛詞は、清水婦久子氏や井野葉子氏が提示した[11]「御衣の片身づつ、誰かとく縫ふ」「ゆだけのかたの身を縫ひつるが」（枕草子九一段ねたきもの一七九）例を参照し、「尼衣」「袖」の縁語として衣の片方の身ごろである「片身」と見ることに違和感はない。

この浮舟歌がどのような状況を詠じているのかについて考えてみると、この場面で〈紅に桜の織物の袿重ね〉の装束は未だ縫い上げられてはおらず、浮舟は尼たちが縫製するため部屋の床に広げていたものに、自分の着ている尼衣の袖を上からそっと掛けることを幻視したと思う。実際に袖を掛けたのではなく、幻視、幻想するかのごとく思い描いたのである。井野葉子氏が「虚構を許された歌の言葉の中で」の「空想」だと言う見解に近い。清水婦久子氏も「想像」したものと捉えるが、薄墨衣と桜の袿を片身ずつ掛けている姿だとする点で視覚化される映像が異なる。(12)

五　かぐや姫引用について

以上のように浮舟歌を解釈した上で、浮舟のかぐや姫引用の視点から考えてみたい。浮舟にかぐや姫の面影を見ることは、宇治での発見時に僧や横川僧都が〈狐の変化〉「木霊の鬼」「女鬼」「物の変化」（手習⑥二八三〜二八五）など「変化」のものかと見ていたし、浮舟を保護した妹尼達は「いみじき天人の天降れる」（手習⑥二九九）と美しさを感嘆し、何よりも妹尼の心境が「かくや姫を見つけたりけん竹取の翁よりもめづらしき心地する」（手習⑥三〇〇）と語られている。浮舟自身も入水に失敗した自分が生きていることを都の誰が知っていようか、誰も知らないと、都の人々との断絶を嘆く歌を「月のみやこに」（手習⑥三〇二〜三〇三）と詠むなど、『竹取物語』引用と見られる表現を多々指摘できる。浮舟にかぐや姫への準えがあったことは、従来から多くの論考が説くところである。(13)

中でも浮舟の「尼衣」については、今井源衛氏が、作者は「かぐや姫の羽衣と浮舟の僧衣とを暗に対応させ」たのではないかと述べたことが最初であろうか。しかし、今井氏は「尼衣」歌には触れていない。小林正明氏は『竹取物語』『伊勢物語』による浮舟へのかぐや姫の引用構造を考察し、浮舟歌の「かたみ」は『竹取物語』で「形見」として残されたかぐや姫の「脱ぎおく衣」に対応し、浮舟の「尼衣」はかぐや姫の「天の羽衣」である点を指摘したが、一首の意が反語か疑問かの決定はせず、むしろ「決定不能性」を論じている。

また、神田龍身氏も『竹取物語』『伊勢物語』引用の視点から、浮舟は「天上に迎えとられずに落下したかぐや姫」ではないかと言う。「尼衣」歌については「出家した現在から、かつての自分のことを偲ぶことがあろうか」と、反語の解釈を示している。井野葉子氏は「尼衣」歌を詳細に論じたが、かぐや姫引用には触れていない。鈴木宏子氏は、浮舟の「歌が詠まれるまでの物語の文脈の中に」「浮舟の意識を超えたところで、「尼衣／天衣」の掛詞を成り立たせている」と捉えている。(14)

浮舟の「尼衣」はかぐや姫の「天衣」であると考えるならば、かぐや姫の面影はこの最後の歌にどのような意味をもたらしたのだろうか。浮舟は九月の出家時にはまたしてもこの世を棄てた、出家したのだと手習歌で自らに強く言い聞かせていた（手習⑥三四一）。しかし、新年には宇治川の対岸に渡った匂宮との濃密な逢瀬を忘れないことを手習歌に詠み、妹尼とは若菜を摘み共に歳も積もうと新年を寿ぐ贈答歌を交わす。そして、匂宮を「袖ふれし人」と詠じて昨年の春を懐旧し（手習⑥三五四～三五六）、この場面では薫を偲ぼうかと自らに問いかけるなど、昔を忘れてはいない。

かぐや姫も「天の羽衣」を着る瞬間には帝を「あはれ」と歌に詠むものの、地上世界での「形見とて、脱ぎ置く衣」を残し「天の羽衣」をまとうと、罪を贖い、翁を「いとほし、かなし」と思う心も「物思ひ」もなくなり、天上世界の「月の都」に帰って行った（竹取物語六五～七五）。(15)

ところが、浮舟は出家し「尼衣」を着ても、薫が準備する一周忌法要の華やかな装束を「ありし世の形見」と見て、薫への思いに心が揺れる。浮舟の「尼衣」は過去を忘れさせる衣ではなかった。浮舟は尼衣の袖を形見の華やかな衣に掛けることを思い描いて、過去の記憶を手繰り寄せ、薫を偲ぼうかと問いかけていた。「尼衣」歌の解釈を踏まえてかぐや姫引用を読み解くならば、この歌は〈脱かぐや姫〉とでも言える歌であっただろう。

おわりに

浮舟の物語最後の手習歌「尼衣かはれる身にやありし世のかたみに袖をかけてしのばん」について、従来説にも拠りながら次の解釈に至った。浮舟は出家し尼衣に変わった身において、床に広げられた昔の形見である華やかな衣の片身に尼衣の袖を掛けることを幻視し、形見が喚起する薫にひたすら心惹かれて懐かしく思うのか、薫を偲ぼうか、と自らに疑い問いかけていた。尼衣に変わったわが身にポイントを置いて薫を「あはれ」と思うことへの揺れる心があった。

この歌をかぐや姫引用から見るならば、「尼衣」を着た浮舟が自らの内奥にある薫に心惹かれ懐かしむ思いを引き出すことで、かぐや姫との違いは決定的となる。この後物語は手習巻巻末で薫が浮舟の生存を知り、夢浮橋巻では弟小君を小野に遣わすが、浮舟は小君との対面も薫の文の受け取りも拒否する。浮舟はかぐや姫ではなかったが、薫との再会や俗世に戻ることもなく、迷いながらも尼として生きるであろう、浮舟物語独自の女君であったと思われる。

注

（1）『源氏物語』の用例と注釈書の略称、古注釈書、和歌の用例は凡例に従い、他の用例は『竹取物語』『うつほ物語』『枕草子』（小学館新編日本古典文学全集）に拠る。「にや」の用例検索にはジャパンナレッジ『新編日本古典文学全集　源氏物語』も参照したが、次の語彙検索に2例を加えたものを用いた。http://genji.co.jp/zenshu-genji-srch.php

（2）井野葉子「浮舟の最終詠の解釈―二句切れ・疑問・片身・袖をかけ」（『源氏物語　宇治の言の葉』森話社、二〇一一年、初出原題「浮舟の最終詠の新解釈―二句切れ・疑問・片身・袖をかけ―」小山清文・袴田光康編『源氏物語の新研究―宇治十帖を考える―』新典社、二〇〇九年）三〇〇～三二〇頁。倉田実「浮舟」（『「わが身をたどる表現」論―源氏物語の膠着語世界―』武蔵野書院、一九九五年、初出原題「浮舟の「わが身をたどる表現」論」『大妻女子大学紀要―文系―』第27号、一九九五年三月）は、「や」は「感動」と捉える（三一二頁）。清水婦久子「源氏物語の和歌―縁語・掛詞の重要性」（『文学』7―5、二〇〇六年九月）は、「「尼衣」を着ただけで「身」が真の尼になりきるわけではな」く、「姿こそ「尼衣」であるが、わが身（中身）は本当に変わったのだろうか、かつての俗世を偲ぶよすがとして、この片身に袖をかけてみようか」と、二句目と句末における二重の疑問に解釈している（七七・八一頁）。『岩波文庫（九）』三三一頁。

（3）注（2）清水婦久子。岡陽子「浮舟最終詠「尼衣かはれる身にやありし世の…」考―浮舟物語における手習歌の存在意義―」（広島平安文学研究会『古代中世国文学』16号、二〇〇〇年一二月）一～四頁。

（4）今井上「浮舟の尼衣―浮舟最後の歌と『源氏物語』作中和歌の意義―」（注（2）既出『源氏物語の新研究―宇治十帖を考える―』）二八一頁。同「『源氏物語』の注釈的課題と和歌―「源氏物語研究の現状と展望」によせて―」（『文学・語学』第193号、二〇〇九年三月）七一～七三頁。

（5）「衣」「かけて」は「よひよひにぬぎて我がぬる狩衣かけて思はぬ時のまもなし」（古今集巻一二恋二紀友則五九三）など、衣を衣桁に掛けて、心にかけての掛詞に用いる。

（6）出家時に「亡きものに身をも人をも思ひつつ棄ててし世をぞさらに棄てつる」「限りぞと思ひなりにし世の中をかへすがへすもそむきぬるかな」「心こそうき世の岸をはなるれど行く方も知らぬあまのうき木を」（手習⑥三四一・三四二）と詠む。山崎良幸『日本語の文法機能に関する体系的研究』（風間書房、一九六五年）助動詞「つ」「ぬ」三六二～三六四頁。

（7）『源氏物語大成』（第6冊校異篇）、『河内本源氏物語校異集成』、『源氏物語別本集成』（第15巻）に拠ると、「かたみ**に**」青（大・榊・二・肖・三）別（陽・池・阿）「かたみ**の**」河（御・七・尾・平・前・大・鳳・吉・兼・岩）。注釈書でも

『対校』『全書』は「かたみの」、『大系』『玉上評釈』『全集』『集成』『新大系』『新全集』『鑑賞』『人物』『注釈』『岩波文庫』は「かたみに」である。

（8）「御前の花の木も、はかなく袖かけたまふ梅の香は、春雨の雫にも濡れ、身にしむる人多く、」（匂兵部卿⑤二七）の「袖かけ」を『新大系』は「袖ふれ」（匂宮四—二一九）とする。『源氏物語大成』（第5冊校異篇）、『河内本源氏物語校異集成』、『源氏物語別本集成』（第15巻）、『注釈　九』【校異】に拠れば、青表紙本のごく一部に「そてふれ」があるのは、「色よりも香こそあはれと思ほゆれ誰が袖ふれし宿の梅ぞも」（古今集巻一春上よみ人しらず三三）から異文が生じたのであろう。

（9）「偲ぶ」「形見」の呼応は全5例ある。『新全集』明石巻例の「忍ぶ」表記を「偲ぶ」と改めた。「若君を見たてまつりたまふにも、「何に忍ぶの」といとど露けけれど、かかる形見さへなからましかばと」（葵②四九）は、『後撰集』（巻一六雑二兼忠母の乳母一一八七）歌を引歌とし、「形見の子」「筐の籠」、「忍ぶ（草）」「偲ぶ」の掛詞を踏まえている。

（10）注（2）倉田実。注（3）岡陽子、五頁。

（11）注（2）清水婦久子、八一頁。注（2）井野葉子、三〇六～三〇七頁。

（12）注（2）井野葉子、三一九・三二〇頁。注（2）清水婦久子、八二頁。

（13）『全集六』二八八頁。今井源衛「浮舟の造型—夕顔・かぐや姫の面影をめぐって」（中島あや子編『今井源衛著作集　第2巻　源氏物語登場人物論』笠間書院、二〇〇四年、初出『文学』50—7、一九八二年七月）・河添房江「源氏物語の内なる竹取物語」（『源氏物語表現史　喩と王権の位相』翰林書房、一九九八年、初出原題「源氏物語の内なる竹取物語—御法・幻を起点として」『国語と国文学』61—7、一九八四年七月）・小林正明「最後の浮舟—手習巻のテクスト相互連関性—」（松井健児編『日本文学研究論文集成6　源氏物語1』若草書房、一九九八年、初出物語研究会編『物語研究—特集・語りそして引用』新時代社、一九八六年）・同「浮舟の出家—手習巻—」（今井卓爾ほか編『京と宇治の物語・物語作家の世界』源氏物語講座第4巻、勉誠社、一九九二年）・小嶋菜温子「浮舟と〈女の罪〉—ジェンダーの解体」（『源氏物語批評』有精堂、一九九五年、初出原題「源氏物語の構造—浮舟とかぐや姫—」『国文学　解釈と鑑賞』56—10、一九九一年一〇月）は、「昇天できない、かぐや姫」（二五八頁）である浮舟の「あまごろも」は「「罪」のメタファー」（二六七頁）と捉える・井野葉子「竹取引用群―浮舟巻を中心に、そして柏木・夕霧物語」（注（2）既出『源氏物語　宇治の言の葉』初出原題「源氏物語における竹取引用群―浮舟巻を中心に、そして柏木・夕霧物語―」平安朝文学研究会『平安朝文学研究』復刊第7号、一九九八年一一月）では、浮舟の「尼衣」がかぐや姫の「天の羽衣」ではない点に触れている（七三頁）・長谷川政春「さすらいの女君（二）―浮舟」（『物語史の風景―伊勢物語・源氏物語とその展開―』中古文学研究叢書4、若草書房、一九九七年、初出原題「浮舟」秋山虔編別冊国文学№13『源氏物語必携Ⅱ』学燈社、一九八二年二月）・橋本ゆかり『源氏物語』における挑発する〈かぐや姫〉たち―パロールとエクリチュールと記憶」（『源氏物語の〈記憶〉』翰林書房、二〇〇八年）・神田龍身『源氏物語』の終り方―浮舟＝落下したかぐや姫」（久保朝孝編『危機下の中古文学2020』武蔵野書院、二〇二一年）・鈴木宏子「歌ことば「あまごろも」考―浮舟の歌一首―」（『千葉大学教育学部研究紀要』第71巻、二〇二三年三月）。

（14）　注（13）今井源衛、一八七頁。注（13）小林正明「最後の浮舟―手習巻のテクスト相互連関性―」一〇六～一〇七頁。注（13）神田龍身、一七一～一七二頁。注（2）井野葉子。注（13）鈴木宏子は、歌意を「尼衣をまとって変わり果てたこの身に、在俗の日々の形見として華やかな衣装の袖をかけるように、私は過ぎ去った昔を心にかけて思い偲ぶのだろうか」（三八六頁）と疑問説である。同「浮舟の最後の歌「尼衣かはれる身にや」の解釈―「や～む」という語法を中心にして―」（室城秀之編『言葉から読む平安文学』武蔵野書院、二〇二四年）も参照。

（15）　浮舟がかぐや姫でなかったことは、注（13）長谷川政春、注（13）小嶋菜温子などが「昇天できないかぐや姫」といったフレーズで捉えている。ただし、かぐや姫と「月」については、妹尾好信「かぐや姫の素性と「昇天」―現行『竹取物語』は中世の改作本か―」（『平安文学を読み解く　物語・日記・私家集』和泉書院、二〇二三年、初出王朝物語研究会編『研究講座　竹取物語の視界』新典社、一九九八年）が、かぐや姫が帰って行ったのは「月の都」ではなく、「空」（今昔物語集巻三一・第三三）や「天」（海道記）であったと言う。たとえ、月ではなかったとしても、かぐや姫が地上世界の人ではなく、天空世界に帰って行ったことは確かである。ここは現行本文に拠った。本書第一章七も併せて参照していただきたい。

七　浮舟の「世の中にあらぬところ」考

――初出歌にかぐや姫引用の可能性を読む

はじめに

浮舟は宿木巻の中君が薫に異母妹の存在を語る場面で初めて登場する。その後、東屋巻で左近少将の婚約破棄により二条院の中君の許に身を寄せるが、匂宮に言い寄られ急遽三条の小家に移る。母からの「いかにつれづれに見ならはぬ心地したまふらん。しばし忍び過ぐしたまへ」（東屋⑥八三）[1]と無聊を慰める手紙への返事として、物語で最初となる歌を母と詠み交わす。

「つれづれは何か。心やすくてなむ。

ひたぶるにうれしからまし世の中にあらぬところと思はましかば」

と、幼げに言ひたるを見るままに、ほろほろとうち泣きて、かうまどはしはふるるやうにもてなすことと、いみ

じければ、

うき世にはあらぬところをもとめても君がさかりを見るよしもがな

と、なほなほしきことどもを言ひかはしてなん、心のべける。　（東屋⑥八三〜八四）

この贈答歌は浮舟母娘のあり方を象徴する注目すべき歌であったと思う。

一　問題点

浮舟の初出歌は反実仮想の「〜ましかば〜まし」を倒置し、ここが「世の中にあらぬところ」だと思うならばどんなにか嬉しいだろうにと、事実に反することを仮想し現実ならざる嘆きの心を詠っている。この時「二十ばかり」（宿木⑤四六〇）の浮舟が「世の中にあらぬところ」を「ひたぶるにうれしからまし」と希求することは、かなり異質であるだろう。三条の小家は母が「方違へ所」（東屋⑥七七）に用意していた、まだ造築中のわびしい住まいであったが、浮舟はここを「世の中にあらぬところ」ではないと捉えていることにまず留意したい。

注釈書では、いわゆる嘆老歌として隠棲願望を詠じた「**世の中にあらぬところ**も得てしがな年ふりにたるかたちかくさむ」（拾遺集巻八雑上「題しらず」よみ人しらず五〇六）を浮舟歌の引歌とし、出家後に父朱雀院と贈答した女三宮歌「**うき世にはあらぬところ**のゆかしくてそむく山路に思ひこそ入れ」（横笛④三四八）との類似を指摘している。しかも、浮舟が「世の中にあらぬところ」と詠じ、母は「うき世にはあらぬところ」と返歌したのを、『新全集』は「このうき世とは別の世界」と「憂き世とは別の世界」と現代語訳するように、ほぼ同じ解釈をするものが多い。しかし、両者はむしろ全く異なる世界を志向していたのではないかと思う。

問題の第一に、浮舟が希求した「世の中にあらぬところ」とはどのようなところであったのか。ここ以前に浮舟は「なでもの」「人形」として人物造型され、この後も自らを「うき舟」「うき木」と象るように、水に浮き流される漂泊の憂き女君であった。物語の初出歌で「世の中にあらぬところ」を希求することは、浮舟物語においてどのように位置付けることができるのだろうか。

浮舟には『竹取物語』引用と見られる表現も多く、かぐや姫への準えが論じられている。浮舟の物語最後の「尼衣」歌にもかぐや姫引用を捉えるならば、浮舟の「尼衣」はかぐや姫の「天衣（天の羽衣）」ではなく、薫を偲ぼうかと自らに問いかけることでかぐや姫ではないことが詠われる。(2) 初出歌と最後の歌が照応するものとして、初出歌にもかぐや姫の面影を捉えることができるのではないかという点を考えてみたい。

第二に、浮舟の求めた「世の中にあらぬところ」と母中将の君が求めた「うき世にはあらぬところ」は類似の表現ではあるが、大きな懸隔があると思われる。浮舟母娘が希求した世界の違いを明らかにすることによって、母娘の贈答歌の意味合いもより明確になると思われる。

二　浮舟歌の「ひたぶるに」と反実仮想

まず、『源氏物語』における「ひたぶるに」36例のうち35例は地の文であるが、和歌では全795首中浮舟歌にのみ1例詠まれている。しかし、和歌にも用いられる語である。

①言ふかひなくて、ひたぶるに煙にだになしはててむと思ほして、（総角⑤三三九）
②いとつつましかりし所にてだに、わりなかりし御心なれば、ひたぶるにあさまし。（浮舟⑥一二五）
③みよしののたのむの雁もひたぶるに君が方にぞよると鳴くなる
（古今六帖六鳥「雁」四三八〇、業平集一四、伊勢物語十段、続後拾遺集巻一三恋三よみ人しらず八〇〇）
④ひたぶるに思ひなわびそふるさるる人の心はそれぞ世の常
（後撰集巻一二恋四「伊勢なん人にわすられて嘆きはべると聞きてつかはしける」藤原時平八三〇、伊勢集一〇）

「ひたぶるに」を『岩波古語辞典』は「ヒタはヒト（一）の母音交代形」「平安女流文学でも、「捨つ」「逃ぐ」「否ぶ」「…し果つ」などの強い動作を形容するのに多く使う」と説明している。右例などでも「煙になしはつ・あさまし・寄る・思ひわぶ・死ぬ・頼むかひなし・消ゆ」などが下接し、下接の動作、心情、情態に対して、「ひと（一）」を同源とする強引なまでの一途さで働きかけることや、「盗人などいふひたぶる心ある者」（蓬生②三三〇）「海賊のひたぶるならむよりも」（玉鬘③一〇〇）では一方的な粗暴さを表している。

井野葉子氏は浮舟歌について「まだ都慣れしていない」浮舟が「ひたぶるに」と詠むことは、語源的に内包する「引板」の立てる騒々しい音が「粗野な荒々しさ」を喚起することで「浮舟の東国性を象徴する」と述べている。(3) 確かに、この造作中の三条の小家には「賤しき東国声したる者どもばかりのみ出で入り」（東屋⑥八三）し、東国の粗野な荒々しい雰囲気が漂っていたかもしれない。とは言っても、浮舟歌の「ひたぶるに」が「東国性を象徴する」とは言えるだろうか。また、母はこの歌を「幼げに言ひたる」（東屋⑥八四）と見るが、果たして未熟な思慮分別のない歌だろうか。

浮舟歌が反実仮想の倒置で詠まれていることに注目した伊藤一男氏は、「とっさの倒置」ではなく「技巧的」「極度に意図的な表現」だと見る(4)。事実ではないことを仮に想定するということ自体作為的、意図的であり、倒置による強調にも注目できる。また、藤田加代氏は一首から、浮舟は「結局は、「世の中」から逃れ難いわが現実を凝視」することで「どこに行っても「世の中」から逃れ得ぬ「われ」が存在する、という諦観に似た悲しみ」を抱いていると読み取っている(5)。

浮舟は反実仮想の倒置による歌をもう1首詠んでいる。浮舟のこうした詠みぶりからどのようなことが窺えるだろうか。

⑤心をばなげかざらまし命のみさだめなき世と思はましかば　（浮舟⑥一三三）

宇治の密会において匂宮が「長き世を頼めてもなほかなしきはただ明日知らぬ命なりけり」（浮舟⑥一三三）と、激しい恋情故の死をほのめかした歌への返歌として、人の心についてはは嘆きますまい、命だけが定めのない世だと仮に思うならば、と倒置し強調している。それは、世の理である寿命だけがきまりのない世だと思いたいが、無常の世において人の心も移ろうものであり、今は「長き世を頼めても」と末永い将来を誓う匂宮の心変わりもきっと避けられないだろう。「なげかざらまし」と希望的推測を述べながら、そうはならないであろう現実を見据えていた。

浮舟が初出歌で「世の中にあらぬところ」を希求することは、三条の小家に移った直後に母が「あはれ、この御身ひとつをよろづにもて悩みきこゆるかな。心にかなはぬ世には、あり経まじきものにこそありけれ」と嘆いたことで、浮舟が「世にあらんことところせげなる身」（東屋⑥七七〜七八）と、わが身がこの世に存在することを言わば否定的に捉えた心境とも繋がるだろう。しかし、浮舟が〈世に在る〉ことを否定したところで、どこにどう〈在る〉というのか。次に、浮舟が「世の中にあらぬところ」をどのように捉えていたのか考えてみよう。

三　平安朝の「世の中にあらぬところ」歌

「世」や「世の中」は常套的に用いられる語であるが、「世の中にあらぬところ」では他の物語などには例がなく、和歌集でも用例は極めて少ない。次の2例と、「世」を否定する「世ならぬところ」1例がある。

⑦**世の中にあらぬところ**も得てしがな年ふりにたるかたちかくさむ
（拾遺集巻八雑上「題しらず」よみ人しらず五〇六）

⑧こひわびてへじとぞ思ふ**世の中にあらぬところ**やいづこなるらん
（好忠集「恋十」五三三）

⑨いかでわれ住まじとぞ思ふ住むからに憂き事しげきこの世なりけり
（藤原惟規集一五、玉葉集巻一八雑五「人のもとにつかはしける」藤原惟規二五五〇）

いづかたにいかがそむかんそむくとも世には**世ならぬところ**ありやは
（藤原惟規集「かへし、女」一六、玉葉集巻一八雑五「返し」、末句「ところありせば」よみ人しらず二五五一）

『拾遺集』巻八雑上には身の不遇や「うき世」「うき世の中」を嘆き、厭世から出家や隠遁などを願う歌が収められており、⑦も年老いて醜くなった姿を隠すことのできる「世の中にあらぬところ」を得たいと求めている。⑧は詞書に「恋十」とある最後の一首で、この「世の中」は男女関係を捉え、恋の苦しみから逃れるために男女の愛情に思い煩うことのないところはどこにあるのだろうかと問いかけている。注釈書では⑦を「この世の中ではない、別の場所」「別世界」（新大系『拾遺和歌集』）、⑧は「恋いわびずに暮らせる所。つまり世間以外の仙境のような所を指す。」（神作光一・島田良二『曽禰好忠集全釈』笠間書院、一九七五年、当集では五三二番歌とする、五〇九頁）と解釈しているが、「世の中にあらぬところ」とはまずは、年老いた身や恋の苦しさ故に耐え難く辛いこの世ではないところ、世の中を逃れたところを言うのだと思う。その上で、現実的な隠棲や出家の場、或いは観念的な「別世界」「仙境」「来世」[6]のような異世界的時空への志向や願望と理解することになるのだろう。

ところが、出家をしても「世をすてて山に入る人山にてもなほうき時はいづち行くらむ」（古今集巻一八雑下「山の法師のもとへつかはしける」凡河内躬恒九五六）と詠み、小嶋菜温子氏が『古今集』巻一八雑下の厭世歌群の分析から、遁世・出家してもついて回る〈憂き心〉から逃れることはできないと述べている。[7]このことを敷衍するならば、⑨の紫式部の弟藤原惟規の歌集に見られる惟規と女の贈答歌に繫がるのではないだろうか。惟規が憂きことの多いこの世には住まないつもりだと出家を示唆したのに対し、女はどこへどのように背こうか、憂きことが多いからと、たとえ出家をしても世には世でないところはあるのか、いやこの世には世でないところはないと反語で強く切り返している。女は、世を棄てて出家や隠棲をしてもこの世には〈世でないところ〉はないと言うのである。浮舟も現実の「世の中」ではない仮想の「世の中にあらぬところ」を希求しながらも、現実の「世の中」からは逃れ難いことを自覚していた。世の中に〈世の中でないところ〉はないとの思いを抱いていたのではないかと推測される。

四　浮舟の求める「世の中にあらぬところ」

浮舟は「世の中にあらぬところ」を初出歌以外にもう1例用いている。入水が未遂に終わり助けられた妹尼の小野の僧庵で暮らす秋の頃、手習歌で「身を投げし涙の川のはやき瀬をしがらみかけて誰かとどめし」（手習⑥三〇二）と、涙の川に身を投げた私を誰が留めたのか、と生き長らえてしまったことを辛く思い、また「われかくてうき世の中にめぐるとも誰かは知らむ月のみやこに」（手習⑥三〇二〜三〇三）と、母など都の人々との断絶の思いを深めていた。入水前匂宮への辞世歌で「からをだにうき世の中にとどめずは」（浮舟⑥一九四）と、「世の中」は「うき」ものと捉えていたが、生き返って再び巡るのもやはり「うき世の中」なのであった。

しかもここでの暮らしは、

⑩みめも心ざまも、昔見し都鳥に似たることなし。何ごとにつけても、**世の中にあらぬところ**はこれにやあらんとぞ、かつは思ひなされける。（手習⑥三〇四）

と言うように、側に仕える侍従とこもきも都の人々と似ていることもなく、すべてにつけて「世の中にあらぬところ」とはこの僧庵であろうかと自らに問いかけて、まずはそうだろうと意識的に思おうとしている。この妹尼の住まいは『拾遺集』でも「年ふりにたるかたちかくさむ」と詠われた、まさに「いたく年経にける」（手習⑥三〇三）尼達が住む僧庵であり、世に言う「世の中にあらぬところ」である。しかし、浮舟はここが「世の中にあらぬところ」だろうかと自問し、まずはそうだろうと思おうとした。東屋巻で三条の小家がそうであったならばと仮定したことを踏まえての認識であろうか、この僧庵も〈世の中でないところ〉だとは言い切っていない。「世の中にあらぬところ」は、浮舟の現実である「うき世の中」に対置するものとして認識されたと思うが、『源氏物語』において「世の中にあらぬところ」２例が浮舟にのみ用いられていることにも注目したい。

『源氏物語』の注釈書も「世の中にあらぬところ」については、『細流抄』が初出歌例を「こゝをも一向に浮世のほかとおもひたきと也」（四二一頁）と注して以来、憂き世、この世、現世、俗世間ではない「別の世界」「別世界」だと現代語訳するものが多い。諸注釈書が「別世界」と注するのは「俗世間とはかけ離れた場所」（『日本国語大辞典』）として、出家や隠棲を言う女三宮や拾遺集歌との係わりで捉えたものである。浮舟がこの歌を詠じた心境についても、「憂き世を離れた別世界にあこがれる気持」を詠んだもの（『新全集』）、「浮舟の心には憂き世を棄てる心が兆している」「浮舟の出家への憧れを詠んだ歌」（『注釈』）などと注している。論考では、杉山康彦氏が浮舟のかぐや姫引用の視点から、浮舟は「「この世」の仮り住まいが彼岸であったらいいと願望している」、「この頃から欣求浄土の願望を持っている」と捉えて、「世の中にあらぬところ」は「彼岸」だと言う。例⑩も「仙境、浄土を思わせる。」と述べている。[8]また、中西智子氏は、浮舟にとって「世の中にあらぬところ」とは「俗世あるいは都の価値観によって自己が裁断されることから逃れ身を隠すべく」求める「かくれが」であると捉え、「世の中にあらぬところ」を希求すること自体を一つの救いとし、自らの安心及び生の拠り所としていることを、浮舟の隠棲願望として論じている。[9]

初出歌に「別世界にあこがれる気持」や「出家への憧れ」を捉え、「世の中にあらぬところ」を出家したところや、「別世界」「仙境」「彼岸」と解釈するのは適切だろうか。中西智子氏が浮舟は俗世や都の価値観によって裁断されることを逃れるために隠棲願望を抱いたと捉える論考に示唆される点は多い。しかし、急遽移った造作中の三条の小家は身を隠す「かくれが」であり得ただろうし、小野の僧庵は間違いなく世を棄てた出家者の住まいであった。厳密には三条の小家には東国訛りの者が出入りし、小野の僧庵にも尼達の身内の都の者が訪れるなど、「世の中にあらぬところ」と言うには十全ではなかったかもしれない。とは言っても、それ以前の問題として浮舟が三条の小家はそうではないと思い、小野の僧庵すらそうだろうかと疑い問いかけることは、身を隠すところや出家者の住まいを「世の中にあらぬところ」と捉えることに懐疑的であったからではないのか。

つまり、浮舟は「世の中にあらぬところ」を現実的な出家や隠棲の場、この世とは別の世界、仙境などと捉えるのではなく、まずは世の中を否定する〈世の中でないところ〉と捉えていたのではあるまいか。それ故に浮舟もこの世に在る限りは『藤原惟規集』の女が言うように、この世の中に「世の中にあらぬところ」を見出すことは困難であり、むしろ不可能であっただろう。

「世」について西下経一氏が、人々が夫婦や親子などの人倫関係で構成される世界を言うと述べた[10]ことを受けて、藤田加代氏は、浮舟が生きる上で「自己が直接関与している生活空間と人間関係」のすべてを捉えた「世」の内部世界が「世の中」だと規定する[11]。従って、浮舟の「世の中」には、出生時に父八宮にわが子であることを疑われ（宿木⑤四六〇）、「数ならぬ人」（東屋⑥四八）であったこと、受領の妻となった母と東国を行き来する中で成長するも継父の常陸介には疎まれ、今また左近少将に理不尽な結婚破棄を言い渡されたこと、そこで異母姉中君を頼ったものの匂宮に言い寄られ、すぐさまこの三条の小家に移って来た（東屋巻）という経緯があった。生まれながらにして出自としてのしっかりした〈根差し〉を持たないが故に「世の中」で疎外され疎んじられるように生きてきた浮舟にとって、「世の中」は心安らかに生きることのできる安寧の場ではなかっただろう。

まして、薫と匂宮との板挟みになり懊悩の末に入水を決意した浮舟の「世の中」は「うき」ものでしかなかった。

「憂し」は「われの運のつたなさ、または不幸観」の表現であって、「世」などを対象とする場合は「不幸な」「不運な」「運拙い」などと訳してもよいかと捉えられている。[12]浮舟はわが身が生きる現実が「うき世の中」であるからこそ、身を置く安寧の場として「世の中にあらぬところ」を希求していたと思う。

五　浮舟の出家について

『源氏物語』において浮舟の入水と出家が特別であったことは、浮舟以外に自死を決意する人物がいないことからも明らかである。６例ある浮舟例の他にも15例の〈身（を・も）投ぐ〉例があり、それらは仮定や強調の表現として常套的に用いられている。密通した女君達も直後にはわが身を「うき身」と捉え、夢になしたい、消えたいと死の願望を歌に詠むが、浮舟以外に自死を考えることはなく出家を果たしている。また、女性は病気や老齢、亡き主人や夫、娘などを弔うために出家することも多く、しかも藤壺は出家後も「入道の宮」（須磨②一六三）として政治に関わり、紫上の祖母尼君も亡き娘に代わり幼い紫上を養育するなど、俗世との関わりをすべて絶つわけではなかった。『更級日記』に「母、尼になりて、同じ家の内なれど、方ことに住みはなれてあり。」（三二四）とあるように、親族などの庇護のもと自邸や都近郊で仏道生活を送っていたと言えよう。

ところが、浮舟が出家に至る経緯は、母の期待に背き、薫を裏切り匂宮との許されない恋に落ちてしまったことで、将来を危惧し懊悩するが故に自ら見限った命を絶つべく死を切望するようになる。宇治を訪れた母のことばに「心肝もつぶれ」「わが身を失ひてばや」と思い、生きていれば必ずや「うきこと」があるだろう身が死ぬことは何ら惜しくもないと道理として確信し、「まろはいかで死なばや」、「わが身ひとつの亡くなりなんのみこそめやすからめ」（浮舟⑥一六七〜一八五）と自死を決意した。当時自死は仏教の「不殺生戒」により戒められ、親に先立つことも罪深いと考えられていたにも拘わらず、敢えて入水自殺を選んだのである。(13)

しかし、入水には失敗し生き長らえてしまい、匂宮への辞世歌で亡骸さえも「うき世の中にとどめず」と詠じていたが、今再び巡るのもやはり「うき世の中」なのであった。過去を顧み、妹尼の娘婿であった中将の懸想や、妹尼が亡き娘の身代わりとして期待をかけるのを厭うことで出家をした。

浮舟の出家に関しては四度語られている。

⑫思はずなるさまに散りぼひはべらむが悲しさに、尼になして深き山にやし据ゑて、さる方に世の中を思ひ絶えてはべらまし　（東屋⑥四八）

⑬「尼になしたまひてよ。さてのみなん生くやうもあるべき」　（手習⑥二九八）

⑭「なほかかる筋のこと、人にも思ひ放たすべきさまにとくなしたまひてよ」　（手習⑥三二二〜三二三）

⑮「幼くはべりしほどより、ものをのみ思ふべきありさまにて、親なども、尼になしてや見ましなどなむ思ひのたまひし。ましてすこしもの思ひ知りはべりてのちは、例の人ざまならで、後の世をだに、と思ふ心深くはべりしを、…」　（手習⑥三三五〜三三六）

一度目の⑫は、左近少将の婚約破棄により浮舟を中君に預かってもらうべく二条院を訪れた際、母中将の君が自分が亡くなった後の心配事として、浮舟を尼にして奥山にでも住まわせて俗世を棄てるのがよかろうかと語ったもの。匂宮の闖入により急ぎ二条院を辞す際にも「深き山の本意」（東屋⑥七六）と言う。⑬〜⑮は浮舟自らが語るもので、まず⑬は、小野で蘇生したものの未だ心の中では「なほいかで死なん」（手習⑥二九八）と思うが、死ねない現実を鑑み、尼になることでのみ生きる方法もあるに違いないと妹尼に出家を要請する。仏に救いを求める浮舟の願いに妹尼は「ただ頂ばかりを削ぎ、五戒ばかり」（手習⑥二九八）を受けさせた。⑭では、浮舟に懸想した中将の訪れが度重なることで、その恋情を断ち切らせるために早く尼にしてくださいと再度要請している。そして、四度目の⑮こそ横川僧都に直截「尼になさせたまひてよ」（手習⑥三三五）と懇願し、何としても出家させてもらうべく以前からの出家願望と死後の救済についても語っている。

浮舟のみが入水を決意したものの、死ぬことができず出家をするのであって、始めから出家を考えたわけではなかった。浮舟の従来からの出家願望は、母が中君に浮舟を託す⑫と、浮舟が横川僧都に直截懇願する⑮において方便として語られたのであって、二十歳ほどの浮舟が早くから出家願望を持ち、死後の極楽往生を望んでいたとは語られていない。周りの状況に追い詰められていく中で死を決意し、出家もしたと言える。

出家後の連作歌では、入水と出家は一つには自らの積極的判断によるものであったと強く確信し、また一方、運命として必然的なことであったのだと感慨深く思うという、二面性を捉えて自らに言い聞かせようとしていた。(14)出家は死ぬことができず未だ苦悩を抱えた浮舟が心穏やかに生きられる場を求めてのことであろうが、出家し「心こそうき世の岸をはな」れたけれど、なお行方も分からない「あまのうき木」（手習⑥三四二）である、海に漂う浮木、海士舟のような、心細く頼りない尼だと言う。浮舟が現実の不幸な「うき世の中」に対して思い描く安寧の場としての「世の中にあらぬところ」は、現実にはない理想郷のような時空であったのではないのか。二度も「世」も「世の中」も棄て出家し「うき世の岸」を離れても、未だ仏に救済され尼としての行方が定まることはなかった。

六　「世の中にあらぬところ」をかぐや姫引用から読む

ところで、浮舟は自らを水に浮き流される漂泊の「うき舟」（浮舟⑥一五一）「うき木」（手習⑥三四二）と象るが、作者にとって浮舟の〈さすらひ〉は、既に浮舟物語の始発において内面化されており、それを展開させる方法の一つがかぐや姫引用ではなかったかと思う。池田和臣氏は『源氏物語』における源氏取りという視点から、浮舟の運命は既に中君において必然化されていたと述べているが、[15]ここでは浮舟にのみ用いられた「世の中にあらぬところ」をキーワードに考えてみたい。

従来、多くの注釈書が「世の中にあらぬところ」を「別世界」「異郷」「仙境」などと解釈したことは、かぐや姫引用に拠るものではないし、浮舟のかぐや姫引用の始まりを初出歌に見る考察もないようである。しかし、かぐや姫に準えられる浮舟であるからこそ、現実のこの世の中には安心して帰属するところのない身が、初出歌にして現実にはない「世の中にあらぬところ」を求めて、かぐや姫の帰属する「月の都」のようなこの世ならざる時空を想起したのではなかったか。現実世界の人々は出家や隠棲をすることで「世の中にあらぬところ」を得ることができるかもしれないが、浮舟にとって三条の小家も小野の僧庵も「世の中にあらぬところ」ではなかったとすれば、浮舟独自の「世の中にあらぬところ」を考えることができるのではないのか。現実世界と浮舟の思い描く「世の中にあらぬところ」を本質的に分かつものがあるとすれば、それは『源氏物語』が作り物語であるという点にあるだろう。[16]虚構の『源氏物語』においてかぐや姫に寓される浮舟にのみ２例も「世の中にあらぬところ」が語られていることの意味を、かぐや姫引用から考えることはできないものかと思う。

浮舟が出家をしても未だ「あまのうき木」であり、この世を行方知れずさすらうことの一つには、浮舟が古代伝承の入水譚を揺曳しながら〈形代、なでもの、うき舟、うき木〉として水に流され浮き漂う女君に象られたことが挙げられるが、今一つ初出歌にかぐや姫引用の始発を見出すことができるのではないだろうか。『源氏物語』が『竹取物語』の影響を受け、浮舟にも多くの引用が指摘されていることは言うまでもないが、浮舟発見時には「変化」のものと見（手習⑥二八二）、「いみじき天人の天降れる」（手習⑥二九九）と美しさを地上の人ではないと感嘆し、何よりも妹尼が「かくや姫を見つけたりけん竹取の翁よりもめづらしき心地するに、いかなるもののひまに消え失せんとすらむ」（手習⑥三〇〇）と驚き落ち着いた気持ではいられないように、色濃くかぐや姫の血脈が流れている。

蘇生した浮舟は母や薫達の住む都を「月のみやこ」（手習⑥三〇二～三〇三）と詠み、都の誰も私の生きていることを知るまいと、都の人々との断絶の思いを深めていた。本来浮舟が帰属するところはやはり母や薫達の住む〈都〉であろうが、生まれながらに〈根差し〉を持たない浮舟にとって、〈都〉は安寧の場ではない、むしろ「うき世の中」であった。「月のみやこ」はかぐや姫の帰属する「月の都」をイメージさせるものであり、浮舟が入水に失敗し小野にやってきた自らを、かぐや姫が帰属するべき「月の都」を逐われ地上に降り立ったことに見立てたのであろうか。[17]

ただし、かぐや姫と月については妹尾好信氏が、現行『竹取物語』は中世の改作本であり、『源氏物語』と同時代には「月」は語られていなかった、かぐや姫が昇って行ったのも「空」や「天」であり、「月の都」ではなかった、「月の都の人」とも語られていないことを検証している。[18]しかし、かぐや姫が「月の都の人」ではなく、「月」には帰って行かなかったとしても、かぐや姫はこの世、地上世界の人ではなかった。「月の都」も「空」や「天」もいわば天空の異空間世界を捉えたものであり、地上世界でなかったことは確かである。

長谷川政春氏は浮舟のかぐや姫引用から、「あたかも浮舟の帰属する世界が、かぐや姫のそれである月の都、すなわち異郷であるかのように。」[19]と述べ、小嶋菜温子氏も浮舟は「かぐや姫になりきれない、天に帰属しえぬ女人」にほかならず、浮舟の帰属する「月の都」は「どこか彼方の、逢着しえない時空」[20]であったのではないかと捉えている。これらの長谷川氏や小嶋氏の言うかぐや姫の「月の都」が、浮舟にとって「世の中にあらぬところ」と形象化されたのではないか。わが身が「世にあらんことところせげ」とも捉える浮舟であるからこそ、現実の「うき世の中」に対置する「うき世の中」ではないところとして「世の中にあらぬところ」を求めていた。しかし、出家者の住む小野の地さえ「うき世の中」であり、心の安寧を得られる場ではなかった。

浮舟の物語最後の歌「尼衣かはれる身にやありし世のかたみに袖をかけてしのばん」（手習⑥三六一）をかぐや姫引用から見るならば、浮舟の「尼衣」はかぐや姫の「天衣（天の羽衣）」ではなく、尼となってもかぐや姫のように俗世を忘れ、罪を贖い月に帰って行くことのできない「昇天できない、かぐや姫」であることを詠うものであった。拙稿でも「〈脱かぐや姫〉とでも言える歌」と捉えた[21]が、作者の浮舟物語における創作意図として浮舟の初出歌における「世の中にあらぬところ」は、浮舟の現実である「うき世の中」に対置される、現実には無い〈世の中でないところ〉であった。浮舟は自らを取り巻くすべての「生活空間と人間関係」である「うき世の中」を逃れて心安らかに帰属できる安寧の場として「世の中にあらぬところ」を求めていたのであり、それをかぐや姫の帰属する「月の都」のようなところと考えてみた。便宜的に「ような」と言わざるを得ないが、浮舟が安住できる場は現実のこの世には無かった。

浮舟は「うき舟」「うき木」のように〈さすらふ〉女君であるが、現実には「うき世の中」で生きるしかない。初出歌と最後の歌を照応するものと捉えることで[22]、初出歌にも物語構造としてかぐや姫引用を見出すことができるだろう。かぐや姫引用を初出歌にも見るならば、浮舟の運命付けられた〈さすらひ〉は物語の始発において予兆されていたと言えよう。

七　母との贈答歌の意味

最後に、母中将の君が「うき世にはあらぬところをもとめても君がさかりを見るよしもがな」と希求した、浮舟との贈答歌について考えてみよう。注釈書では「うき世にはあらぬところ」を「つらい世間ではない場所」(『大系』)などと解釈するものもあるが、多くは「憂き世とは別の世界」「別世界」など浮舟歌の「世の中にあらぬところ」とほぼ同じ解釈をしている。しかし、両者が同じような認識であったとは考え難い。

東屋巻で浮舟を二条院から三条の小家に移した母は、浮舟の結婚がうまくいかないことなどから将来を思い悩み、「心にかなはぬ世には、あり経まじきものにこそありけれ」(東屋⑥七七)と嘆いていたが、母自身が失意から出家したいなどと思うわけではないし、自らの不本意な人生の生き直しを託す浮舟の出家を望むはずもない。浮舟の「さかり」を見たいと願う、その「さかり」とは浮舟が結婚して子供にも恵まれ人生の幸せな絶頂期を思い描くものだろう。それを実現するために「うき世にはあらぬところ」を手に入れてでも、何とか娘の幸せな人生の盛りを見る方法、手段がほしいものだと切実に願っている。母の捉える「うき世」には「心にかなはぬ」という思い通りにはならないわが人生への不満や嘆き、苦悩を内包するが故に不幸だ、不運だと捉える一般的社会通念としての「不幸観」があり、まさに不幸なこの世、現世を言うのであった。母の求める「うき世にはあらぬところ」とは、浮舟の結婚についての悩みなども解消された〈心にかなふ〉世であって、諸注が「別の世界」「別世界」と現代語訳するような認識方法ではないと考えられる。

「うき世にはあらぬところ」は他にも1例、女三宮歌に用いられている。既に出家している父朱雀院が「世をわかれ入りなむ道はおくるとも同じところを君もたづねよ」（横笛④三四七）と、同じ仏の極楽浄土を求めよと諭した歌への返歌である。

⑳うき世にはあらぬところのゆかしくてそむく山路に思ひこそ入れ　（横笛④三四八）

女三宮にとっての「うき世」とは、柏木との密通を知られてしまったことで源氏の冷たい態度や、密通により薫が生まれてしまったという受け入れ難い不幸な人生を言うのであろう。[23]そうした辛い人生を背負った女三宮が「ゆかし」と心惹かれる「うき世にはあらぬところ」とは、朱雀院が「世をわかれ入りなむ道」と言い、女三宮も「そむく山路」と返した、出家者として生きる出離の道であった。

従って、浮舟母や女三宮が求めた「うき世にはあらぬところ」とは、自分の意に適わないが故に受け入れ難い嘆きや苦悩による不幸観のない人生を送れる場、あくまでも現実世界についての認識である。それ故一つには、望み通りの出世や栄達をし、希望に添った相手と幸せな結婚をするなど〈心にかなふ世〉が出現すれば可能となるだろう。また一方、全く逆のあり方として、意に適わない辛い俗世や人生を棄て出家や隠棲をすることで獲得できるとも考えられた。至極単純に言ってしまえば、「憂し」の排除された現実世界が「うき世にはあらぬところ」であろうが、実現は容易ではないように思われる。

『新全集』はこの場面について「互いに真情を流露しあい思いを慰めるこの段に、この母子の人生が集約されている観がある。」と解説し、母娘に心の通い合いがあったと読み取っている。贈答歌についても〈この母娘の人生観が集約されている〉と見ることができるだろう。しかし、母娘がありきたりなことを言い交わしてお互いを思い合ったとしても、その内実では浮舟の初出歌は浮舟の行末を暗示するものとして、決して母の望む幸せな人生が約束されるはずもないことを予兆していた。

他にも鈴木日出男氏は、浮舟が「母親の口まねでさえあるような言い方」をすることから、「世の中にあらぬところ」を求めることは母の思いを受けて「出家を思う」ことだと解し、二人の贈答歌は「動かす者と動かされる者との齟齬が端的に語られることになる」と述べている。(24) 母も浮舟も浮舟の出家を望んではいなかったが、二人の希求した世界がまるでベクトルが逆の異質な世界であったことは確かである。母はあくまでもこの世での現実的な〈心にかなふ世〉としての「うき世にはあらぬところ」を求めたのに対し、浮舟は安寧の場として現実にはない「世の中にあらぬところ」を希求していた。物語の内包する相容れない母と娘の関係は、既に初発の贈答歌から露呈していた。

しかも、ここでの浮舟母娘の贈答歌は二人の希求する世界の異質性を露わにするのみならず、浮舟のかぐや姫引用を支えるものでもあったと思う。両者の志向する世界が、母の地上世界と浮舟のこの世ならざる世界という、本質的に異なる世界であることによって、かぐや姫に準えられる浮舟がこの世で生きることの悲劇性や、相容れない母娘のすれ違いも自ずと予示していたのである。

おわりに

浮舟は母の意に従い薫との結婚を望んだものの、情熱的で自分本位な匂宮との官能的な恋に落ちたことで懊悩を抱え、入水を決意し出家もした。浮舟の漂泊の人生は初出歌で現実に反する「世の中にあらぬところ」を求めたことで予兆されていたのであり、母の求める幸せな人生が実現される「うき世にはあらぬところ」とはまったく異なる世界であった。

浮舟がひたすら求めていたのは、実現し難い、この「世の中」にはないであろう、心の安寧の場であった。従って、「世の中にあらぬところ」とは自らがこの世に生きる「人間関係と生活空間」を否定するものであるが、現実には「うき世の中」で生きるしかない。『藤原惟規集』の女が〈世には世ならぬところはない〉と言うように、浮舟の希求した「世の中にあらぬところ」もこの世にはないだろう。それ故に浮舟は出家前にも、出家後にもひたすら〈世の中に生きていることを知られたくない、世の中から見棄てられて終わりたい〉と存在を消すことを願っていた（手習⑥三〇三・三〇四・三一七・三五四）。

浮舟が〈魂の安らかに帰属できる〉「世の中にあらぬところ」を希求した初出歌は、浮舟の今後に波乱を予感させる歌であり、浮舟物語はその浮舟の行末を追求する物語でもあっただろう。そこに物語構造としてのかぐや姫引用を重ねることで、この世には実在しない〈月の都のような時空〉を考えてみた。

しかし、結局浮舟は漂泊の〈憂き、浮き舟〉であり、〈うき木に準えられる尼〉であってかぐや姫ではなかったが、浮舟の初出歌と最後の歌がかぐや姫引用において照応していると捉えるならば、浮舟は初出歌において既にかぐや姫のイメージを背負っていたことになる。そして、詠歌世界では入水したと詠うものの現実には未遂に終わり、出家しても今なお「うき世」からは離脱できず、帰属する安寧の場を得ることのできない尼であった。ここでは、冒頭に挙げた場面で交わされたお互いにすれ違う娘と母の贈答歌において、浮舟のかぐや姫引用の可能性を考えてみた。

注

（1）『源氏物語』の用例と注釈書の略称、古注釈書、和歌の用例は凡例に従い、他の引用は『藤原惟規集』（岩波文庫『紫式部集』所収）『竹取物語』『更級日記』『日本霊異記』（小学館新編日本古典文学全集）『拾遺和歌集』（岩波新日本古典文学大系）に拠る。

（2）『竹取物語』引用と「尼衣」歌解釈についての参考文献は、拙稿「『源氏物語』浮舟の「尼衣」歌考」（法政大学『日本文学誌要』第106号、二〇二二年九月）、本書第一章六参照。

（3）井野葉子「手習巻の引歌―歌ことばの喚起するもの（二）」（『源氏物語　宇治の言の葉』森話社、二〇一一年、二八四・二九七頁、初出原題「手習巻の「引板」―歌ことばの喚起するもの―」『日本文学』57―8、二〇〇八年八月）。

（4）伊藤一男「歌の個性―浮舟詠をめぐって―」（『むらさき』第27輯、一九九〇年一二月）三三〜三四頁。

（5）藤田加代「浮舟の造型―その詠歌に見る二つの問題点―」（高知日本文学研究会『日本文学研究』第46号、二〇〇九年七月）一七一〜一七二頁。

（6）「こひわぶ」には「こひわびてしぬてふことはまだなきを世のためしにもなりぬべきかな」（後撰集巻一四恋六「つれなく侍りける人に」壬生忠岑一〇三六）など恋死を詠む歌もある。

（7）小嶋菜温子「宇治十帖から『古今集』巻十八（雑下）へ〈付〉千里『句題和歌』」（『源氏物語批評』有精堂、一九九五年、初出原題「源氏物語と和歌―古今集・雑下の構造から―」編集同人・物語研究『物語研究』№3、一九八一年一〇月に、〈付〉として「千里■古今和歌集の歌人たち」『一冊の講座　古今和歌集』有精堂、一九八七年）。

（8）杉山康彦「かぐや姫と浮舟―物語の他者・他者の物語―」（『文学』56―10、一九八八年一〇月）三一・三四頁。高橋亨「存在感覚の思想―〈浮舟〉について」（『源氏物語の対位法』東京大学出版会、一九八二年、初出『日本文学』24―11、一九七五年一一月）も「「あらぬ世」は「世の中にあらぬ所」と同じ彼岸であろう」（二一四頁）と述べていた。

（9）中西智子「浮舟と隠棲願望―「世の中にあらぬところ」考―」（平安朝文学研究会『平安朝文学研究』復刊第13号、二〇〇五年三月）。他に、池田和臣「類型への成熟―浮舟物語における宿命の認識と方法―」（『源氏物語　表現構造と水脈』武蔵野書院、二〇〇一年、初出『文学』49―6、一九八一年六月）は、初出歌が「浮舟の小野への蘇生と出家を予示している」（三五八頁）と読んでいる。

(10) 西下経一「情本位の文学」（『平安朝文学』塙書房、一九六〇年）七七頁。

(11) 藤田加代「「世」意識と「身」意識からみた不幸観」（『「にほふ」と「かをる」―源氏物語における人物造型の手法とその表現―』風間書房、一九八〇年）二三九頁。

(12) 山崎良幸『源氏物語の語義の研究』（風間書房、一九七八年）「憂し」二〇〇～二〇一頁。

(13) 大君の死を悲しむ弁の尼と薫が「涙の川に身を投げば」「身を投げむ涙の川にしづみても」と贈答した場面で、薫が「それもいと罪深かなることにこそ。」（早蕨⑤三五九～三六〇）と自死を罪と捉えて仏罰を戒めている。親に先立つ不孝の罪も、浮舟が入水決意後「親をおきて亡くなる人は、いと罪深かなるものを」（浮舟⑥一八六）、「親に先立ちなむ罪失ひたまへ」（浮舟⑥一九二）と重ねて思っている。『日本霊異記』でも不孝の者は地獄に堕ちるとされる（上巻第二三、八二～八三頁）。

(14) 拙稿『源氏物語』浮舟出家時の連作歌解釈」（『解釈』第69巻第3・4月号、二〇二三年四月）、本書第一章四参照。

(15) 池田和臣「浮舟登場の方法をめぐって―『源氏物語』の『源氏』取り―」（注（9）既出『源氏物語　表現構造と水脈』、初出原題「浮舟登場の方法をめぐって―源氏物語による源氏物語取―」『国語と国文学』54―11、一九七七年一一月）は、早蕨巻と宿木巻の月の歌や表現から中君の「月世界ならぬ、宇治帰参のモチーフ」が浮かび上がり、「浮舟の運命を先取るような中君の不幸な運命の予示がある」（三一九頁）と述べている。

(16) 沼田晃一「紫式部日記と源氏物語―「なきもの」「あらぬ世」「蔦の色」等の表現をめぐって―」（『帝京国文学』3号、一九九六年九月）では、同語表現でありながら「日記の現実」と「物語創造の世界」における言葉の選び取り方に違いがあるのではないかと述べている（一二六頁）。この視点は、現実の世の中の認識と、虚構の作り物語ならではの創造性の違いにも言えるのではないかと思う。

(17) 今井源衛「浮舟の造型―夕顔・かぐや姫の面影をめぐって」（中島あや子編『今井源衛著作集　第2巻　源氏物語登場人物論』笠間書院、二〇〇四年、初出『文学』50―7、一九八二年七月）で「明らかに竹取物語から借用したもの」（一八五頁）と捉え、後藤祥子「手習いの歌」（秋山虔・木村正中・清水好子編『講座　源氏物語の世界』第9集、有斐閣、一九八四年）も、浮舟自身が貴種流離を意識し、かぐや姫連想があったと述べ（二二九頁）、注釈書の多くはかぐや姫連想があると捉えている。一方、『集成』は「月をながめての歌なので、単に都の意に言う。」と注し、妹尾好信「かぐや姫の素性と「昇天」―現行『竹取物語』は中世の改作本か―」（『平安文学を読み解く　物語・日記・私家集』和泉書院、二〇二三年、初出王朝物語研究会編『研究講座　竹取物語の視界』新典社、一九九八年）も、かぐや姫引用には繋がらないのではないかと見ている（三五頁）。

（18）注（17）妹尾好信。

（19）長谷川政春「さすらいの女君（二）―浮舟」（『物語史の風景―伊勢物語・源氏物語とその展開―』中古文学研究叢書4、若草書房、一九九七年、二三八頁、初出原題「浮舟」秋山虔編別冊国文学No.13『源氏物語必携Ⅱ』学燈社、一九八二年二月）。

（20）小嶋菜温子「浮舟と〈女の罪〉―ジェンダーの解体」（注（7）既出『源氏物語批評』二六七頁、初出原題「源氏物語の構造―浮舟とかぐや姫―」『国文学　解釈と鑑賞』56―10、一九九一年一〇月）。

（21）引用は注（20）小嶋菜温子、二五八頁。浮舟の「月の都」への回帰については、注（19）長谷川政春が「月の世界に昇天することもできずにさすらう浮舟」（二三八頁）と述べ、井野葉子「中の君物語における竹取引用」（注（3）既出『源氏物語　宇治の言の葉』三〇頁、初出早稲田大学『国文学研究』第98集、一九八九年六月）も「昇天できないかぐや姫」というモチーフで捉えている。拙稿注（2）既出、二五～二六頁、本書第一章六参照。

（22）薫の人物造型においても、初出歌「おぼつかな誰に問はましいかにしてはじめもはても知らぬわが身ぞ」（匂兵部卿⑤二四）と最後の歌「法の師とたづぬる道をしるべにて思はぬ山にふみまどふかな」（夢浮橋⑥三九二）は照応し、「はじめもはても知ら」ず「ふみまどふ」薫の人生を象っている。

（23）女三宮は、密通による出産のついでにも「死なばや」（柏木④三〇〇）と思うことはあったが死ぬことはなく、源氏の「おろそかな」態度につけて今後の冷たい対応を予測し「わが身つらくて、尼にもなりなばやの御心つきぬ」（柏木④三〇一）と語り、出家後にも源氏が柏木との密通を知ったことで「こよなう変りにし御心」には接したくないと思い出家したと回想する（鈴虫④三八〇）。

（24）　鈴木日出男「中将の君と浮舟」（『源氏物語虚構論』東京大学出版会、二〇〇三年）一〇八六頁。

第二章　作中人物を読む

一　大君の死
――「もののかれゆく」考

はじめに

『源氏物語』が死を描くことにおいて優れた文学作品であったことは、夙に石田穣二氏・今西祐一郎氏によって鋭い指摘がなされている。(1) 浮舟は大君の「形代」として登場し、入水という形で命を閉じようとするが、大君は言わば食を受け付けないでの衰弱死であった。大君の死は石田穣二氏の挙げる「四つの死」の比喩表現の一つに数えられ、総角巻で次のように描かれている。

世の中をことさらに厭ひ離れねとすすめたまふ仏などの、いとかくいみじきものは思はせたまふにやあらむ、見るままに**ものの枯れゆくやうにて**、消えはてたまひぬるはいみじきわざかな。(2)（総角⑤三二八）

「ものの枯れゆくやうにて」は、「見るままに」「消えはてたまひぬる」という、今まさに亡くなる臨終の様を比喩で語るものとして捉えられている。当該部分には異文がある。(3)

ものゝか・れゆく　青（穂・池・三・徹一）別（陽・保・平）
ものゝか・れ行・　青（蓬・肖・幽）
物・ゝか・れゆく　青（御）
物・のか・れ行・　別（中京）
物・のか・れゆく　青（紹）
ものゝかく《ヒ》れ行・　青（明）
もの・かくれ行・　青（大）
物・のかくれゆく　青（陵）
ものゝかくれゆく　青（飯・大正・伏）河（七・宮・尾・大・鳳・前・国・岩）別（横）
物・のかくれ行・　青（伝宗）別（阿）

諸本との校合から大島本は「の（ゝ）」を落としたと考えられ、「かれ」か「かくれ」かの問題である。青表紙本と別本には「かれ」「かくれ」が見られ、河内本は「かくれ」のみである。

古注釈書では、『花鳥余情』『紫明抄』『細流抄』『河海抄』『源氏物語玉の小櫛』にはこの部分の注はなく、『湖月抄』『岷江入楚』『萬水一露』『孟津抄』も本文を「物の（ものゝ）かれゆく」とし、解釈上は問題としていない。今日の注釈書は、次の本文を採用している。

物（もの）かく（隠《かく》）れ行く（行《ゆく》）……………『玉上評釈』『新大系』『人物』
ものゝ隠れゆく…………………………『注釈』
物（もの）の枯（枯《か》・か）れ行（ゆ）く　……『全書』『大系』『全集』『集成』『完訳』『新全集』『鑑賞』

三条西家本を底本とする『大系』以外は、いずれも（『人物』と『鑑賞』は除く）大島本を底本としながら、『玉上評釈』『新大系』『注釈』を除き、「もののかれゆく」と校訂している。「枯る」「隠る」は死の**隠喩**としても用いられるが、ここは比況の助動詞「やうなり」によって具体的な状態・様態を表し、今日で言う**直喩**の表現となる。「四つの死」に数えられる中でも、藤壺・柏木・紫上は具体的な「灯火」「泡」「露」の様に準えているのに対し、大君のみは個別化せず包括的に捉えた、汎称的な「もの」を主体とするのである。「かくれ」とする写本も多いが、通説は「かれ（枯れ）」として「草木の枯れてゆくようにして」（『新全集』）と解釈している。[4]「かれ」の意味には咲本英恵氏による「離《か》れ」も提示されている。[5]異文の発生には書き落としと書き加えがあり、明融本のミセケチによる「かくれ→かれ」に痕跡を残すとの見方もあるだろうが、写本状況から「かれ」か「かくれ」かを決めることは困難である。「かくれゆく」「かれゆく」それぞれの場合を検証し、大君の死の表現としてどのように読み取ることができるのかを探ってみたい。

一　「かくれゆく」の検討

はじめに「かくれゆく」から見ていく。従来「かれ」を採用する際に「かくれゆく」を検討することは少なかった(6)が、「かくれ」ならば意味は「隠れ」である。死の比喩表現として「隠れゆく」では何か問題があるのだろうか。『源氏物語』中に「隠る」61例、「ゐ隠る」3例、「雲隠る」5例など用例も多いが、「隠れゆく」では『新大系』索引でも当該以外には例がない。

①御方々も隠れたまはず、…いとをかしううちとけぬ遊びぐさに誰も誰も思ひきこえたまへり。（桐壺①三九）
②内なる人、一人は柱にすこしゐ隠れて、琵琶を前に置きて、撥を手まさぐりにしつつゐたるに、雲隠れたりつる月のにはかにいと明くさし出でたれば、（橋姫⑤一三九）
③「故后の宮の崩れたまへりし春なむ、花の色を見ても、まことに『心あらば』とおぼえし。…」（幻④五三五）

①②の「隠る」「ゐ隠る」は人が几帳や柱の物陰に隠れること、②の「雲隠る」は月が雲に入り姿が見えなくなることを表している。③「崩る」は藤壺中宮の崩御を**隠喩**で婉曲的に語るもので、他にも桐壺院、太政大臣（頭中将の父）、按察大納言（紫上の祖父）、院の大后（弘徽殿大后）、夕霧の御母君（葵上）、右衛門督（柏木）、少弐（玉鬘乳母の夫）、弁の尼の母、光（源氏）、仏、浮舟の死を語っている（全16例）。『万葉集』で貴人の死を忌み憚り「隠る」「雲隠る」と婉曲に表現したように(7)、『源氏物語』でも身分ある人々の死を語っている。ただし、玉鬘の乳母の夫少弐は、大夫

監の発話における少弐への、浮舟は宇治の下衆たちの薫大将の妻に対する敬意によるもの、弁の尼の母は、弁の尼と薫の会話で死への忌み憚りから弁が意図して婉曲的に語ったものである。**死の隠喩表現「隠る」は地の文と会話文においてのみ**用いられ、〈隠れる〉対象把握の方法は、現前していたものが何かの物陰に入り見えなくなる現象として捉えている。

和歌では「島がくれゆく船」（古今集）、「（山が）隠れゆく」（拾遺集）という表現も各1例あるが、

④久方の天照る月も隠れゆく何によそへて君をしのばむ　（拾遺集巻一三恋三「題しらず」柿本人麿七八九）

⑤あまつかぜ雲吹きはらへ久方の月の隠るる路まどはなん　（小町集一〇七）

など、月を主体とする例が多い。④は恋人の面影を月に重ねて見ていたが、月が隠れてゆく、隠れてしまった後は何によって偲べばよいのかと嘆く意である。それは「秋の夜の月かも君は雲隠れしばしも見ねばここら恋しき」（拾遺集巻一三恋三柿本人麿七八五）など、〈月に恋人の面影を見て慕う〉という類型による恋歌で、『万葉集』（柿本人麻呂歌集）の「ひさかたの天照る月の隠りなば何になそえて妹を偲はむ」（巻一一・二四六三）の異伝歌である。『万葉集』の原文「隠去」が『拾遺集』では「隠れゆく」となり、「妹」が「君」に改変されている。歌意は、もし隠れてしまったらという仮定から、隠れていくという進行形に変わるが、「君」は同じく恋人の女性を指していると解して良いだろう。〈隠れた月〉を愛しい対象に見立てて「偲ふ」「恋ふ」嘆きの歌が多い。

愛しい人を月に見立てることは、薫の大君哀傷歌にも見られる。

⑥雪のかきくらし降る日、ひねもすにながめ暮らして、世の人のすさまじきことに言ふなる十二月の月夜の曇りなくさし出でたるを、簾を捲き上げて見たまへば、…

おくれじと空ゆく月をしたふかなつひにすむべきこの世ならねば　（総角⑤三三二〜三三三）

「この世」ならぬ西の方に進んで行く「空ゆく月」に亡き大君を重ねて、大君を慕い月を追って西方浄土へ行きたい心境を詠じている。ここで薫が大君を「月」に準えたことから、臨終の様も月を「もの」と汎称化し、〈月が隠れゆくように〉と表現していたとは考えられないだろうか。臨終は豊明の節会（旧暦十一月中の辰の日）、風の強い雪の荒れ惑う日の夜であった（総角⑤三二四）が、例⑥の夕方に明るくさし出でた月は、まるで〈隠れてしまった月＝故人〉の再来を思わせる。『万葉集』の**挽歌**には、柿本人麻呂が「日並皇子尊殯宮之時、柿本人麻呂作歌一首　並短歌」において「あかねさす日は照らせれどぬばたまの夜渡る月の隠らく惜しも」（巻二・一六九）と、夜空を渡る月が隠れる（沈む）ことに日並（草壁）皇子の死を**隠喩**し、「柿本朝臣人麻呂、妻死之後、泣血哀慟作歌二首並短歌」では「…　渡る日の　暮れぬるがごと　照る月の　雲隠るごと　奥つ藻の　なびきし妹は　もみち葉の　過ぎて去にきと　玉梓の　使ひの言へば　…」（巻二・二〇七）と、妻の死を月が雲隠れるようにと**直喩**した表現もあった。

人麻呂は〈隠れる月〉に人の死を形象化したが、大君の場合は**〈月が隠れていくように〉**と明確に語られたわけではなく、何故「もの」なのかは大事な点である。「隠れゆく」とする『玉上評釈』は、「見ている前で姿を消して行くように」、『新大系』も「何かが隠れるイメージか。」と述べ、主体が「もの」と表現されたことには触れていない。〈何かが隠れていくように臨終を迎えた〉では、「四つの死」における他の比喩のような明晰さはない。むしろ、右の大君哀傷歌や、藤原忠平が亡き妻順子の一周忌に「かくれにし月はめぐりていでくれど影にも人は見えずぞありける」

（大和物語九七段月の面影三二九）と詠じたように、「月」には愛しい人を月に準える恋歌や亡き人への哀傷歌の類型があり、「隠る」が隠喩において死を表すこと、そこに大君の死を「かくれゆく」とも捉え得る土壌があったと思われる。しかし、ここは死後の哀傷表現ではなく、臨終の比喩表現としての明晰さも担保されないだろう。

二　「かれゆく」の検討

次に「枯れゆく」は、現代でも『枯れるように死にたい―「老衰死」ができないわけ―』（田中奈保美、新潮文庫、二〇一四年）という書名にも見られるように、まさに大君が「枯れゆくやうにて」亡くなったと捉えるのとよく似た使われ方もする。平安時代末の『類聚名義抄』には「死　カル」の訓があり（『類聚名義抄　全弐巻　第一巻』風間書房、一九六二年、仏上七八、九八頁）、今日「枯る」は「水気がなくなってものの機能が弱り、正常に働かずに死ぬ意。」（『岩波古語辞典』）と説明されている。

『源氏物語』中に「枯れゆく」は当該例以外に1例、「枯る」14例、「枯れ果つ」「草枯れ」各1例、「枯れ枯れ」4例（「離れ離れ」との掛詞1例含む）、「霜枯れ」3例、「霜枯れわたる」1例がある。その内訳は「下草・花・（五葉の）下葉・木・荻・花の枝・草・朝顔・野辺・前栽、草むら・野原」などの植物が枯れる**実景**を叙す**地の文**が19例、**和歌**における**死の隠喩**として、桐壺更衣・桐壺院・葵上・柏木・女二宮の母藤壺女御・大君の死を、「萩・松・宿の桜・園の菊・（朝顔の）花」が〈枯れる〉ことに準える6例である。**死の隠喩「枯る」**は、「隠る」が地の文や会話で用いられているのに対し、**和歌にのみ**という相違が見られる。従って、この用法は歌語ということになる。

⑦御忌もはてぬ。限りあれば涙も隙もやと思しやりて、いと多く書きつづけたまへり。時雨がちなる夕つ方、

「牡鹿鳴く秋の山里いかならむ小萩がつゆのかかる夕暮

…。枯れゆく野辺もわきてながめらるるころになむ」　（椎本⑤一九三）

⑧霜にあへず枯れにし園の菊なれどのこりの色はあせずもあるかな　（宿木⑤三七九）

⑨折りたまへる花を、…見ゐたまへるに、やうやう赤みもて行くもなかなか色のあはひをかしく見ゆれば、やをらさし入れて、

薫 よそへてぞ見るべかりける白露のちぎりかおきし朝顔の花

…、露を落さで持たまへりけるよとをかしく見ゆるに、置きながら枯るるけしきなれば、

中の君 「消えぬまに枯れぬる花のはかなさにおくるる露はなほぞまされる

何にかかれる」　（宿木⑤三九四～三九五）

大君例以外には1例のみ⑦「枯れゆく野辺」とある。匂宮から中君への手紙にある当例は、『新千載集』所収の具平親王（九六四～一〇〇九年）歌「鹿のすむ尾上の萩の下葉より枯れゆく野辺もあはれとぞ見る」（巻五秋下「題しらず」五二六）を引歌とし、匂宮の「牡鹿鳴く」詠も当歌を踏まえている。秋になり枯れゆく野辺のわびしい様が「あはれ」や「ながめ」といった物思いを誘発し、匂宮も秋になり霜枯れの野となっていく牡鹿の鳴く山里、つまり宇治で父の死に泣き暮らす涙の隙もあろうかと、中君を恋しく思い物思いにふけっていると言う。（そして、「枯れゆく」結果「枯れ果つ」ことになり、春の女君紫上の死後、秋好中宮の弔問歌「枯れはつる野辺をうしとや亡き人の秋に心をとどめざりけん」（御法④五一七）がある。）

⑧は藤壺女御の死を「園の菊」が枯れたことに隠喩した和歌例、⑨は大君の亡くなった翌年の八月中秋の頃、匂宮邸を訪れた薫が大君を偲んで中君と贈答歌を交わす場面である。⑨の地の文の「枯るるけしき」は、朝顔の花が露を置きながらに枯れる様を実景として描いているのに対し、中君の返歌では、薫が贈歌で「白露（大君）」「朝顔の花（中君）」に準えた対比を、逆に「枯れぬる花」は亡くなった大君を、「おくるる露」には中君自らを準えている。しかも、「（露の）消えぬまに枯れぬる花（朝顔）」は、死の「はかなさ」を一層強調する喩である。原岡文子氏は、この表現が「ものの枯れゆくやうにて」と「響き合うのは言うまでもない(8)」と述べている。しかし、何故大君の表現が具体的な花（大君の喩とされる朝顔や山なしの花）ではなく、「もの」と汎称化されたのかについての言及はない。「もの」は個別に限定することなく、植物全般乃至は野辺を主体としていたのだろうか。大君の死は豊明の節会の夜であり、この季節花はなく、既に枯野か雪景色である。実際、当日は雪が吹き荒れていた。

和歌集においても、

⑩人もみな枯れゆく野辺に花すすき露にのみこそ結ばれにけり　（賀茂保憲女集一〇五）

⑪花すすき葉わけの露やなににかく枯れゆく野辺に消えとまるらむ　（紫式部集九六）

⑫　かへるの枯れたるをおこせて、人

かれにけるかはづの声を春たちてなどか鳴かぬと思ひけるかな　（中務集一五一）

⑩⑪も「野辺」を主体とし、「「枯れゆく野辺」と熟して用いられる歌語」（『新全集』）というのが通説である。⑩では〈人の離れゆく〉〈枯れゆく野辺〉を常套的な掛詞とすることで、野辺の草が枯れるように人の訪れがなくなり

〈物思いをする〉ことを詠じるものも多い。「葉わけの露」に式部自らを準えた⑪『紫式部集』歌も「枯れ」「離《か》れ」を掛詞としている。詠歌状況は異なるが、[9]ことばの上では⑨中君の歌と「消え」「枯れ」「露」が照応し、「おくるる露」と「消えとまる（露）」にも類想がある。⑫『中務集』の詞書「かへるの枯れたる」（底本は西本願寺蔵『三十六人集』。出光本詞書は「かれたるかはづをおかせて」）は、『枕草子』に楓の花を「いとものはかなげに、虫などの枯れたるに似てをかし」（三八段花の木ならぬは九三）とあるのと同じく、干からびて〈死んでいる〉状態を言う。歌中の「かれにける」には、「枯れ」た蛙と、立春になっても蛙が鳴かなかった「嗄れ」に、相手からの音信が無くなった「離れ」も掛けていよう。返歌（一五二）では蛙の死骸を「から」と詠み、「よみがへる」には生き返る意と蛙を掛詞とすることでの応酬が見られる。

『うつほ物語』にも「松」「桜」の「枯れ」に準えた（国譲中③一四五・国譲下③三九七）**死の隠喩**が2例あるが、『源氏物語』と『うつほ物語』のそれらに掛詞の用法はなく、**準える主体は植物で、和歌に限定して**用いられている。大君例においても「枯れゆく」主体を類推するならば、「野辺」か植物である。『玉上評釈』は、本文が「物かくれ行く」では「このヒロインの死としてふさわしくな」いため、「枯れゆく野べ」をイメージするのは「山あいの宇治の邸はせまきに失するのか。」と推測しているが、「枯れゆく」は、『新全集』が「自然の滅びにあわせて大君の死を表現」したと言うように、大君の食を受け付けないでの衰弱死を「自然の滅び」乃至は〈植物や野辺が枯れていく〉ことに重ねて読み解くことができる。

石田穣二氏は、歌語である「枯れゆく」は大君の死を描く筆として「ふさはしい語」であり、「藤壺、柏木、紫の上の死の形容に見られる、全体を通しての傾向から見て、いはば典拠ある言葉、雅致ある言葉をここに用ゐた、と見ることは自然である。」と述べている。[10]西木忠一氏も、「大君の、「植物的」ともいえそうな人間像を思いあわせてみると」「かれゆく」が「より穏当だ」とし、大君の死の表現に「枯槁の美」または「枯痩の美」とでもいう「すっかり痩せ衰えてしまった中に、なおかつ存在する美」を見出している。[11] しかし、これらは印象批評的に述べたものであった。

経典や漢籍との関連から考察したものでは、三角洋一氏は『法華経』薬草喩品第五の「猶如大雲　充潤一切　枯槁衆生　皆令離苦　得安穏楽」の「苦」を表す「枯槁」、随喜功徳品第十八の「見彼衰老相　髪白而面皺　歯疎形枯竭念其死不久」の「老苦」を表す「枯竭」に「枯れゆく」との関連を押さえ、大君は「人間の四苦を背負って死んでいったと読みたいところである」と述べている。大君の精神性に繋げる解釈のようであるが、経典では死を草木が枯れることに喩えている。[12] 鈴木早苗氏は『白氏文集』「婦人苦」(巻第一二感傷四) における妻と大君の「死して後も変わらぬ」「愛情の永続性」に共通性を見て、「枯死猶抱節」からの受容と考えた。[13] 「婦人苦」は、連れ合いを亡くした妻と夫の対照的な生き方を示して婦人の苦悩を詠うもので、妻は死してなお「節」(竹の節と節操を掛ける) を守る「林中竹」に、夫はすぐ様新しい芽を吹き、枝も生える「門前柳」に準えられている。「枯死」はまさに枯れて死ぬことの直叙である。

藤壺、柏木、紫上の死に準えられた「灯火」「泡」「露」[14] は、**すぐさま消える、はかなく消滅する**ものである。死の比喩において視覚的消滅、しかもそれが瞬間的であることは重要な点だと考えられる。湯本なぎさ氏は、「枯る」は「根絶」を表すのではなく、「生命力の復活を、その語感に持つ」ことから、大君の表現は形代である浮舟の登場を予示すると見ている。柏木の比喩「泡」も継承者 (薫) の出現を暗示すると言う。[15] しかし、死の比喩表現に「生命力の復活」を見るならば、それは死の象徴的表現となるだろうか。しかも「枯れゆく」は、晩秋になり野辺や草木が霜に打たれながら時間をかけて進行形で枯れてゆくことを言い、『万葉集』でも「日の重な」りと呼応している。[16] 大君の死を薫は「見るままにもののかれゆくやうにて、消えはてたまひぬる」と捉え、弁の尼も浮舟母に「目に見す見す消え入りたまひにしこと」（浮舟⑥一六五）と、今見ている間に目の前で亡くなっていく、亡くなってしまったと、臨終の様を見守っている人々の目線で語るのである。

また、『今昔物語集』（『新大系』脚注）は「枯〃《かれかれ》ト干《かれ》テ骨ト皮ト許ナル死人也ケリ。」（巻二七第二四人妻、死後会旧夫語一三七）を『字類抄』（色葉字類抄・伊呂波字類抄）に拠り、「干《かれ》」を採用すると述べている。[17] 蛙や虫、人さえも〈干からび〉て死ぬのであるが、生前「なまめかし」美を具えていた大君を、薫が〈枯れる〉と表現するはずがないと見る解釈（『注釈』）もある。大君は病床の様のみならず、亡骸さえも「隠したまふ顔も、ただ寝たまへるやうにて、変りたまへるところもなく、うつくしげにてうち臥したまへる」（総角⑤三二九）と語られており、「枯る」が歌語であるとしても、草木や野辺のみならず蛙や虫の死骸と同じく〈枯れゆく〉様と薫が見るのかという疑問もあるだろう。

三　『源氏物語』の死の表現

ここでは『源氏物語』において、死をどう捉え、どう表現しているのか、他の表現も探ってみよう。

⑬「やや」とおどろかしたまへど、ただ冷えに冷え入りて、息はとく絶えはてにけり。（夕顔①一六七）

⑭にはかに、例の御胸をせきあげていといたうまどひたまふ。内裏に御消息聞こえたまふほどもなく絶え入りたまひぬ。（葵②四六）

⑮七八日ありて亡せたまひにけり。（澪標②三一四）

⑯にはかに消え入りて、ただ冷えに冷え入りたまふ。…やがて絶え入りたまひぬ。（夕霧④四三七）

⑬夕顔、⑭葵上、⑮六条御息所、⑯落葉宮の母一条御息所の臨終を語る例である。⑬・⑯は「ただ冷えに冷え入る」という身体感覚による類型表現を用いているが、「絶えはつ」「絶え入る」「亡す」をはじめ「過ぐ」「消ゆ」「消え入る」「絶ゆ」「身をいたづらになす」「身のいたづらになる」「言ふかひなくなる」「果つ」「限り」など死を表す表現は数多く見られる。[18]「亡す」「死ぬ」「果つ」などが直截的であるのに対し、「はかなくなる」「消ゆ」「いたづらになる」などは間接的表現である。「四つの死」に数えられる、

A藤壺……灯火などの消え入るやうにてはてたまひぬれば、（薄雲②四四七）

B柏木……泡の消え入るやうにて亡せたまひぬ。（柏木④三一八）

C①紫上…まことに消えゆく露の心地して限りに見えたまへば、…、明けはつるほどに消えはてたまひぬ。（御法④五〇六）

における「灯火」「泡」は「消え入る」、「露」は「消えゆく」という視覚的消滅において、「やうにて」「心地して」と比喩に象られている。視覚的消滅を表す「消ゆ」による死の描出は、「**消えはつ**」は紫上と大君に、「**消えゆく**」は紫上にしか用いられていない。「**消えゆく**」も進行を表すが、朝置いた「露」は太陽が昇ればすぐさま消えてしまうもので、「露の命」「露の世」「露の身」など、明らかに儚いことの比喩である。特にA・Bは、灯火・水泡がまさに瞬間的に消滅する様が**死を具体化し、視覚的に映像化された比喩**となっている。

更に、人々が死をどう捉えていたのかを知る上で、

C②なのめにだにあらず、たぐひなきを見たてまつるに、死に入る魂《たましひ》のやがてこの御骸《から》にとまらなむと思ほゆるも、わりなきことなりや。　（御法④五一〇）

のような「魂」の問題を見逃せない。右の紫上例は、未然形「とまら」に終助詞「なむ」が接続しているので、死の世界に移行する紫上の「魂」がこのまま紫上の「御骸」に留まってほしいと思われるにつけても、どうしようもないことだと、夕霧目線で語られている。

古来、人は「身」と「魂」で成り立っており、[19]「カラのなかにはいっているものが魂であり」「身体が魂の容器であった」[20]。そして、死や激しい物思いによって、「魂」は「身」から抜け出て行くと考えられていた。『源氏物語』でも、源氏を残して亡くなる女の「魂《たましひ》」はこの世に「かならずとまりなむかし」（葵②五五）と語られ、亡き葵上が共寝をしていた床への離れ難い思いを「亡き魂《たま》ぞいと悲しき寝し床のあくがれがたき心ならひに」（葵②六五）と詠じた源氏の歌がある。源氏の前に現れた六条御息所の物の怪（生霊）は、「なげきわび空に乱るるわが魂《たま》を結びとどめよしたがひのつま」（葵②四〇）と、身から彷徨いでた魂を結び留めてくださいと訴える。

柏木も女三宮への執心ゆえに「聞きさすやうにて出でぬる魂《たましひ》は、まことに身を離《はな》れてとまりぬる心地す」（若菜下④二二九）、「やがてかき乱り、まどひそめにし魂《たましひ》の、身にも還らずなりにしを、かの院の内にあくがれ歩かば、結びとどめたまへよ」（柏木④二九五）と、身体から抜け出て執着するものの許に留まり、彷徨う魂を結び留めてほしいと語っている。和泉式部は「沢の螢」を「わが身よりあくがれにける《いづる》魂《たま》かとぞ見」（後拾遺集巻二〇雑六神祇一一六二）

て、**魂を可視化**している。[21] 生きている「魂」も、死にゆく「魂」も「身」に**「とまり」「とどむ」「かけとむ」「ひきとどむ」**ことができず、「身」から**「出づ」「離《はな》る」「あくがる」「あくがれいづ」**ものであった。

同様に、命についても、柏木が「大臣、北の方思し嘆くさまを見たてまつるに、強ひて**かけ離《はな》れ**なむ**命**かひなく、罪重かるべきことを」（柏木④二八九）思い、紫上が「いましばしの**命**も**とどめ**まほしう」（夕霧④四三五）思うとも、「心にかなはぬことなれば、**かけとめん**方な」（御法④五〇五）く、大君にも「もし**命**強ひて**とまら**ば」（総角⑤三二三）という心中思惟がある。

C②の紫上の「魂」は、「身」から抜け出て離れて行くことによって「死」の世界に入るのだが、「カラ・殻」から「魂」や「命」が離れ出てしまった身体が「骸《なきがら》（亡骸）」である。密に繋がる「魂」と「命」が身体から離れ出てしまえば死しかない。薫が「**ひきとどむ**べき方なく、足摺もしつべく」（総角⑤三二八）嘆き悲しむのも、大君の亡くなる〈魂〉や〈命〉を身体やこの世に残し留める方法がないからである。後日、「**骸《から》をだにとどめて**見たてまつるものならましかばと、朝夕に恋ひきこえたまふめる」（早蕨⑤三四七）と、せめて亡骸だけでも留め置いて見ていたいと薫が朝夕に恋い慕うようだと女房が語る言外には、「身」から離れ出てしまった「魂」が対置されている。茶毘に付されて「骸」がこの世から消滅して、還るべき肉体を失っても「魂」は消滅することがないため、人々は「よそに別れた「魂《たま》のゆくへ」を問い、「魂《たま》のありか」を尋ねたいと希求した。[22]

魂や命は必ずや身から「あくがる・出づ・離《はな》る」ものであり、いかにしても「とまる・とどむ・とむ」ことはできずに死を迎えるのであった。

四　「ものの離れゆく」の検討

　ところで、「かれゆく」に「離《か》れゆく」を提示した咲本英恵氏は、後述注（5）に挙げる二論文において、先述論文では歌では常套表現である「枯る」「離る」の掛詞と見て、大君の人物造型（山なしの花・山姫）との関わりから、「もののかれゆく」は「なにか霊的な、正体不明のモノが去ってゆく」と捉えていた（六八頁）。しかし、後述論文では「大君の外形に対する薫の強い執着を示」すという観点から、「もの」は、『日本国語大辞典　第二版』（小学館）が「対象をあからさまにいうことをはばかって抽象化していう。㋑神仏、妖怪、怨霊など、恐怖・畏怖の対象」と分類した「魂」であると捉え、外形に対比される「魂が抜けていき、生前の姿を残しながら死んでいく」、即ち大君が「「中身のないもの」になってゆくさまという一貫したイメージ」を創出することにおいて、〈比喩表現史上非常に特異な例〉だと述べて（三～八頁）、新たな視点を広げた。確かに、死の喩として〈露の消滅〉や植物の枯れることに準える表現は多いが、「ものの枯れゆく」とする表現は『源氏物語』以前にも以後にも見られないようである。

「もの」は対象を汎称化し、普遍的なものとして捉えるのが本質である。「物の怪」も、何とは明確に特定はできないが、人に害を及ぼす不穏な・恐ろしい対象を汎称的・普遍的に「もの」と捉え、その兆しとしての「け（気）」が発現していると捉えるのである。**「離《か》る」**は、「カレ（枯・乾）と同根。空間的・心理的に、密接な関係にある相手が疎遠になり、関係が絶える意。」（『岩波古語辞典』）とあるように、漢字にしてしまえば「枯」「離」「嗄」「涸」など（＝カラ（殻・躯・幹）すら）、いずれも基本的には同じ「カル」という対象把握の方法による語である。咲本氏の言う掛詞の用法は、和歌において多く見られるものであるため、ここも掛詞による歌語的表現と捉えることで解決する問題であるのかもしれないが、「かる」の解釈は「もの」をどのように把握するかとも深く繋がっている。

「離《か》る」は『源氏物語』中「離れゆく」1例、「離る」6例、「離れはつ」3例、「離れまさる」2例、「離れ離れ」4例、「(御)目離る」5例、「夜離れ」8例、「あくがる」25例（複合動詞を含む）がある。

⑰雪うち散り風はげしうて、院の内やうやう人目離れゆきてしめやかなるに、大将殿こなたに参りたまひて、（賢木②九九）

⑱「…。年ごろの蓬生をかれなむも、さすがに心細う、さぶらふ人々も思ひ乱れて」（若紫①二五一）

⑲今はとて宿離れぬとも馴れきつる真木の柱はわれを忘るな（真木柱③三七三）

「人目」に対して「離れゆく」が使われた⑰は、桐壺院崩御後、三条宮に退下した藤壺を源氏が訪れた場面で、次第に人の視線が離れていくとは、仕える女房が少なくなっていく状態を言う。⑱は若紫の祖母尼君の草庵を「年ごろの蓬生」、⑲は真木柱が父鬚黒邸を「宿」、他にも中君が宇治の邸を「宿」「草のもと」と喩えて、その住まいを離れ出ること、去ることを言う。源氏が「六条わたり」の六条御息所との関係が絶え訪れなくなること、葵上亡き後女房達が左大臣邸を辞し離れて行くことにも用いている。

前述例において人々は、死とは〈魂や命〉が身体から離脱・喪失することによって生じると捉えていた。咲本氏も〈薫の大君の外形への執着〉を語る上で、「外形」と対比される「魂」を重視したのであった。しかし、「もの」＝「魂」であり、「ものの離れゆく」は魂が身体から離れて出て行くことだと把握するだけでは、汎称化し、比喩で表現されたことの意味が未だ明確でない。「ものの離れゆくやうにて、消えはてたまひぬる」は、**〈魂の離《か》れゆきて〉臨終**

を迎えたと語ることそのままではないが、やはり客観的には大君の場合も紫上C②のように、魂や命が身体から抜け出て「死に入る」、臨終の様を捉えていたと思われる。「やうにて」は「比喩」「比況」と限定的に捉えるのではなく、「ただ寝たまへるやうにて、変りたまへるところもなく、うつくしげにてうち臥したまへる」（総角⑤三二九）といった様子や状態として語る表現とも考えられる。「やうなり」には「断言をやわらげていう」（『日本国語大辞典』）働きもあるとされる。従って、薫は大君の「魂」や「命」が「身」から抜け出し離れて行く、その状態を凝視することにおいて死と対峙していたが、それを直截には表現し得ないで、人を人たらしめている「身」の中にあった大事な「もの」が抜け出て行くようだと受け止めたのではあるまいか。

　これまでにも死の表現が、「冷えに冷え入る」という身体感覚や、直截的な「絶ゆ」「亡す」から「消ゆ」という文学的含みのある表現へと変貌し[23]、A・B・C①では死を可視化する鮮明な比喩を用い、C②では身体からの「魂」の離脱を言うなど、さまざまに死の様相が語られてきた。大君の表現は、大君の臨終を看取る薫の目線により臨場感・切迫感をもって語られたのである。そこには、紫上の臨終が夕霧目線で道理の立たないことを言う「わりなきこと」と語られたのとは異なり、忌避したいものと捉える「いみじきもの」を思わせ、「いみじきわざかな」と語られることとの照応もあると思う[24]。

　『万葉集』には、坂上郎女が尼理願の死に際し、「留め得ぬ命にしあればしきたへの家ゆは出でて雲隠りにき」（巻三・四六一）と、この世に留めることのできない命であるので、住み慣れた住処の「家」を出て雲隠れてしまった（亡くなった）と詠じている。『源氏物語』でも「身」と「魂」の対比的認識において、死は身体を「カラ・容器」とする〈魂や命〉がそこから離れ出ることだと捉えていたことは、まるで人が「蓬生・宿・草のもと・六条わたり」などの住居である〈入れ物・殻〉から離れ出る、喪失の「離《か》る」と類似する把握である。

五　「もの」について

今一つ、大君の臨終の比喩を「ものの離《か》れゆく」と捉える上で考えておきたいのが、咲本氏が「もの」を「正体のわからない山の神」である「山姫」との関連で、「なにか霊的な、正体不明のモノ」という捉え方をし、「もの」＝「魂」と捉えた際にも、〈物の怪〉に近いものを踏まえているのではないかと思われる点である。「もの」を五項目に分類した大野晋氏も「V　「怨霊」というモノ」の項を立てている。[25]「もの」だけで「物の怪」に類するものを表す例としては、

⑳うつし人にてだに、むくつけかりし人の御けはひの、まして世かはり、あやしきもののさまになりたまへらむを思しやるに、　（若菜下④二四〇）

㉑「あな、まがまがし。なぞの物かつかせたまはむ。…」　（総角⑤二五四）

がある。⑳は「あやしきもの」で亡くなった六条御息所の死霊を指し、源氏の心中を語る例で、㉑は薫との結婚を承諾しない大君の強情さについて古女房達が語り合う中、「恐ろしき神」が憑いているのだろうかと言った女房に対しての発言である。これらは「物の怪」とは明確には言わないで、会話などにおいて直截に表現することを避けて汎称化する物言いである。

本来死は忌避される、不浄なものである。「たま・たましひ」も目に見えるものではなく、畏懼するべき対象であっ

たと思うが、紫上例C②などをはじめ、『源氏物語』において死に赴く魂が禍々しいものと認識されていたとは思えない。しかも、死後大君の魂は宿木巻で匂宮と結婚した中君を心配し、「天翔りても」「いとどつらしとや見たまふらむ」（宿木⑤三八九）と薫の後悔が語られ、薫が浮舟を宇治の邸に伴った東屋巻では、「おはし着きて、あはれ亡き魂《たま》や宿りて見たまふらん」（東屋⑥九七）と、大君の魂がここに宿って見ているのではないかと語られている。両例とも**薫によって認識**されたものである。臨終の際、大君の身体から抜け出て行く「もの」を感受した薫ならではの認識だと思う。死後「天翔ける」人物には、大君以外にも六条御息所、宇治の八宮がいる。これらの「天翔ける」魂は、決して怨霊となった禍々しい死霊ではなく、娘や妹を見守る守護霊となっている。[26] 大君の臨終に語られた「もの」が魂に関わる認識であったとしても、それは怨霊化するような魂ではなく、身内に対する守護霊となって妹中君や、形代である異母妹浮舟を見守る魂であった。

一方、女房達が「恐ろしき神」「もの」と語り合う例⑳㉑や、手習巻に出現する浮舟に取り憑いていた「物の怪」（手習⑥二九四〜二九五）は、畏懼するべき禍々しいものであるが、これらは薫の認識とは関わらないものである。ただし、横川僧都に調伏された物の怪が、大君については「失ひ」、次に「とりてし」浮舟からは「今はまかりなん」（手習⑥二九五）と言って退散することから、人に取り憑いていた物の怪は、一つには調伏されて身体から出て行く、二つには主体の死によってその身体を離れるものであった。人の病や体調の悪さは物の怪のせいにされるが、大君に物の怪の兆候は語られておらず、「食を絶って死に赴く」[27] 自死であった。

柏木も占いには「女の霊」と出たが、実際のところは物の怪ではなく、懊悩による自滅的な死であった。死に向かい衰弱していく様が、

D月ごろ物などをさらにまゐらざりけるに、いとどはかなき柑子などをだに触れたまはず、ただ、やうやう**物に引き入るるやうに**ぞ見えたまふ。（若菜下④二八四）

と語られ、『新全集』頭注は「冥界に引き込まれていくような感じ。正気を失うことを繰り返しながら衰弱していくのであろう。」と注している。ここも「もの」と表現され、何と明確には語られないが、衰弱して次第に〈何か〉に引き込まれるように見える、そのような状態を語るものである。紫上や大君の死の表現とも似ているが、大君が「見るままに」まさに目の前で死に直面する状況であるのに対し、「やうやう」は次第にという時間の経過を含んでいる。一方、一条御息所の臨終の様を落葉宮の女房小侍従が夕霧に語る「さる弱目に例の**御物の怪のひき入れ**たてまつるとなむ見たまへし。」（夕霧④四五〇）例では、「ひき入れ」たのは「御物の怪」だと明確に言う。御息所は以前から物怪に取り憑かれており、いつもの「物の怪」が「ところ得」て、御息所の魂を死の世界に「取り入れ」（夕霧④四三七～四三八）「ひき入れ」ると見たのである。

従って、大君の臨終を語る表現の「もの」主体は、単に一般化・汎称化するだけではなく、死の比喩表現としての妥当性を持っていた。「もの」の使われ方には、大野氏が「Ⅲ「運命、動かしがたい事実・成り行き」というモノ」と分類し、「もの心細し」の語義把握において、「死を含めて「避けがたい運命」を意識したとき使われた」(28)という面もある。死は本質的には不浄とされ、忌避され恐懼されるものであるからこそ、Dの柏木例にしても、薫の視点で語る大君の場合にも、直截明晰には語らない、或いは語れないとも言える認識において「もの」が用いられたのではないだろうか。(29)

おわりに

『源氏物語』における「四つの死」のうち、「灯火」「泡」「露」という具体的なものを主体とする比喩表現は、いかにもはかない主体が一瞬にしてかき消え、短時間で消滅してしまうことを象ることで、臨終を可視的に映像化する直喩の表現であった。和泉式部詠の「沢の蛍」も「あくがれにける（いづる）魂」を、見るからにかそけき存在である「蛍」に視覚化したものである。藤壺・柏木・紫上の死の語りには、はかなさを強調し死を荘厳・美化するなどの意識もあったが、「**もののかれゆくやうにて**」という薫の大君の死への向かい方は、紫上の臨終がC②例で身体から離れ出て「死に入る魂《たましひ》」と語られたように、**魂や命がカラ（殻）である人の身体から離脱し喪失する**、つまり、人を人たらしめていた魂や命である「もの」が「離《か》れゆく」、まるで殻や住居から離れ出て行くように死の世界に移行する、身体からの喪失の様と捉えたのではないかと考えた。

「隠る」は、物陰に入り隠れて見えなくなる、「枯る」は、草木の水分がなくなり枯れてしまい生命が絶たれたと捉えることで、比喩として人の死を語る表現であった。大君についても中君が姉大君を「枯れぬる花」と歌語表現で詠じたように、野辺や植物に具体化するのではなく、「何か（草木）が枯れていくように」亡くなったと捉える通説は、宇治の自然や大君の精神性、食を受け付けないでの衰弱死とも照応する解釈だと思うが、大君を愛おしく思う薫の見ている目の前で亡くなっていく大君の臨終の様子を、薫はどのように見ていたのだろうか。死とは身から抜け出て行く魂や命をどのようにも留めることができず、最終的には受け入れるしかないものである。薫が「いみじきわざかな」と、この上なく辛いものだと感慨を込めて受け止めた大君の死について、人々の死に対するさまざまな捉え方を通して解釈の可能性を探ってみたのであった。

注

（1）石田穣二「源氏物語における四つの死—歌語のことなど—」（『源氏物語論集』桜楓社、一九七一年、初出昭和女子大学『学苑』262号、一九六一年一一月）、今西祐一郎「哀傷と死—「死」の叙法—」（『源氏物語覚書』岩波書店、一九九八年）。

（2）『源氏物語』の用例と注釈書の略称、古注釈書、和歌の用例は凡例に従い、他の引用は『大和物語』『うつほ物語』（小学館新編日本古典文学全集）、『今昔物語集』（岩波日本古典文学大系、新日本古典文学大系）、岡村繁『白氏文集　2下』（新釈漢文大系117　明治書院、二〇〇七年）、『真訓両読妙法蓮華経並開結』（平楽寺書店、一九二四年）に拠る。用例数は『新大系』索引、『源氏物語本文研究データベース』（勉誠社）、新編日本古典文学全集『源氏物語』の語彙検索 **http://genji.co.jp/zenshu-genji-srch.php** などを参照。なおここでは、室伏信助監修・上原作和編集『人物で読む『源氏物語』第十九巻　大君・中の君』（勉誠出版）を『人物』、鈴木一雄監修・後藤祥子・大軒史子編集『源氏物語の鑑賞と基礎知識　No.32　総角』（至文堂）を『鑑賞』と略称し用いた。

（3）本文についての諸本は、『源氏物語大成』（第5冊校異篇）、『河内本源氏物語校異集成』、『源氏物語別本集成』（第12巻）、『注釈　九』**【校異】**を参照し、その略称に従う。

（4）他に、注（1）石田穣二・西木忠一「大君の死をめぐって」（『源氏物語論考』大学堂書店、一九八四年、初出関西大学『国文学』第37号、一九六五年一月）・今泉忠義訳『源氏物語　現代語訳　八』（桜楓社、一九七五年）・佐伯梅友編著『源氏物語講読　中』（武蔵野書院、一九九二年）・湯本なぎさ「「ものの枯れゆくやうに」（『源氏物語』の心象ノート）」（王朝物語研究会編『論集　源氏物語とその前後　4』新典社、一九九三年）も「枯れゆく」とする。作家による現代語訳でも採用した本文により、谷崎潤一郎は「草木などが枯れて行くようになって」（『潤一郎訳　源氏物語』巻8、中央公論社、一九八〇年、二三五頁）、円地文子は「隠れ去って行くように」（『源氏物語』巻8、新潮社、一九七三年、三〇七頁）の二解釈がある。

（5）咲本英恵「「宇治十帖」大君考─その死を視点に」（『文学芸術』34号、二〇一一年二月）、同「『源氏物語』宇治大君の死の表現─「もののかれゆくやうにて」を中心として─」（『表現研究』第95号、二〇一二年四月）。

（6）鈴木早苗「「枯れゆく」宇治の大君─『源氏物語』総角巻の求婚拒否と『白氏文集』「婦人苦」─」（『文学・語学』第196号、二〇一〇年三月）九頁、注（5）咲本英恵「『源氏物語』宇治大君の死の表現─「もののかれゆくやうにて」を中心として─」九頁。以降には、三村友希「死と再生の『源氏物語』宇治十帖─枯れ急ぐ大君と朽木願望の浮舟─」（『日本文学』66─9、二〇一七年九月）が、従来説を検討の上「枯れゆく」であることを説得的に論じている。

（7）加藤明「上代文学に表された「死」のとらえ方についての考察」（『東京女子体育大学・東京女子体育短期大学紀要』第45号、二〇一〇年三月）。

（8）原岡文子「歌語と心象風景─「朝顔」の花をめぐって」（『国文学　解釈と教材の研究』37─4、一九九二年四月）九九頁。

（9）陽明文庫本は「をすすき」「葉わき」とする。南波浩『紫式部集全評釈』（笠間書院、一九八三年）、小町谷照彦「紫式部集全歌評釈79～105」（『国文学　解釈と教材の研究』27─14、一九八二年一〇月）、中島あや子『源氏物語の構想と人物造型』（笠間書院、二〇〇四年）、田中新一『紫式部集新注』（青簡舎、二〇〇八年）など参照。

（10）注（1）石田穣二、三一六頁。

（11）注（4）西木忠一、一二九～一三〇頁。

（12）三角洋一「宇治の大君と老病死苦」（王朝物語研究会編『論叢　源氏物語3　引用と想像力』新典社、二〇〇一年）二四八～二四九頁、ただし、それは「やすらかな死であったようである」（二五八～二五九頁）と述べている。同「源氏物語の仏教語」（増田繁夫・鈴木日出男・伊井春樹編『源氏物語研究集成第4巻　源氏物語の表現と文体　下』風間書房、一九九九年）。森章司編『仏教比喩例話辞典』（東京堂出版、一九八七年）では、出曜経、阿含経の「死とは出入の息無く、身枯木の如く」の喩を提示する。息が絶え、枯れ木のように動かず硬直した身体（死体）になることで、経典では死を草木が枯れることに比喩。

（13）注（6）鈴木早苗。藤原克己「紫式部と漢文学─宇治の大君と〈婦人苦〉─」（王朝物語研究会編『研究講座　源氏物

語の視界1—准拠と引用—』新典社、一九九四年、初出神戸大学『国文論叢』第17号、一九九〇年三月)、松岡智之「現世執着と女性美—大君物語の場合—」(『国語と国文学』75—8、一九九八年八月)も示唆している。

(14) 藤壺の「灯火」については『河海抄』に「如烟尽燈滅　法花経」を引く(三五九頁)。柏木の「泡」、紫上の「露」については、注(1)石田穣二をはじめ、注(12)三角洋一「源氏物語の仏教語」、寺川眞知夫「万葉集の露—人麻呂の表現とその背景—」(『美夫君志』第46号、一九九三年三月)、同「人麻呂歌の水泡と経典」(『仏教文学』第17号、一九九三年三月)参照。漢詩の影響として「幻世春来夢　浮生水上漚」(新釈漢文大系106『白氏文集　十』巻五七・律詩「想東遊五十韻　幷序」)があり、「水の泡の消えでうき身と言ひながら流れて猶も頼まるるかな」(古今集巻一五恋五「題しらず」紀友則七九二)、「うきながら消ぬる泡ともなりななむ流れてとだに頼まれぬ身は」(古今集巻一五恋五「題しらず」紀友則八二七)、孫に先立たれた中務詠「うきながら消えせぬものは身なりけりうらやましきは水の泡かな」(拾遺集巻二〇哀傷一三一三)などがある。

(15) 注(4)湯本なぎさ。

(16) 大伴家持の雨乞い歌に「…　雨降らず　日の重なれば　植ゑし田も　蒔きし畑も　朝ごとに　凋み枯れ行《ゆ》く　…」(万葉集巻一八・四一二二)とある。

(17) 『大系』も同様の注を載せる。前田家本・黒川本ともに「干」に「カル」の読みがある(中田祝夫・峯岸明編『色葉字類抄　研究並びに索引　本文・索引編』風間書房、一九六四年、五三頁)。

(18) 安藤亨子「「死ぬ」およびその同意語I—源氏物語を中心に—」(『中古文学』第4号、一九六九年一〇月)、同「「死ぬ」の同意語II—源氏物語を中心に—」(日本大学『語文』第35輯、一九七一年六月)。

(19) 犬飼公之『埋もれた神話—古代日本の人間創成—』(おうふう、一九九五年)。

(20) 西郷信綱『古事記の世界』(岩波新書654、岩波書店、一九六七年)五八頁。

(21) 魂を比喩したものとして、「かりそめにしばし浮かべるたましひのみなあわとのみたとへられける」(赤人集一〇二)、『白氏文集』の「浮生水上漚」を歌題とした「かりそめにしばし浮かべるたましひの水のあわともたとへられつつ」(千里集一一三)、貴船の神による和泉式部歌への返歌である「奥山にたぎりて落つるたきつせに《の》たまちるばかりものな思ひそ」

（後拾遺集第二〇雑六・一一六三）の「玉」「魂」の掛詞、『長恨歌』（新釈漢文大系117『白氏文集　二下』巻一二・感傷）の「夕殿螢飛思悄然」を詠じた「思ひあまり恋しき君がたましひとかけるほたるをよそへてぞ見る」（大弐高遠集二八六）などがある。

(22) 「大空をかよふまぼろし夢にだに見えこぬ魂の行く方たづねよ」（幻④五四五）と「まぼろし」（幻術士）に探索を求め、「空蟬のからは木ごとにとどむれど魂のゆくへを見ぬぞかなしき」（古今集巻十物名「からはぎ」よみ人しらず四四八）などと詠われた。

(23) 中村紳一「源氏物語における死―表現論的アプローチ―」（早稲田大学『中古文学論攷』第1号、一九八〇年一一月）。

(24) 「いみじ」は「忌むべきことが原義」（『注釈　一』四六六頁）とされ、「わざ」は「深い神意のこめられた出来事、行為を言う。」（同一三二頁）ことから、薫は大君の死に直面し、驚き戸惑い、そしてひどく辛くて受け止め難い気持でいる。

(25) 大野晋編著『源氏物語のもののあはれ』（角川書店、二〇〇一年）。

(26) 今井上「死者たちのゆくえ―『源氏物語』の死後の世界」（東洋大学『文学論藻』第84号、二〇一〇年二月）。六条御息所は、利害の対立する外部の者である葵上には「物の怪」として作用したが、娘の秋好中宮には守護霊であった。

(27) 今井源衛「大君の死」（『完訳』8《巻末評論》）四六七頁。

(28) 注(25)大野晋、一〇四頁。

(29) 「もの」について、山崎良幸『「あはれ」と「もののあはれ」の研究』（風間書房、一九八六年）では、個別的、限定的な「物」ではなく、「一般的、抽象的存在としての「もの」」と捉えることで、「体験的事実を昇華した普遍的体験」とすると述べている（二一七・二一九頁）。これを大君の死の表現にも援用するならば、「かれゆく」主体を具体的、限定的な個別のものによる事実として表現するのではなく、死の全体認識とでも言える「普遍的体験」として捉えることだろうか。未だ明確には把握できなかった点が残る。

二　右近は一人か否か
——東屋巻と浮舟巻の「右近」の生成

はじめに

『源氏物語』の作中人物として中君の女房右近と浮舟の女房右近という、二人の「右近」が登場するが、この二人は同一人物であるのか、或いは別人と読めるのだろうか。別人だとすれば、浮舟巻で匂宮が宇治を訪れ最初に浮舟女房の右近を見た際に**「右近と名のりし若き人もあり」**（浮舟⑥一二〇）と思うことと矛盾を来してしまう。この矛盾を玉上琢彌氏は、作者が「中の宮づきの右近を思い違いした」「ケヤレス・ミステイク」であり[1]、大輔の娘が浮舟の女房に変わることは「ありえない」と述べている。[2]『新大系』は「匂宮の思い違い」と注し、池田和臣氏は、東屋巻で匂宮が浮舟に言い寄った場面に浮舟の女房右近もいたと捉えることで矛盾を解消しようとした。[3]

一方、一人説から見ると、東屋巻の二条院で匂宮が浮舟に言い寄るのを目撃したのは中君女房の**「右近とて、大輔がむすめ」**（東屋⑥六二）であった。ところが、浮舟巻で浮舟の女房右近が東国の姉の話をする場面で**「ままも、今に、**

恋ひ泣きはべる」（浮舟⑥一七九）と語ることは、右近は浮舟乳母の娘、乳母子だと読むのが一般的であり、そこに出自の矛盾が生じる。その矛盾を解く方法としては、東屋巻の右近が浮舟巻では浮舟女房として立ち現れ、浮舟が入水に追い詰められる段階で浮舟の乳母子に操作されたという解釈や、(4) 東屋巻の右近を浮舟巻当初に浮舟の乳母子として人物設定を変更したというものがある。(5) 他にも、親子関係を浮舟乳母が実母、大輔は養母であると見ることや、(6) 右例の「まま」は「右近の姉常陸の乳母への愛称」であり、右近は浮舟の乳母子ではないといった解釈もある。(7)

これらの矛盾はどちらに読むにしても本文のままに読めば矛盾が生じるため、その矛盾をどう読み解くのかが鍵となろう。作り物語の物語表現における変更や修正として読む考え方もあり、(8) 物語の構想や語りに関わる問題としても検討すべき点があると思う。東屋巻の「右近」は確かに大輔の娘で中君女房であったが、浮舟巻の「右近」も浮舟女房として重要な存在である。東屋巻と浮舟巻の「右近」は物語においてどのように設定されていたのだろうか。問題を右近は一人か、二人別人かという点と、浮舟女房右近の出自という点から考えてみたい。

一　東屋巻から浮舟巻へ

まず、「右近」を検討する上での表現を見ていこう。浮舟の女房については、宿木巻の宇治で薫が初瀬帰りの浮舟一行を垣間見した際に、女房の**「若き人」**（宿木⑤四八九・四九〇）が二度語られていた。東屋巻で浮舟が二条院に行った時には、**「乳母、若き人々二三人ばかり」**（東屋⑥四一）が共に参上しており、薫の要請で弁の尼が三条の小家を尋ねた際にも、「初瀬の供にありし**若人**出で来て下ろす」（東屋⑥八九）とあった。これらの〈若い人〉が右近や侍従であった可能性はあるが、この時点で個別化はされていない。

浮舟女房の「侍従」は、東屋巻巻末で浮舟が薫に連れられて宇治に行く折、「この君に添ひたる侍従」として初登場する「若き人」（東屋⑥九四）であるが、ここに浮舟女房「右近」は登場しない。

東屋巻は九月十三日に薫が浮舟を宇治に伴ったところで終わり、浮舟巻冒頭はまず薫と匂宮の動向が語られる。物語は三ヶ月程後の正月、宇治からの手紙が中君に届いたところから動き始める。匂宮に手紙の主を問われた中君は、昔宇治の山里にいた人の娘が訳あって最近宇治にいると聞いた（浮舟⑥一一二）とぼかして答えている。手紙の内容はかなり親密な書きぶりであり、諸注は右近が書いたと見るが、誰が書いたのか明記はない。中君には東屋巻で「右近」と「少将」がお側近くに仕えていたが、浮舟巻のこの場面で中君は「少将など」（浮舟⑥一一二）を相手に語り、「右近」が登場しないことも、「右近」が宇治に行ったのではないかとの憶測を生むことにもなろう。

この手紙を不審に思った匂宮は、結局手紙に書かれていた歌から歌の主が二条院で言い寄った女（浮舟）であることを察知する。薫の家人である大内記に手引をさせて密かに宇治を訪れると、垣間見し最初に「これが顔、まづかの灯影に見たまひしそれなり」（浮舟⑥一二〇）と、二条院で浮舟発見のきっかけとなった童女（東屋⑥六〇）を捉える。次に**A「右近と名のりし若き人もあり」**（浮舟⑥一二〇）と右近を確認し、匂宮は二条院で見た童と右近によってあの時の女だと確信している。

しかし、Aは東屋巻の二条院で匂宮が浮舟に添い臥しているところへ格子を下ろしに来た中君女房の**「右近とて、大輔がむすめ」**（東屋⑥六二）であり、その時**「右近はいかにか聞こえさせん。いま参りて、御前にこそは忍びて聞こえさせめ」**（東屋⑥六三）と言ったことを踏まえている。後にも「右近が言ひつる気色も」（東屋⑥六三）と思い出すことや、宮中からの使者を匂宮に伝えたのも右近であった（東屋⑥六五）ことから、匂宮は中君側近の女房「右近」を認識していたはずである。それが今ここにいるとなれば、匂宮が全く不審に思わないことに疑問はないのだろうか。

その点、匂宮は薫と中君が二人して女を隠したといまいましく思っており（浮舟⑥一一六）、中君の関与は承知していた。また、中君も匂宮の不埒な行動が原因で浮舟は辺鄙な宇治に移ったのであるから、宇治をよく知る大輔の娘「右近」を付けたという可能性も皆無ではないとしても、本文中にそうした言及はない。

一方、匂宮に垣間見されているとも知らず女房達と雑談する右近は、外出中の浮舟乳母について、B「**などて、このままをとどめたてまつらずなりにけむ。老いぬる人は、むつかしき心のあるにこそ**」（浮舟⑥一二二）と語っている。「このまま」は、直前に他の女房が乳母を「このおとど」と言ったのに対する右近の発言であるが、「まま」呼称と謙譲語「たてまつる」については検証が必要である。

この夜匂宮は薫を装って浮舟と契ってしまう。翌朝匂宮だったと知った右近は「心もなかりける夜の過ち」とひどく狼狽するが、すぐさまC「**あやしかりしをりにいと深う思し入れたりしも、かうのがれざりける御宿世にこそありけれ、人のしたるわざかは**」（浮舟⑥一二六〜一二七）と思っている。匂宮が二条院で偶然見かけた浮舟に執心してしまったことを、「事実の回想判断」を表す助動詞「き」によって「実際に体験された事実」或いは「過去に存在した事実」として捉え、このように逃れることのできなかった浮舟の運命だったのだと、助動詞「けり」によってその事実を解釈し理を見出している。(9) この文言を、匂宮が浮舟に言い寄った事件を右近自身が体験した事実として語るならば、中君女房の「右近」ということにもなるが、浮舟巻で新たに登場した浮舟女房「右近」にその体験が付与された、或いは単に過去の物語事実として語っているのだとも解釈できるだろう。

ところが、次の一文に注目したい。この時匂宮が伴っていた「御乳母子の蔵人よりかうぶり得たる若き人」（浮舟⑥一一八）が「時方」であるが、右近はD「**時方と仰せらるるは、誰にか**」（浮舟⑥一二八）と尋ねている。右近は匂宮の乳母子時方を知らなかったことになる。時方もこの宇治行きから登場する浮舟巻で設定された人物であるが、中君側近の女房であった者が匂宮の乳母子を知らないとなればいかにも不自然である。従来このD部分を取り上げた考察はないが、これによってこの浮舟女房「右近」が以前中君女房であった可能性はなくなる。

宇治を訪れた浮舟の母に弁の尼が、匂宮の噂を**E「大輔がむすめの語りはべりし」**（浮舟⑥一六七）と語るのは、東屋巻の右近、大輔の娘のことである。浮舟の母中将の君、大輔、弁の尼の関係は、浮舟母が中君に浮舟を預ける際、大輔にも窮状を訴えていたし（東屋⑥四〇）、中君は匂宮に浮舟母の中将の君と大輔は昔からの友人であると説明する（東屋⑥五八）。八宮の召人であった浮舟母は、浮舟誕生後陸奥守（現常陸介）と再婚した（宿木⑤四六〇）が、大輔は中君の乳母的存在としてそのまま仕えていたと思われる。柏木の乳母子であった弁は、一旦九州に下った後、上京してからは八宮家に「姫君たちの御後見だつ人」（橋姫⑤一六二・椎本⑤二〇〇）として仕え、大君亡き今は出家し宇治で暮らしている。故八宮北の方にとって中将の君は姪（宿木⑤四六一）、弁の尼は従姉妹（椎本⑤二〇〇）にあたり、その縁もあって弁は薫と浮舟の仲介役を果たしていた。三人は昔から親交があり、弁の尼が二条院に行けば大輔の娘との交流もあっただろう。

浮舟女房「右近」の出自は、右近が東国での三角関係による姉の悲話を語る際に、**F「ままも、今に、恋ひ泣きはべるは、罪深くこそ見たまふれ」**（浮舟⑥一七九）と、京に帰れない姉を乳母も今でも恋しがって泣いているのは、罪深いと見ておりますと話したことに拠る。直後の**G「ままがこの御いそぎに心を入れて、まどひゐてはべる」**（浮舟⑥一七九）のは浮舟乳母のことであり、**F「まま」**も浮舟乳母と読むのが自然な流れで、右近は乳母子ということになる。

F「見たまふ」と**B「とどめたてまつる」**の敬意表現については、Bは謙譲の補助動詞「たてまつる」が「とどむ」に下接したもので、女房仲間との会話における右近の乳母への謙譲表現である。Fの「たまふ」は、この時右近は浮舟と侍従に向けて語っていたことから、聞き手である浮舟に対し自分の行為を「へりくだり、言い方を丁重にする」(『日本国語大辞典』) 用法であろう。乳母の「恋ひ泣き」「まどひゐて」に下接する「はべり」は乳母の行為を丁寧に浮舟に語り、右近自らの「とどむ」「見る」行為も主人である浮舟に対する敬意を根底に語られている。

二　浮舟巻の「右近」について

このように見てくると、東屋巻の「右近」が大輔の娘、中君女房であることは動かないとして、浮舟巻例Ａ～Ｆにおける「右近」が中君女房か浮舟女房かの可能性はどう読めるだろうか。

	Ａ右近と名のり	Ｂまま	Ｃし	Ｄ時方	Ｅ語る	Ｆまま
中君女房	○	×	○	×	○	×
浮舟女房	×	○	○	○	×	○

Ａで匂宮が東屋巻の「右近」だと確認するには、東屋巻は暗い中であったから、匂宮は中君女房「右近」の顔を認知していたことになる。しかし、この叙述が東屋巻の物語事実に即したものと限定できるかは疑問が残る。Ｂ・Ｆは「まま」が娘からの呼称であれば浮舟女房・乳母子である。Ｃはどちらとも解釈できる可能性を残すが、Ｄからは明らかに中君女房とは言い難い。

はじめに、「右近」の出自を次の点から考えてみたい。

①右近の姉の母は浮舟乳母である。
②「まま」呼称は乳母子が用いる。
③「右近」の女房名には「乳母子」のイメージがある。

まず①は、東国での右近の姉の悲話を語る際に浮舟乳母が右近姉の母であれば、右近は妹娘で乳母子である。これに加えて次の②③から乳母子であることが補強される。

②について『源氏物語』では「まま」呼称を浮舟の乳母に4例、末摘花の乳母に2例、いずれも会話中に用いており、口語的な表現であっただろう。「まま」を使う人物は、浮舟乳母に対するB・F・Gの右近と、末摘花が乳母子侍従に「故**まま**ののたまひおきしこともありしかば」、侍従も末摘花に「**まま**の遺言はさらにも聞こえさせず」（蓬生②三四二）と語り合い、浮舟乳母も自らを「**まま**が心ひとつには、あやしくのみぞし出ではべらむかし」（浮舟⑥一六四）と浮舟母に語るように、主人である姫君、乳母本人、乳母子が、身内の親しい間柄において使っている。

他に『枕草子』（二九四段僧都の御乳母のままなど）の地の文に、「僧都の御乳母の**まま**など」（四四八）「御前にまゐりて**まま**の啓すれば」（四五〇）と同人物に使われた例のみが見られる。『新全集』頭注は、「僧都」は「道隆の四男隆円僧都」で、「まま」は「乳母の通称」と注している。吉海直人氏は「まま」を「乳母の愛称であり、自称としても使用可能」とするが、この『枕草子』例については「まったくの第三者が「まま」を使用した例」と言う[10]。隆円は定子の弟であり、その乳母への用法であることからは、内輪での話し言葉的な呼称と考えることはできまいか。

入水未遂後に浮舟は、母や乳母と共に「よろづ隔つることなく語らひ見馴れたりし右近など」（手習⑥三〇三）と思い出し、右近は浮舟のことを「幼かりしほどより、つゆ心おかれたてまつることなく、塵ばかり隔てなくてならひたるに」（蜻蛉⑥二〇二）と偲ぶのも、幼い頃から乳母子としてお互いに親しんできたことの謂いであっただろう。

③は、物語における女房名「右近」は乳母子に用いられるという吉海直人氏の見解に拠るならば、浮舟女房の「右近」も浮舟の乳母子として人物造型されたと考えられる。(11)『源氏物語』中に乳母子は、源氏には惟光と「大輔の命婦」、末摘花の「侍従」、藤壺・紫上・柏木の「弁」、女三宮の「小侍従」がおり、雲居雁の「小侍従」も乳母「大輔」の娘である。中君女房の「大輔」と「大輔がむすめ」である「右近」も、限りなく乳母・乳母子に近いと見るなど、(12)乳母・乳母子である女房呼称には偏りがあると言えよう。従来から、物語の構想上夕顔の乳母子が「亡くなりにける御乳母の娘「右近」であった（夕顔①一七九・一八七～一八八）ことから、浮舟の「右近」も乳母子だという〈物語取り〉の視点もあった。(13)

そこで次に、浮舟女房として活躍するのが「右近」と「侍従」だという視点から考えてみたい。この対照的に描かれる二人の女房については、物語における「右近」と「侍従」の持つイメージが当てはめられたと考えられている。吉海直人氏は「右近がプラスで侍従がマイナス」という「意図的な対比」を狙っていると捉え、(14)千野裕子氏も「右近」と「侍従」には物語において対照的な「一定の造形」があり、浮舟女房にも「若く思慮が浅い侍従」と「堅実でしっかり者の右近」という造型がなされていると論じている。(15)

このことを勘案すれば、作者はまず東屋巻巻末で浮舟女房であった「若き人」のうちから若くてやや軽率な女房「侍従」を登場させ、これに対して浮舟巻で堅実な乳母子の「右近」を設定し登場させた。東屋巻の女房を「侍従」としたことは、東屋巻内で同名の「右近」の登場を避けたとも考えられよう。また、セットとする際に、中君女房であった者を堅実な「右近」とし、元来の浮舟女房を軽率な「侍従」として配したとは考えにくく、当然「侍従」は後日「よそ人」(蜻蛉⑥二六一)とされることにも繋がる。

高橋諒氏は右近の「矛盾」を「作り物語の生成と享受のあり方」から考察し、既述の巻を書き換えることのできない作者は、東屋巻の「右近」を浮舟巻において新たに浮舟女房、乳母子「右近」として人物の「設定の変更」をしたのであり、右近は一人だと捉えた。(16)「作り物語の生成と享受」という視点には多くの示唆を与えられるが、東屋巻には中君女房の大輔の娘「右近」がいて、浮舟巻でもE「大輔がむすめ」と語られている。浮舟巻で新たに浮舟の乳母子「右近」を設定したのならば、物語としては二人の「右近」と考えるのが妥当である。Eはさりげない叙述であるが、この一文は浮舟女房と大輔の娘が別人だという裏付けになる。

また、高橋氏は東屋巻を書き終えた時点では浮舟巻以降の構想はなく、浮舟巻で右近の変更が必要になったため、東屋巻から浮舟巻への間に浮舟巻以降の構想を練り直したか、執筆の休止があったと見ている。確かに、浮舟巻冒頭は「宮、なほかのほのかなりし夕を思し忘るる世なし」(浮舟⑥一〇五)、一方の薫は「かの人は、たとしへなくのどかに思しおきてて…」(浮舟⑥一〇六)と、東屋巻を踏まえて匂宮と薫の動向から語られ始めるため、新たにしきり直したという読みは首肯できるが、浮舟物語の構想という点では、どのように考えるのが良いのだろうか。

浮舟は宿木巻において大君の「形代」として登場してきたが、東屋巻で浮舟が二条院にやってきた経緯をはじめ、匂宮が浮舟に言い寄り、薫が浮舟を鄙びた宇治に移したことで、今後匂宮と浮舟が結ばれる舞台は作り出されていた。作者には三者が絡み合う浮舟物語の用意はあっただろう。(17)ただし、東屋巻巻末で舞台を都から宇治に移したことは大きな転換点であった。

二条院で匂宮が浮舟に言い寄った時、側にいたと語られたのは乳母であった(東屋⑥六二)。しかし、浮舟巻で年老いた乳母が今後匂宮との関係を取り持つようには語り難いため、作者は若い乳母子「右近」を登場させて、その役割を担わせたと考える点は首肯できる。乳母子が逢瀬の手引きとして重要な役割を果たすことは物語の定石でもある。浮舟の乳母子「右近」は宇治邸で匂宮の侵入を見逃したことで、意図してではないが二人を結び付けてしまったし、その後も二人の関係を隠蔽するべく心を砕くなど、最も身近に仕えて有能な働きをする、浮舟物語を語る上で極めて重要な女房であった。

このように浮舟巻の「右近」を浮舟女房・乳母子と確定するとしても、「右近」を二人別人と読む上では**Ａ「右近と名のりし若き人もあり」**が矛盾を来す。Ａに本文の異同はなく、すぐさま作者のミスや匂宮の思い違いとすることは、この場面の重要性からも避けたいと思う。では、なぜ東屋巻で居合わせたのは中君の女房「右近」だったのだろうか。側にいた乳母は「降魔《がま》の相を出だして、つと」（東屋⑥六六）匂宮を見るという『源氏物語』中に1例しか用いられていない表現もあったが、どうすることもできなかった。空蟬女房の中将も源氏に対しいかんともし難かった件（帚木①一〇〇）を思い合わせると、匂宮の行動を抑止できるのは中君の女房でなければならなかった。中君に注進するための中君側の目撃証人でもあり、この「右近」も中君の乳母子と見るならばその存在はより重要度を増す。

三　Ａをどう解釈するか

ならば、なぜ浮舟巻で垣間見した匂宮は浮舟女房を東屋巻の「右近」と見たのだろうか。それを解く鍵として、今井源衛氏は「物語本文の不整合について」と題し、「場面の圧倒的な優越性が、全体の構想の統一性を破壊し、あらわな矛盾や不合理を無視させ」、「部分的な変更あるいは進路の修正は、本来物語作者にとって比較的気軽にできること」であったのではないか、そこでは効果を高めるための矛盾も生じた(18)と説いている。

物語の変更や修正はこれまでの物語の語りにおいても、六条御息所や明石君、紫上の年齢に操作が加えられたことがあった。薫と匂宮の年齢も、本来匂宮が一歳年長であるが、薫が「いま二つ三つまさる」（浮舟⑥一四八）と語られる場面がある。作中人物への重要な変更としては、柏木の皇女執心は若菜上巻で女三宮物語の構想による修正として語られ始めるし、八宮の女性関係についての食い違いとして、突然に「忍ぶ草」（宿木⑤四五一）として浮舟の存在が語られる。また、匂兵部卿巻で強烈に印象付けられていた薫と匂宮の薫香が浮舟物語に至っては、むしろ同質の「かうばしさ」と認識され、二人の取り違えを可能にする。当初は運命付けられていた薫の出自故の懊悩や、道心、出家への言及も後退するなど、物語をより効果的に語るために語りは随時変更や修正をされる。語られていく中での変更や修正は可能なものであり、作者（原作者に限定せず書写者や読者による誤写・改変も含む）、読者にとって抵抗はなかったと考えることができるだろう。従って「右近」の矛盾についても、東屋巻で語ったことは東屋巻のことであり、東屋巻に中君女房「右近」がいて、浮舟巻では新たに浮舟の乳母子「右近」が登場した。つまり、右近も全くもって浮舟巻で突然設定されたのではなく、従来の「若き人」の一人が「右近」という呼称と乳母子である重要な役割を担って個別化されたと解することで、違和感なく説明が付くのではないかと思う。

　では、Ａで匂宮に東屋巻の「右近」だと思わせた意味は何であったのか。当夜乳母は外出しこの場にはいなかったとされ、ここは覗き見た匂宮が二条院で見た「童」と、「右近」と名乗った女房を確認したことに意味がある。確かにあの時の女（浮舟）だと見定める判断材料になっており、当然読者にも匂宮が言い寄った場面を思い起こさせる。ところが、あの時浮舟女房の右近はいただろうかと、読み進めてきた読者は疑問を抱くはずである。そこで作者はこの「右近」に東屋巻の「右近」の印象を刷り込ませることで、あたかも浮舟の乳母子「右近」もあの時浮舟の側にいたという既成事実を作り上げ、初登場の「右近」を定着させようとした。翌朝に匂宮だと判明した際のＣも、現場にいた「右近」が当時を回想し理を見出すのであれば、この後運命として翻弄されていく浮舟の姿をより確乎として語ることにもなるだろう。従って、新たに登場した浮舟女房「右近」の存在を定着させるため、作者が意図的に既成事実として書き込んだ一文であったとの可能性を考えた。

　本来、右近の姉を当事者とする東国での事件は浮舟も知っていたはずであるが、「右近が姉」の存在はFの場面で初めて語られ、東国での姉の悲話もここで新たに組み込まれた可能性が高い。この悲話は、今現実に薫と匂宮との板挟みとなり思い悩む浮舟にとって、三角関係から男が一方の男を殺したという衝撃的な事件である。しかも、その当事者が身内の右近の姉であり、浮舟乳母が姉娘のことを悲しんでいるという事実を浮舟はわが身に引き寄せ、薫と匂宮、母と重ねて強烈な恐れを抱いたはずである。〈右近の姉〉とするだけでもインパクトは強いが、母に対し〈罪深い〉と言われたことで浮舟も母への罪意識を抱いただろう。浮舟は「まろは、いかで死なばや、世づかず心憂かりける身かな」（浮舟⑥一八二）と、自らどうにかして死にたいと切に願うようになる。以前女房が母に語った宇治川で溺れた子どもの話（浮舟⑥一六七）といい、右近の姉の悲話も浮舟の入水を強固に後押しする話題であったことに注目できる。こうした人物設定や物語の変更、添加は決して珍しいものではなかった。

　蜻蛉巻では、二人の浮舟女房のうち、右近は浮舟失踪後も乳母と共に宇治に留まっているが、侍従は「よそ人」と位置付けられ、匂宮の仲介で明石中宮に出仕する（蜻蛉⑥二六一～二六二）。女房が出仕先を変えることは、この侍従をはじめ、葵上の女房中将の君が葵上の死後、源氏、紫上の女房となり、夕顔の乳母子右近も夕顔亡き後源氏に仕えるなど、いずれも主人の死という必然的事情によるものであった。下々の女房例には、困窮する末摘花邸や辺鄙な宇治の浮舟邸から逃げ出すという事例はあるが、中君の側近、しかも乳母子かとも目されるような女房が出仕先を変えることは考えにくいのではあるまいか。先例として末摘花の乳母子「侍従」は主を見棄てて九州に下向するが、夕顔の乳母子であった「右近」は玉鬘に幸いをもたらす女房として描かれることからも、女房名による人物設定の定型化があったのだろう。

おわりに

浮舟女房「右近」は、女房名や「まま」発言を考慮し、また「右近」と「侍従」という対の女房のあり方からも、浮舟巻当初において浮舟乳母の娘、乳母子として新たに登場したと考えられる。しかし、本文を今あるがままに読むならば、Ａ「右近と名のりし若き人もあり」が矛盾する。そこでこれを作者や作中人物の誤謬と見るのではなく、むしろ作者が作為的に匂宮にそう見させたと考えた。東屋巻から読み進めば、明らかに〈そんなはずのない〉Ａ叙述によって、作者は読者の前に浮舟女房「右近」があたかも以前から側にいた女房であるという既成事実を伴って登場させた。宿木巻・東屋巻では「若き人」と語られていた女房を、東屋巻から浮舟巻へと転換する時点で「侍従」「右近」と個別化したと言えよう。

また、「右近」が一人か否かについては、東屋巻には中君に仕える大輔の娘「右近」がおり、浮舟巻で新たに浮舟の乳母子「右近」が登場したからには、「右近」は二人、別人と見るのが妥当だと思う。浮舟巻当初に宇治を訪れ垣間見た匂宮は、そこにいた浮舟女房を東屋巻で「右近」と名乗った女房だと見たが、匂宮が浮舟と契りを結んでしまった翌朝、その右近は匂宮の乳母子「時方」を知らなかったのであるから、以前中君女房であったとは到底考えられない。

従って、浮舟巻の「右近」は今後の物語に必要な若い女房、乳母子として作者が新たに登場させた人物であり、これは東屋巻には遡及することのない、浮舟巻での設定である。乳母子の右近、侍従という若い女房や乳母の存在、東国における右近の姉の悲話は、浮舟物語を活写する重要な要素であった。「右近」の問題は右近が一人か否かを論じるのみならず、作り物語の生成にも関わる問題としても考えられよう。ここでは東屋巻と浮舟巻の「右近」は別人であり、浮舟巻の右近は浮舟の乳母子であると捉えた。そのため矛盾を示す東屋巻を踏まえたA叙述は、作者や作中人物の誤謬ではなく、物語をより効果的に語るために作者によって作為的に添加されたものであろうと考えた。

注

（1）『源氏物語』の用例と注釈書の略称は凡例に従い、『枕草子』（小学館新編日本古典文学全集）に拠る。

（2）『玉上評釈　第十三巻』四八頁。待井新一「浮舟の復活をめぐって―源氏物語第三部の内部矛盾考―」（『国語と国文学』53―9、一九七六年九月）、原田真理「源氏物語における右近像」（平安文学研究会『平安文学研究』第75輯、一九八六年六月）。吉海直人「浮舟巻の乳母達」（『平安朝の乳母達―『源氏物語』への階梯―』世界思想社、一九九五年）も二人は「明らかに別人であった。あるいは作者自身も多少混同しているのかもしれない」（二四七頁）と述べており、『新全集』は吉海氏の説を引用し「従うほかあるまい」（四一四頁）とする。同『源氏物語の乳母学―乳母のいる風景を読む―』（世界思想社、二〇〇八年）も参照。

（3）池田和臣「二人の右近と二人の少将―『夜の寝覚』の『源氏』解釈―」（『日本古典文学会々報』No.109、一九八六年四月）。古田正幸「宇治十帖の二人の右近―同名の侍女の近侍による錯覚―」（『平安物語における侍女の研究』笠間書院、二〇一四年）も、同じ呼称を持つ別の侍女だと見ている（三〇五頁）。

（4）藤村潔「小山敦子著『源氏物語の研究』私見」7右近について（『源氏物語の研究』桜楓社、一九八〇年、三一四～三一五頁、初出原題「右近と侍従―橋姫物語と浮舟物語の交渉―」『国語と国文学』35―9、一九五八年九月）。藤村説に対し、小山敦子「女一宮物語と浮舟物語」（『源氏物語の研究―創作過程の探求―』武蔵野書院、一九七五年、初出原題「女一宮物語と浮舟物語―源氏物語成立論序説―」『国語と国文学』36―5、一九五九年五月）は、中君女房の大輔が娘の右近とその姉を常陸守邸に仕えさせ、中君側と浮舟側を結び付けるための設定であったと捉えている（一八二～一八三頁）。野村倫子「浮舟入水の脇役たち―「東屋」から「浮舟」へ構想の変化を追って―」（『『源氏物語』宇治十帖の継承と展開―女君流離の物語―』和泉書院、二〇一一年、初出立命館大学『論究日本文学』第46号、一九八三年五月）は、右近の役割の変化に伴い「中の君付」から「浮舟の乳母子」へと出自がすり替えられた（二七頁）と捉え、藤村説に立つ。

（5）髙橋諒『『源氏物語』東屋巻と浮舟巻のはざま―右近は二人か―』（慶応義塾大学『三田国文』第61号、二〇一六年一二月）。

（6）稲賀敬二「夕顔の右近と宇治十帖の右近―作者の構想と読者の想像力―」（菊田茂男編『源氏物語の世界　方法と構造の諸相』風間書房、二〇〇一年）二二五・二二七頁。逆に注（4）小山敦子は、大輔が実母で、受領の妻となり物質的に豊かな浮舟母に託したと見る（一八三頁）。

（7）『注釈　十二』一九八頁。しかし、乳母がいた玉鬘、近江君、浮舟の母達も身分は決して高くはないが、一応身分ある者の召人であった。浮舟乳母の子に乳母がいたとは考えにくいのではあるまいか。

（8）今井源衛「物語本文の不整合について」（『新全集』④古典への招待）。『全集』（六・一三九頁頭注）でも年齢の矛盾を「場面性が構想上の整合性に優越」する例として挙げ、石田穣二「作り物語の方法」（『国文学　解釈と鑑賞』59―3、一九九四年三月）も、作者のミスではなく作り物語の作者の方法として「アレはアレ、コレはコレと読むほかない」（二二頁）と述べる。

（9）山崎良幸『日本語の文法機能に関する体系的研究』（風間書房、一九六五年）「き」三五七頁、「けり」三六一頁。

（10）吉海直人「まま考」（注（2）既出『平安朝の乳母達―『源氏物語』への階梯―』）一一一・一一五～一一六頁。

（11）吉海直人「右近の活躍」（注（2）既出『平安朝の乳母達―『源氏物語』への階梯―』）は、『住吉物語』からの共通点として「右近」という女房名には「乳母子」のイメージがあり、夕顔の「右近」が物語内引用されているとも述べている（一八八頁）。

（12）吉海直人「弁の尼」（注（2）既出『源氏物語の乳母学―乳母のいる風景を読む―』）で、共に中君に仕えていたことから母娘が「乳母と乳母子に限りなく近い存在」（二二三頁）と述べている。

（13）鬼束隆昭「源氏物語の端役達」（山岸徳平・岡一男監修『源氏物語講座　第四巻　各巻と人物Ⅱ』有精堂、一九七一年）三五八頁、吉井美弥子「浮舟物語の一方法―装置としての夕顔―」（『中古文学』第38号、一九八六年一一月）六〇～六二頁。萩原広道『源氏物語評釈』（源氏物語古註釈大成第4巻、日本図書センター、一九七八年）、島津久基『對譯源氏物語講話　巻三（夕顔）』（中興館、一九三七年、名著普及会復刻版、一九八三年）も参照。

（14）吉海直人「末摘花の乳母達」（注（2）既出『源氏物語の乳母学―乳母のいる風景を読む―』）一三一頁。

（15）千野裕子「「侍従」「右近」とふたりの女房―女房が示す遠い正篇―」（『女房たちの王朝物語論『うつほ物語』『源氏物語』『狭衣物語』』青土社、二〇一七年）一一四頁、同「「弁」と弁の尼―克服できなかった〝過去〟」一一七～一一八頁、同「浮舟物語と正篇世界―女房「侍従」「右近」から―」（物語研究会『物語研究』第14号、二〇一四年三月）。

（16）注（5）髙橋諒。

（17）一例として、匂兵部卿巻で特徴付けられた薫と匂宮の薫香は、東屋巻で「かうばし」という同質性を印象付けることで、浮舟巻での宇治の密会も偽装が可能であり、薫と匂宮の取り違えがなされた（浮舟⑥一二四・一二五・一四九）。
どの時点でどの程度の浮舟物語の構想があったのかは明確でないように思うが、注（4）藤村潔（『国語と国文学』）は、作者は早蕨巻で既に浮舟物語の構想を持っており、「宇治河投身が中君から浮舟に変更された」（四二～四三頁）と見ている。

（18）注（8）今井源衛『新全集』④三～六頁。

結

『源氏物語』における26首の浮舟の歌は、時々の身のあり方や心境を語り、浮舟の将来をも予兆するものであった。中でも初出歌「ひたぶるにうれしからまし世の中にあらぬところと思はましかば」と最後の歌「尼衣かはれる身にやありし世のかたみに袖をかけてしのばん」は、浮舟のかぐや姫引用において照応するのではないか、2首が照応することで浮舟の人生そのものを予兆し、人物像を象るのではないかと考えた。

その視点は**薫**や**紫上**にも見ることができるだろう。『源氏物語』中には「おぼつかな」と詠まれた歌が3首あるが、自らの出生の秘密を訝る薫とわが存在の由縁を問う紫上の、いずれも初出歌における「おぼつかな」という自覚は物語において深い意味を持つだろう。

まず、**薫**の初出歌は十五歳の頃に詠じた独詠歌、

おぼつかな誰に問はましいかにしてはじめもはても知らぬわが身ぞ　（匂兵部卿⑤二四）

である。出生の秘密について事情がわからず不安なことだ、誰に問えばよいのだろうか、どうして人生の始めも終わりも分からないわが身なのかと、あてどない漂泊の身の苦悩と不安を詠じている。薫誕生の秘密については早くに柏木巻で源氏が薫の五十日の祝いの日、「岩根」と「言は」を掛け、「松」は薫を指して「誰が世にか種はまきしと人問はばいかが岩根の松はこたへむ」（柏木④三二五）と女三宮に問いかけて、不義の子薫の将来を危惧していた。まさに

薫の人生はこれらの歌に集約されて出発したと言える。薫は初出歌で、自身の出生の秘密を不定称の「誰」に問えばよいのかと自問しているが、初句を「おぼつかな」と置く独詠歌は、薫の深い心の闇を感じさせる。二十二年を経て実父柏木の乳母子であった弁の尼と邂逅し出生の秘密は解けたが、宇治の三姉妹と関わることで薫の人生はやはり苦悩と迷いに満ちていた。

薫の物語最後の歌は夢浮橋巻で浮舟に宛てた歌であった。

法の師とたづぬる道をしるべにて思はぬ山にふみまどふかな　（夢浮橋⑥三九二）

「思はぬ山」は浮舟との再会による男女の愛情関係を指したもので、仏道に導くはずの横川僧都を道案内として思いがけず男女の愛情に踏み惑っていることを言う。薫の初出歌は、自らの出生の秘密を誰にも問うことのできないわが身であることを、「ぞ」で言い定め宣言していた。しかし、「いはけなかりしほどより、世の中を思ひ離れてやみぬべき心づかひをのみならひはべし」と出家の本意を持ちながら、語り手に「かの本意の聖心はさすがに違ひやしにけん」（宿木⑤四四六）と皮肉られるがごとく出家することはなく、物語の終末に至っても今なお男女の愛に迷妄する人生を生きていた。「はじめもはても知らぬ」混迷の存在としてこの世に誕生した薫は、大君、中君との恋に惑い、今も浮舟との男女関係に「ふみまど」っている。まさに薫の人生は初出歌と最後の歌の呼応において「はじめもはても知ら」ず「ふみまどふ」人生が象られていた。

紫上の初出歌にも注目したい。紫上は若紫巻の「三月のつごもり」（若紫①一九九）に源氏が北山で見出した藤壺の姪であり、藤壺への叶わぬ想いを代替するがために、まだ幼げな紫上を二条院に引き取り大切に養育していた。紫上の初出歌は源氏が手習いを教えている際に交わした次の贈答歌である。

源氏　ねは見ねどあはれとぞ思ふ武蔵野の露わけわぶる草のゆかりを
紫上　かこつべきゆゑを知らねばおぼつかないかなる草のゆかりなるらん

（若紫①二五八～二五九）

実はこの源氏の歌は歴とした贈歌ではなく、紫上のために手習いの手本を書いた紫の紙の端に「すこし小さくて」書き添えられていた、源氏の手習歌とも言える独詠歌であった。源氏は「紫のひともとゆゑに武蔵野の草はみながらあはれとぞ見る」（古今集巻一七雑上よみ人しらず八六七）を踏まえて、武蔵野の露を分けるのに難儀をする「草のゆかり（若紫）」を愛おしいと思うことだと藤壺のことを下に潜めて詠んでいるのに対し、紫上は手習いの歌の「知らねども武蔵野といへばかこたれぬよしやそこそは紫のゆゑ」（古今六帖第五「むらさき」よみ人しらず三五〇七）を踏まえて、武蔵野には「紫のゆゑ」という「かこたれぬよし」があるのに、私は口実にされ、恨まれる理由を知らないので不安です、どのような「草のゆかり」なのでしょうかと問い返したことで贈答歌となっている。

「草のゆかり」であることは、古今集歌の「紫のひともとゆゑに」、古今六帖歌の「紫のゆゑ」、源氏の独詠歌でも「手に摘みていつしかも見む紫のねにかよひける野辺の若草」（若紫①二三九）と詠われた、〈紫の根にかよふ〉ことこそが藤壺の身代わりに見出された紫上登場の由縁であった。読者は皆承知のことであるが、紫上は自身が藤壺の身代わりであることを知っていたのだろうか。源氏が「君こそは、さいへど紫のゆゑこよなからず」（朝顔②四九二）と語ることからも、藤壺の〈ゆかり〉であることの自覚はあっただろうが、紫上自身が藤壺について語る叙述はない。

ここでは当然ながら紫上に「草のゆかり」の謎が解けるはずもなく、源氏の歌を受け引歌を踏まえての賢明な詠みぶりである。紫上は〈紫草〉である藤壺のゆかり、姪であるからこそ「草のゆかり」と比喩されたには違いないが、若紫巻の初登場場面で祖母尼君と乳母が「若草」「初草」（若紫①二〇八）と詠み交わし、源氏の尼君への贈歌で「初草の若葉」（若紫①二二六）、源氏の独詠歌でも「野辺の若草」（若紫①二三九）と詠まれ、いずれも春の瑞々しい若草に準えられていた。さらに、源氏と尼君の贈答で紫上に宛てた歌では「山桜」、それに尼君が「尾上の桜」と応じた（若紫①二二八〜二二九）ことも、後日夕霧によって「春の曙の霞の間より、おもしろき樺桜の咲き乱れたるを見る心地す。」（野分③二六五）と称揚され、春の紅梅と桜を鍾愛した〈春の女君〉紫上の人物造型へとも繋がるものでもあっただろう。

紫上の最終詠は、臨終間際に源氏、明石中宮と交わした贈歌である。

おくと見るほどぞはかなきともすれば風にみだるる萩のうは露　（御法④五〇五）

今にも消えゆくわが命を「風にみだるる萩のうは露」に準えた「はかな」さは、まさに初出歌で「おぼつかな」と明確でない自己存在の不安を詠った紫上の人生を象徴するものでもあっただろう。紫上の死は「消えゆく露の心地して限りに見えたまへば、」（御法④五〇六）と、秋の露の消滅に準えて視覚的美の世界で象られた。春に萌えいずる「若草」「初草」「若葉」に準えられて登場した紫上は、初出歌で「あはれ」と愛情をかけられる「草のゆかり」である由縁を尋ね、秋の萩に置く消えゆく露の表象によって終焉を迎えた。そこには植物関連の表象に拠るイメージの照応が見られると思う。

薫の自らの誕生すら分からない「はじめもはても知らぬ」自己存在の底知れない不安や苦悩は、「草のゆかり」を問う紫上よりも深刻な問いかけであったと思うが、紫式部自身にも「おぼつかな」と詠った歌がある。

方違へにわたりたる人の、なまおぼおぼしきことありて、帰りにけるつとめて、朝顔の花をやるとて

おぼつかなそれかあらぬかあけぐれの空おぼれするあさがほの花　（紫式部集四、続拾遺集恋四紫式部一〇〇二）

理由もはっきりさせず早朝に帰ってしまった方違へに訪れていた人へ朝顔の花とともに届けた歌である。「あさがほ」には朝顔の花と朝早くに帰ってしまった人の顔を掛け、「あけぐれの空」と「空おぼれ」も夜明け前の薄暗い空と理由もはっきりさせないで帰ってしまった人の空とぼけたふりを掛けることで、それか、そうではないのか分からない不明瞭さが、夜明け前の「明けぐれ」のほの暗さに通じ、「空おぼれする」人の心にも重ねられている。歌の解釈は、方違えにやってきた人が誰か、「なまおぼおぼしきこと」が何を指すのか、歌を贈った意図なども注釈書の解釈に違いが見られる。[1]物語ほどの深刻さはないとしても、「なまおぼおぼし」「おぼつかな」「空おぼれ」と「おぼ」を語幹とする語の重複や、「それかあらぬか」「あけぐれ」において、いかにも不明瞭な状況に対する不安や不満を表明している。

また、和泉式部も昔の恋人らしい男に「おぼつかな」と詠った歌を返している。

雨の降る日、つれづれと眺むるに、昔あはれなりし事などいひたる人に

おぼつかなたれぞ昔をかけたるはふるに身を知る雨か涙か　（和泉式部集二〇四）

「身を知る雨」は在原業平が女に代わって詠んだ「かずかずに思ひ思はず問ひがたみ身を知る雨は降りぞまされる」(古今集巻一四恋四・七〇五)を踏まえたもので、「降る」と「経る」「古る」、「かく」には相手に言いかける意と水をかける意の掛詞、「雨」「降る」「(水を)かく」を縁語としている。雨の日のつれづれに思い出される昔のことは定かではなく、雨か涙なのかもはっきりとはわからないと言う。人の記憶は忘却へと向かい、人の気持も察しがたいもので、身に降りかかるのは雨か涙なのか。「身を知る雨」は「わが身の上の幸、不幸を思い知らせて降る雨。わが身のさまを知る雨。多く涙にかけていう。」(『精選版 日本国語大辞典』)のであった。浮舟も「つれづれと身を知る雨のをやまねば袖さへいとどみかさまさりて」(浮舟⑥一六一)と、わが身の拙さを知らせる雨に涙ながらに薫と匂宮の間で苦悩するわが身への懊悩を深めていた。

浮舟が「おぼつかな」と歌に詠むことはなかったが、時々に詠じる歌は憂き身の心許なさを詠んでおり、出家時の「心こそうき世の岸をはなるれど行く方も知らぬあまのうき木を」(手習⑥三四二)は、出家をしても今なおあてどない行末の不安を詠うものであった。古本系の陽明文庫本『紫式部集』には次の紫式部の歌が所収されている。

いづくとも身をやる方の知られねば憂しと見つつもながらふるかな　(一一四、千載集巻一七雑中一一二六)

定家本系の実践女子大学本にはないが、紫式部詠と見るならば、まさに「世の中にあらぬところ」を求めても得られず、出家をしてもなお「うき世」に生きざるを得ない浮舟の苦悩や、『藤原惟規集』の女の歌を重ね見るように思われる。

注

（1）　田中新一『紫式部集新注』（青簡舎、二〇〇八年）、笹川博司『紫式部集全釈』（私家集全釈叢書39、風間書房、二〇一四年）。

論文初出一覧

第一章

一　「峰の雨雲」歌考――浮舟の死の自覚
『源氏物語』における浮舟の「峰の雨雲」歌――浮舟はいつから死を考えていたのか――
（『古代中世文学論考』第36集、新典社、二〇一八年）

二　浮舟巻の歌の機能について
『源氏物語』浮舟巻の歌の機能について
（『解釈』第63巻第3・4月号、二〇一七年四月）

三　浮舟の辞世歌――「風」と「巻数」をキーワードとして
浮舟の辞世歌――「風」と「巻数」をキーワードに読む
（『解釈』第65巻第3・4月号、二〇一九年四月）

四　浮舟出家時の連作歌――助動詞「つ」と「ぬ」から読む
『源氏物語』浮舟出家時の連作歌解釈
（『解釈』第69巻第3・4月号、二〇二三年四月）

五　「袖ふれし人」歌考
「袖ふれし人」考
（高知言語文化研究所『古典語と古典文学の研究』第2号、一九九五年一二月）

六　「尼衣」歌考
『源氏物語』浮舟の「尼衣」歌考
（『日本文学誌要』第106号、二〇二二年九月）

七　浮舟の「世の中にあらぬところ」考――初出歌にかぐや姫引用の可能性を読む

書き下ろし

第二章

一　大君の死――「もののかれゆく」考

『源氏物語』における大君の死の表現――「もののかれゆく」の比喩するもの

（『古代中世文学論考』第34集、新典社、二〇一七年）

二　「右近」は一人か否か――東屋巻と浮舟巻の「右近」の生成

「右近」は一人か否か――『源氏物語』東屋巻と浮舟巻の「右近」

（『解釈』第68巻第3・4月号、二〇二二年四月）

初出論文に訂正、加筆した箇所がある。

あとがき

二〇〇〇年四月、法政大学大学院人文科学研究科日本文学専攻の社会人入試の一期生として齢五十にして再び学究の徒となった。爾来『源氏物語』における疑問の解明を試みてきたものの、まさに〈身を知る雨か涙〉のそぼつ「おぼつかなき」二十数年が過ぎた。自分なりの「おぼつかな」への「ひたぶる」な挑戦は、学問の厳しさに触れる日々であり、辛くも充実した時間であった。高知女子大学（現高知県立大学）においてご指導いただいた故山崎良幸先生、藤田加代先生、法政大学での天野紀代子先生、加藤昌嘉先生の学恩に心からの感謝を申し上げたいと思う。

人生一〇〇年時代と言われる昨今ではあるが、学問的才能も文才もない老年に差しかかった私がここまで続けてこられたのは、若い日に叶わなかった自らへの悔いと、山崎良幸先生や藤田加代先生の学問研究への憧憬にあった。拙考には両先生の論考を引用し指針とし、諸学の研究に導かれてきたが、今なお未熟さを痛感する。前著『源氏物語における「藤壺物語」の表現と解釈』（風間書房、二〇一二年）の出版は望外の喜びであったが、今一度こうして拙著の刊行を快くお引き受けいただき、ご尽力くださった新典社の岡元学実社長、編集部の加藤優貴乃さんに心より深く御礼申し上げたい。

二〇二四年一二月

山崎　和子

索　　引

凡　　例

＊本索引は、序から結におけるⅠ語句・事項索引とⅡ作品索引からなる。
＊本文中で使用した主要なⅠ語句・事項と、Ⅱ物語・和歌集・古注釈等を抽出して五十音順に配列し、頁数を記した。
＊語句・事項では、本文中の表記そのままではなく、整えたものもある。

I　語句・事項索引

あ　行

か　行

さ 行

た　行

な　行

は　行

ま 行

や 行

わ 行

II　作品索引

山崎　和子（やまざき　かずこ）
1951年3月　高知県南国市に生まれる
1973年3月　高知県立高知女子大学文学部国文学科卒業
2007年3月　法政大学大学院人文科学研究科日本文学専攻博士後期課程満期退学
専攻・学位　日本文学，博士（文学）
元法政大学兼任講師
主著『源氏物語における「藤壺物語」の表現と解釈』（2012年，風間書房）
共著『源氏物語注釈』（3〜9巻・11巻，2002〜2018年，風間書房）
『大斎院前の御集全釈』（2009年，風間書房）
論文「輝く日の宮の〈落日〉―哀傷歌の象徴性」（『中古文学』2008年6月，中古文学会）
「『源氏物語』浮舟の「尼衣」歌考」（『日本文学誌要』2022年9月，法政大学）

新典社研究叢書376

源氏物語《げんじものがたり》　浮舟《うきふね》の歌《うた》を読《よ》む

令和6年12月13日　初版発行

著　者　山崎和子
発行者　岡元学実
印刷所　惠友印刷㈱
製本所　牧製本印刷㈱
検印省略・不許複製

発行所　株式会社　新典社
東京都台東区元浅草二―一〇―一一―四F
TEL＝〇三（五二四六）四二四四番
FAX＝〇三（五二四六）四二四五番
振　替　〇〇一七〇―〇―二六九三二番
郵便番号一一一―〇〇四一番

ISBN978-4-7879-4376-7 C3395
https://shintensha.co.jp/　E-Mail:info@shintensha.co.jp

新典社研究叢書 （10%税込総額表示）

336 日本古典文学における孝文化 ―『源氏物語』を中心として― 趙 秀全 一三七五〇円
337 幕末維新期の近藤芳樹 ―和歌活動とその周辺― 小野 美典 一八七〇〇円
338 『扶桑略記』の研究 扶桑略記を読む会 九四六〇円
339 ユーラシア文化の中の纒向・忌部・邪馬台国 山口 博 一五一八〇円
340 校本式子内親王集 武井 和人 二三六五〇円
341 続近世類題集の研究 ―和歌曼陀羅の世界― 三村 晃功 一九五八〇円
342 『源氏物語』の解釈学 関河・櫛井・廣田・風岡 八二五〇円
343 禁裏本歌書の書誌学的研究 ―蔵書史と古典学― 酒井 茂幸 二九七〇〇円
344 歌・呪術・儀礼の東アジア 山田 直巳 一七六〇〇円
345 日本古典文学の研究 日本古典文学研究会 一〇三四〇円
346 伊勢物語考 Ⅱ ―東国と歴史的背景― 内田美由紀 一二二一〇円
347 王朝文学の〈旋律〉 伊藤禎子・勝亦志織 一二六六〇円
348 『源氏物語』明石一族物語論 ―形成と主題― 神原 勇介 一〇二三〇円
349 歌物語史から見た伊勢物語 宮谷 聡美 一二八八〇円
350 元亨釈書全訳注 中 今浜 通隆 三二四五〇円
351 室町期浄土僧聖聡の談義と説話 上野 麻美 九二四〇円
352 堤中納言物語論 ―読者・諧謔・模倣― 陣野 英則 一〇四五〇円
353 尺素往来 本文と研究 高橋忠彦・高橋久子 一九六九〇円
354 平安朝文学と色彩・染織・意匠 森田 直美 八八〇〇円
355 芭蕉の詩趣 ―解釈ノート― 金田 房子 一一〇〇〇円
356 文構造の観察と読解 中村幸弘・碁石雅利 二五一九〇円
357 後水尾院御会研究 付『伊勢物語聞書』翻刻 高梨 素子 一九五八〇円
358 鄭成功信仰と伝承 小俣喜久雄 二三〇〇〇円
359 源氏物語の主題と仏教 中 哲裕 一七六〇〇円
360 近松浄瑠璃と周辺 冨田 康之 九四六〇円
361 紀貫之と和歌世界 荒井 洋樹 一八七〇〇円
362 古事記の歌と譚 石田 千尋 一四七九五円
363 ソグド文化回廊の中の日本 山口 博 一三八六〇円
364 平安朝の物語と和歌 吉海 直人 一四〇八〇円
365 近世前期仏書の研究 木村 迪子 一三〇四六円
366 平安物語の表現 ―源氏物語から狭衣物語へ― 太田美知子 一七八二〇円
367 物語と催馬楽・風俗歌 ―うつほ物語から源氏物語へ― 山﨑 薫 一〇一二〇円
368 上代日本語の表記とことば 根来 麻子 一八八〇〇円
369 三条西家注釈書群と河海抄 ―連歌師注釈との交流― 渡橋 恭子 一四〇八〇円
370 室町期和歌連歌の研究 伊藤 伸江 一八一五〇円
371 香道と文学 ―伝書にみる古典受容― 武居 雅子 一五六二〇円
372 源氏物語の皇統譜 春日 美穂 一一六六〇円
373 『源氏物語』寒暖語の世界 山際咲清香 一七六〇〇円
374 漂流民小説の研究 勝倉 壽一 一二四三〇円
375 一条兼良歌学書集成 武井 和人 二二七八〇円
376 源氏物語 浮舟の歌を読む 山崎 和子 八一四〇円